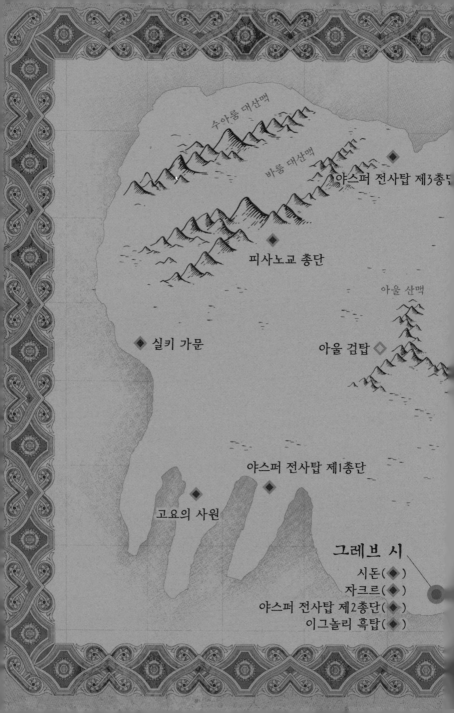

추이타 북산맥

추이타 대초원

추이타 남산맥

과이올라 시

피요르드 시

쿠퍼 가문(◇)
은화 반 닢 기사단(◇)
모레툼 교황청(◇)

솔노크 시

솔 강

퍼듐 시

]퍼 마탑(◇)

원시림

라폴리움 시

라폴 도서관(◇)

트루게이스 시

뉴브로도 시

아바니 가문(◆)
수의 사원(◆)

◇ 백 진영
◆ 흑 진영
◆ 중립 진영
● 도시

언노운월드 대륙 전도

E에탄TAN

ORIGINAL FANTASY STORY & ADVENTURE

쥬논 판타지 장편소설

dream
books
드림북스

이탄 18 이탄의 귀환

초판 1쇄 인쇄 2022년 1월 13일
초판 1쇄 발행 2022년 1월 27일

지은이 쥬논
발행인 오영배
편집 편집부
일러스트 필연
표지 · 본문 디자인 오정인
제작 조하늬

펴낸곳 (주)삼양출판사 · 드림북스
주소 서울시 강북구 도봉로 173
대표 전화 02-980-2112 **팩스** 02-983-0660
편집부 전화 02-987-9393 **팩스** 02-980-2115
블로그 blog.naver.com/dreambookss
출판등록 1999년 3월 11일 제9-00046호

ⓒ 쥬논, 2022

ISBN 979-11-283-7116-5 (04810) / 979-11-283-9990-9 (세트)

드림북스는 (주)삼양출판사의 판타지 · 무협 문학 브랜드입니다.

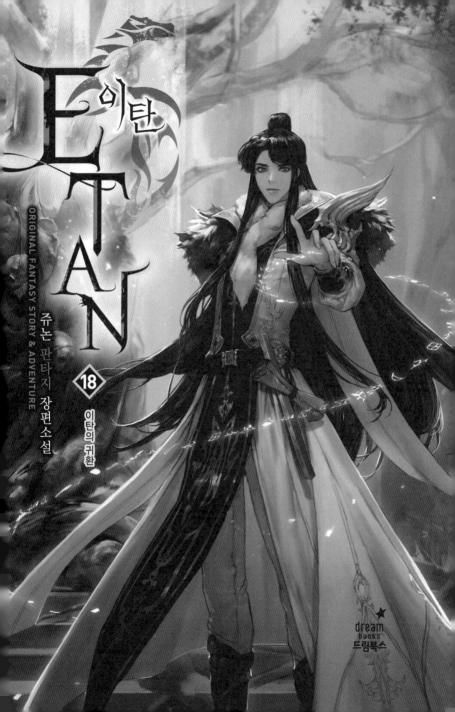

목차

부제: 언데드지만 신전에서 일합니다

사대신수

『성혈의 바하문트』
―신수: 날개 달린 사자
―상징: 공포
―속성: 흙(土), 피(血)

『불과 어둠의 지배자 샤피로』
―신수: 광기의 매
―상징: 탐욕
―속성: 불(火), 어둠(暗), 나무(木)

『포식자 하라간』
―신수: 투명 마수
―상징: 타락, 나태
―속성: 얼음(氷), 균(菌), 물(水)

『둠 블러드 이탄』
―신수: 냉혹의 뱀
―상징: 파멸
―속성: 금속(金), 빛(光)

발췌문

세상에 완벽한 것이 어디 있으랴.

나는 완벽하지 않다. 나의 천공안도 당연히 완벽과는 거리가 멀다.

내가 비록 천공안을 통해서 남들이 보지 못하는 것을 보고 남들이 알지 못하는 것들은 안다고 하나, 그것이 완전무결을 의미하는 것은 아니리라.

나는 나무를 볼 수는 있으되, 숲 전체를 보지는 못한다.

나는 바위를 볼 수 있으되, 산 전체를 조망할 수는 없다.

나는 졸졸 흐르는 냇가를 눈에 담을 수 있으나, 거대한 대양을 한 눈에 살피는 것은 불가능하다.

그런데 나에게 거는 어머니의 기대가 너무나 크구나.

나에게 걸린 외조부님의 기대가 너무도 무겁구나.

언제가 나의 한계가 드러날진대, 그분들은 나에게 얼마나 실망하실까? 그 한계 상황으로 인하여 우리 조직은 또 얼마나 곤욕을 치를 것인가?

—이공의 외손녀이자 이수민의 딸 이린이 한탄을 하면서 남긴 글귀 가운데 발췌

제1화

그 남자의 복귀 I

Chapter 1

이탄은 키가 150 센티미터에 불과한 어린 소녀 이자벨라를 빤히 내려다보았다.

'이 조그만 소녀가 기브흐 일족인가?'

눈앞의 이자벨라가 소녀처럼 보인다고 해서 실제 나이도 어릴 리는 없었다. 이탄이 가늠하기에, 이자벨라의 체내에는 왕의 재목을 훌쩍 뛰어넘는 강력한 기운이 도사리고 있었다.

그동안 이탄은 왕의 재목을 몇 차례나 만나보았다.

겁도 없이 이탄에게 덤볐다가 죽어 나간 씨클롭의 초강자들은 2명 모두 왕의 재목들이었다.

비번 일족의 지배자인 부르트도 왕의 재목이었다. 부르트는 이글거리는 유사(Quasi) 태양을 만들어 흐나흐 일족을 공격했다가 이탄의 손아래 처참하게 처단을 당했다.

그밖에도 흐나흐 여왕이나 마그리드, 샤룬, 샤론 남매도 전부 다 왕의 재목들이었다.

또한 이탄이 흐나흐 족의 축제 때 만났던 쁠브 일족의 라시움 대신관도 왕의 재목이었다.

이탄은 이들을 통해서 왕의 재목이 어느 수준의 무력을 지녔는지 감을 잡았다.

한데 지금 이탄의 눈앞에서 생글생글 웃고 있는 어린 소녀는 왕의 재목의 수준을 훌쩍 뛰어넘었다.

아니, 단순히 뛰어넘는 정도가 아니었다. 이자벨라는 왕의 재목과는 아예 차원이 다른 존재였다.

이자벨라가 손가락 하나만 까딱해도 왕의 재목들은 줄줄이 갈려나갈 것만 같았다. 이자벨라가 본래의 모습을 드러내는 순간 이탄이 알고 있던 왕의 재목들은 바짝 얼어붙어 그 자리에 납죽 엎드릴 것만 같았다.

이탄의 머릿속에는 뾰족하고 높은 권좌에 앉아서 오만하게 턱을 들고 왕의 재목들을 차갑게 굽어보는 이자벨라의 모습이 떠올랐다.

이탄이 이자벨라를 살피는 동안, 그녀도 반짝거리는 눈

으로 이탄을 올려다보였다. 그러면서 이자벨라는 점괘를 회상했다.

*** 흉함 속에 길함이 있다. ***
*** 반항하지 말고 무조건 달라붙어라. ***

이것이 점괘의 내용이었다.

이자벨라가 귀찮음을 무릅쓰고 이 먼 곳까지 발걸음을 한 이유가 무엇이던가?

흉함 속에 길함이 있다는 점괘 때문이었다. 이자벨라는 오로지 이 점괘만 믿고서 '뭔지는 모르겠지만 좋은 일이 생기겠지.'라는 막연한 기대감으로 전령 역할을 자청했다.

'그렇다면 과연 두 번째 점괘는 무엇을 의미하는 것일까? 반항하지 말고 무조건 달라붙으라고? 누구에게 반항하지 말라는 거지? 누구에게 달라붙으라는 거야? 설마 눈앞의 이 이탄이라는 자에게 반항하지 말라는 뜻인가?'

이자벨라는 연신 고개를 갸웃거렸다. 이자벨라의 눈에 비친 이탄은 상당히 애매모호했다.

미소년과 미청년 사이의 경계에 있는 듯한 풋풋한 외모.

약간 마른 듯한 체형.

볼록하게 나온 배.

외모만으로 평가하자면 이탄은 전혀 강자 같지 않았다. 대신 이탄에게는 이자벨라의 육감을 자극하는 무언가가 도사리고 있었다.

'당연히 왕의 재목은 뛰어넘었겠지? 나 이자벨라를 이 먼 곳까지 오게 만들었으니 아마도 왕의 기량은 가졌을 거야. 그런데 왕이라고 해서 다 같은 왕은 아니거든. 이 이탄이라는 자는 과연 어느 수준의 강자일까? 점괘가 가리키는 대상이 이탄이 맞을까?'

여러 가지 의문들이 이자벨라의 머릿속을 맴돌았다.

그러는 와중에도 한 가지만은 확실했다.

'이 이탄이라는 자를 섣불리 대해서는 안 될 것 같구나.'

이자벨라는 이런 예감을 받았다.

아니, 이것은 예감이라기보다는 육감에 가까웠다.

이탄과 이자벨라가 서로를 빤히 바라만 보고 있자 에스더가 보다 못해 끼어들었다.

[저기요. 어쩌다 언데드 님, 인사하세요. 여기 이분은 상족에서 파견을 나오신 이자벨라 님이십니다.]

에스더는 이탄을 다시 한번 재촉하는 한편, 은근슬쩍 이자벨라의 눈치를 살폈다.

에스더는 이자벨라가 단순한 전령에 불과하다고 믿고 있었다. 비록 그렇다손 치더라도, 에스더의 입장에서는 이자벨라의 표정 하나, 손짓 한 동작에도 주의를 기울일 수밖에 없었다. 전령의 태도를 보면 상족의 속내가 가늠이 되는 까닭이었다.

'이자벨라 님이 어쩌다 언데드 님을 고압적으로 윽박지르면 어떻게 하지? 혹은 꼬투리를 잡으려고 든다면?'

이럴 경우엔 셋뿌 일족은 물론이고 이탄의 앞날에도 짙은 그늘이 드리우는 셈이었다.

반대로 이자벨라가 코후엠과 부이부의 알을 순순히 인계받는다면? 그럼 에스더는 겨우 한숨을 돌릴 만했다.

'과연 어느 쪽이냐? 상족이 어떤 마음을 품고 있지? 채찍이야, 아니면 당근이야?'

에스더는 이자벨라의 눈치를 과도하게 살피느라 눈꺼풀이 파르르 경련할 정도였다.

이탄이 침묵을 깨고 이자벨라에게 먼저 인사를 건넸다.

[이탄이오.]

[이자벨라예요.]

이자벨라도 기다렸다는 듯이 인사를 받았다. 이자벨라는 이탄에게 고개도 살짝 숙여 보였다.

이건 전례가 없던 일이었다. 기브흐 일족은 원래 오만한 종족이라 타 종족에게 고개를 숙이거나 존대를 하는 법이 없었다. 특히 이자벨라는 기브흐 일족 중에서도 가장 오만하기로 유명한 인사였다.

그런 이자벨라가 고개를 숙이다니! 반쯤 존대를 하다니!

기브흐의 권력자들이 지금 이자벨라의 모습을 보았다면 기가 막혀서 입을 다물지 못했을 것이다.

이탄이 덤덤하게 물었다.

[바로 받아가시겠소?]

[넹?]

이자벨라가 뇌파로 코맹맹이 소리를 내었다. 그리곤 말똥말똥한 눈으로 이탄을 올려다보았다.

이탄이 좀 더 자세하게 풀어서 질문했다.

[코후엠이라고, 리종 일족이 있소. 그리고 부이부 일족의 알도 내가 보관 중이지. 그들을 지금 받아가시겠냐고 물었소만.]

[아! 그것들 말이군요.]

이자벨라는 손바닥으로 자신의 이마를 탁 때렸다. 그리곤 입술을 삐쭉거리면서 잠시 답변을 늦추었다.

그 모습에 이탄이 어이가 없었다.

Chapter 2

'뭐야? 코후엠과 부이부의 알을 회수하러 온 것 아니었나? 그런데 어째 이자벨라라는 이 소녀는 그런 일에는 별로 관심이 없어 보이네? 그럼 이 여자는 여기까지 뭐 하러 온 거지?'

이탄은 내심 의문을 품었다.

잠시 고민하던 이자벨라가 고개를 반짝 들었다.

[아! 맞다. 리종 일족과 부이부의 알은 당연히 받아가야죠. 그 전에 말이죠. 어쩌다 언데드 님, 아니 이탄 님께 뭘 좀 묻고 싶은 게 있는데용.]

[내게 말이오?]

이탄이 완고하게 팔짱을 끼었다.

이 자세는 거부의 표현이었다. 이탄은 '전령으로 왔으면 서로 주고받을 것만 받으면 그만이지, 귀찮게 뭘 물으려고 하냐?'라는 의사 표현을 몸짓으로 드러내었다.

'뭐야? 이 남자.'

상대가 뻬딱하게 나오자 이자벨라의 눈동자 속에 스산한 빛이 어렸다. 그 빛은 나타나기가 무섭게 다시 사라졌다.

이자벨라가 표정을 바꿔 배시시 웃었다.

[저기 산봉우리보다 더 웅장하게 솟구친 건물 말이에요. 저런 건물은 처음 보는데요, 저게 뭔가용?]

이자벨라의 손가락이 가리킨 것은 이탄이 만들어놓은 차

원이동 통로였다. 황색의 구름 위로 까마득하게 치솟은 차원이동 통로는 가까이 접하는 것만으로도 숨이 턱 막히는 기운을 발산 중이었다.

에스더도 이 웅장한 건물의 정체가 궁금했는지 이탄을 빤히 바라보았다.

이탄의 대답은 시큰둥했다.

[그냥 뭘 좀 실험 중이오. 그건 그렇고, 포로로 잡은 리종과 부이부의 알을 지금 내드릴까?]

이탄의 말뜻은 '귀찮게 이것저것 묻지 말고 받을 것만 받고 얼른 꺼져라.' 처럼 들렸다. 이자벨라의 이마에 다시 한번 빠직 핏줄이 곤두섰다.

'아 놔, 이자벨라야. 이번 한 번만 참자. 점괘를 봐서라도 참아야 해.'

이자벨라는 속으로 숨을 한 번 고른 다음, 분수처럼 활짝 웃었다.

[호호호. 그럼 우선 포로와 알부터 인수를 받을까용?]

[따라오쇼. 바로 내드릴 테니.]

이탄이 등을 홱 돌렸다.

이자벨라는 울컥하고 치밀어 오르는 울화를 꾹 눌러 참은 다음, 종종걸음으로 이탄을 뒤따랐다.

이탄의 발길이 향한 곳은 차원이동 통로로부터 약 10 킬로미터가량 떨어진 분지였다. 이탄은 우묵하게 꺼진 분지 주변에 돌들을 규칙적으로 배열하여 동차원의 술법진을 하나 설치해두었다. 그리곤 그 진법 속에 코후엠과 부이부의 알을 처박아두었다.

술법진의 외부는 짙은 안개로 둘러싸인 상태였다. 이탄은 안개 속으로 척척 들어가더니 특정 위치의 돌 몇 개를 발로 툭툭 걷어찼다. 그와 동시에 이탄은 술법진에 주입해놓았던 법력도 회수했다.

스스스스스—.

진법이 해체되면서 안개가 걷혔다. 술법진 내부의 모습이 훤히 드러났다.

술법진은 크게 두 구획으로 나뉘어 있었다.

이 가운데 오른쪽 구획은 감옥 역할을 했다. 이곳에는 코후엠이 두 팔과 두 다리를 쫙 벌린 채 대자로 드러누워 있었다. 코후엠의 팔다리에는 두꺼운 금속 족쇄가 채워진 상태였다.

한편 코후엠의 옆에는 투론도 똑같은 자세로 속박되어 있었다.

이어서 술법진의 왼쪽은 보관실이었다. 온도와 습도가 일정하게 유지되는 보관실 안에는 무지갯빛으로 영롱하게 빛나는 알 2개가 나란히 자리했다.

부이부 일족은 실로 특이한 종족이었다. 그들은 몸이 반으로 나뉜 채 태어나는데, 알껍데기를 깨고 나오는 즉시 왼쪽 몸과 오른쪽 몸이 하나로 결합하여 한 마리의 부이부가 되곤 했다.

이탄이 이자벨라에게 손짓을 했다.

[보다시피 리종의 포로는 저기 오른쪽에 묶어두었소. 그리고 부이부 일족의 알은 왼쪽 보관실에 두었지. 혹시 알을 담아갈 보관함은 가져오셨나?]

이자벨라가 어깨를 으쓱했다.

[따로 가져온 것은 없어용. 그냥 껍질째 들고 가죠, 뭐.]

솔직히 말해서 부이부의 알이나 리종의 포로 따위는 이자벨라의 관심 밖이었다. 그녀는 단지 점괘에 이끌려서 이 행성을 방문한 것뿐이었다.

이자벨라가 턱짓을 보냈다.

그 즉시 이자벨라의 부하들, 아니 인형들이 움직였다.

이자벨라가 데려온 100개의 인형들은 복장을 모두 통일해서 입었다. 다들 머리에 뾰족한 로브를 뒤집어썼고, 상체에는 은빛 쇠사슬을 X자로 꼬아서 멜빵처럼 꽉 묶었다.

100개의 인형들 가운데 4명이 술법진 안으로 척척 발을 맞춰 들어갔다. 그들은 부이부 일족의 무지갯빛 알 2개를 2인1조로 운반했다.

또 다른 인형 8명도 술법진에 들어갔다. 그들은 곧장 코후엠과 투론에게 접근했다.

딱!

이탄이 손가락을 튕겼다.

그 즉시 코후엠과 투론의 팔다리를 묶은 금속 족쇄가 스르륵 풀렸다. 모든 금속을 통제하는 만금제어의 권능이 발휘된 것이다.

족쇄가 풀리자마자 이자벨라의 인형 넷이 코후엠의 팔다리를 하나씩 붙잡아 위로 번쩍 들었다. 나머지 네 인형은 투론의 팔다리를 붙잡았다.

바로 그 순간, 코후엠이 두 눈을 번쩍 떴다.

[크와앙!]

코후엠은 사자가 울부짖는 듯한 포효와 함께 억센 힘으로 팔다리를 오므려 인형 넷을 한꺼번에 잡아끌었다.

그 상태에서 코후엠의 몸뚱어리가 핑그르르 회전했다.

코후엠이 주변의 인형 4개를 바짝 끌어당긴 동작과, 코후엠의 몸이 허공에서 회전하는 동작은 거의 동시에 이루어졌다.

코후엠은 빠르게 회전하는 원심력을 두 팔과 두 다리에 실었다. 그런 다음 그 힘으로 인형 넷을 한꺼번에 가격했다.

코후엠의 두 주먹이 풍차처럼 돌아가면서 인형 둘의 가슴팍을 후려쳤다. 코후엠의 다리도 '卍' 자 형태로 꺾이면서 나머지 두 인형의 머리통을 가격했다.

뻐버벙!

가죽 북 터지는 듯한 소리와 함께 인형들이 휘청거렸다.

놀랍게도 코후엠의 주먹에 얻어맞고도 인형들의 가슴팍이 주저앉지 않았다. 코후엠의 정강이에 강하게 걷어차이고도 인형들의 머리와 목은 멀쩡했다.

지름 수십 센티미터 굵기의 철봉도 단숨에 끊어버리는 것이 리종 일족의 발차기였다. 단단한 암석도 한 방에 가루로 만드는 것이 리종 일족의 주먹질이었다.

그런데 이자벨라의 인형들은 그 거센 주먹질과 발길질을 당하고도 끄떡없었다.

[제기랄.]

코후엠이 입술을 꽉 깨물었다.

Chapter 3

사실 코후엠은 일주일 전부터 이미 정신을 차린 상태였다. 하지만 그는 곧바로 탈출을 시도하지 않고 최적의 기회를 엿보았다.

그렇게 숨을 고르면서 코후엠은 리종 일족 특유의 회복력을 발휘하여 부상을 치료하고 몸의 컨디션을 최상으로 만들어두었다.

다른 한편으로 코후엠은 어떻게든 투론도 깨우려 시도했다.

안타깝게도 투론은 정신을 차리지 못했다.

결국 코후엠은 혼자만이라도 탈출하려고 마음먹었다.

마침내 코후엠이 기다리던 기회가 찾아왔다. 코후엠은 그 기회를 포착하자마자 망설이지 않고 행동에 나섰다.

한데 어째 돌아가는 상황이 영 이상했다. 코후엠의 계획이 초장부터 어긋난 것이다. 은빛 쇠사슬을 몸에 두른 자들, 생명의 기운이라고는 단 한 톨도 느껴지지 않는 저 괴상한 녀석들은 어느새 분지 주변을 빙 둘러싸 코후엠의 탈출로를 막았다.

이 괴상한 자들은 코후엠의 주먹과 발에 얻어맞고도 비명 한 번 지르지 않는 독한 놈들이었다.

게다가 이 괴상한 자들 뒤에는 이탄과 에스더가 떡하니 버티고 있었다. 이탄의 옆에는 정체불명의 소녀까지 함께했다.

이 가운데 코후엠은 이탄이 가장 두려웠다.

코후엠은 허공에서 핑그르르 회전하는 와중에 이 모든 주변 상황들을 머릿속에 담았다.

[웃차!]

회전을 멈춘 코후엠이 손바닥을 앞으로 후려쳐 인형 하나를 가격했다. 그리곤 그 반동을 추진력으로 삼아서 뒤로 멀리 날아갔다. 코후엠이 날아가는 궤적이 포물선을 그렸다.

이자벨라가 피식 입매를 비틀었다.

[웃긴 녀석이네. 그냥 그렇게 도망가게 내버려 둘 줄 알았나?]

이자벨라의 새하얀 손이 위로 들리는 순간, 마치 시간이 역류하는 듯한 기현상이 벌어졌다. 포물선을 그리며 멀어지던 코후엠이 다시 그 포물선의 궤적을 따라 이자벨라를 향해 날아온 것이다.

이자벨라의 손목 주변에선 흑단처럼 매끈한 흑광이 퍼져 나갔다.

'호오?'

이탄이 묘한 눈으로 이자벨라를 관찰했다.

그러는 사이 코후엠의 몸뚱어리는 이자벨라의 인형들 사이로 되돌아왔다. 그리곤 허공에 우뚝 멈췄다. 코후엠의 육중한 몸뚱어리가 투명한 거미줄에 붙잡히기라도 한 것처럼 허공에 둥실 떠버렸다.

[크윽. 이거 놔라.]

코후엠이 거칠게 발버둥 쳤다. 어찌나 세게 힘을 주었던 지 코후엠의 얼굴이 시뻘겋게 물들었다.

그럼에도 불구하고 코후엠은 단 1 밀리미터도 움직이지 못하였다.

이자벨라의 인형들이 묵묵히 손을 뻗어 코후엠의 팔다리를 꽉 붙잡았다. 그때까지도 코후엠은 꼼짝도 하지 못했다.

'크으윽. 어려 보이는 저 소녀가 이제 보니 괴물이었구나. 빌어먹을. 아무래도 저년은 셋뽀 일족이 아니라 기브흐족의 강자인 것 같은데. 크으으윽. 나 코후엠의 일생도 여기서 끝인가?'

코후엠이 절망에 빠졌다.

사실 코후엠은 보통 리종 일족이 아니었다. 그는 리종의 선조인 나라카로부터 위대한 폭군의 피를 직접 이어받은 직계 중의 직계, 즉 리종의 핵심 멤버였다.

그런 코후엠이 적대 종족인 기브흐 녀석들에게 포로로 붙잡혀 간다?

그렇다면 뒷일은 뻔했다. 아마도 기브흐 녀석들은 코후엠에게 몹쓸 실험을 할 것이다. 코후엠의 혈액을 마구 뽑고, 세포와 장기를 하나씩 떼어가 각종 연구를 할 것이 뻔했다. 결국에 코후엠은 리종 일족의 약점을 캐내기 위한 실험체로 전락하여 온갖 비참한 실험을 당하다가 폐기처분될 터.

'그런 꼴을 당하느니 차라리 죽자.'

코후엠은 절망 끝에 스스로의 심장을 터뜨려서 자살할 생각을 품었다.

상대의 처참한 속도 모르고 에스더는 안도의 한숨을 내쉬었다.

'코후엠이 다시 붙잡혔으니 이제 상황 종료구나. 상족이 내린 어려운 임무를 비로소 완수했어. 휴우우. 다행이다.'

에스더는 스스로의 가슴을 쓸어내렸다.

한편 이자벨라는 이탄을 힐끗 곁눈질했다.

'뭐야앙? 이게 끝이양? 이렇게 리종 포로와 부이부의 알을 인수받고 끝날 거면, 내가 뽑은 그 점괘는 뭐지?'

이자벨라는 인수인계가 이토록 순조롭게 풀릴 것이라고는 생각하지 않았다. 그녀가 진짜로 기대했던 바는 이런 게 아니었다.

바로 그 타이밍에 일이 터졌다. 황색 구름 너머 까마득히 깊은 우주의 틈새로부터 어마어마한 파멸적 에너지가 터져 나왔다.

에너지의 폭발은 아무런 소음도 동반하지 않았다. 소리

는커녕 빛 한 줄기 새어나오지 않았다.

대신 온 세상이 유리창 깨지듯이 와장창 깨져나갔다.

공간이!

시간이!

행성이!

온 우주가!

거울 파편처럼 산산이 조각나서 부서져 내렸다.

그렇게 세상의 구성요소들이 조각조각 파편이 되어 허물어지면서, 차원과 차원 사이를 구분 짓는 벽이 드러났다.

차원의 벽은 유한한 생명을 가진 피조물이 감히 가늠해볼 대상이 아니었다. 인간이건 몬스터건 오로지 공간만 눈으로 볼 수 있을 뿐, 시간과 공간이 함께 어우러진 차원 그 자체를 볼 수는 없었다.

차원과 차원을 분리하는 차원의 벽도 당연히 눈으로 감지할 수 없었다. 이를 감각으로 느끼는 것도 불가능했다.

바꿔 말해서, 차원의 벽을 감지한다는 것 자체가 이미 피조물의 한계를 뛰어넘어 신격 존재, 혹은 마격 존재에 한 발 다가섰다는 점을 의미했다.

리종 일족의 직계혈통인 코후엠도, 크라포 일족의 투론도, 셋뽀 일족의 지도자인 에스더도, 심지어 닉스로부터 떨어져 나온 가장 오래된 조각 가운데 하나인 이자벨라조차도 이러한 수준에는 도달하지 못했다.

당연히 그들은 차원의 벽을 감지하지 못했다.

그러니 그들이 차원의 벽이 허물어지면서 생겨난 균열을 알아차리지 못하는 것은 어쩌면 당연한 일이었다.

와르르 허물어진 균열은 눈 깜짝할 사이에 코후엠과 투론, 에스더, 그리고 이자벨라를 덮쳤다.

그 전에 이탄이 허공으로 한 발을 내디뎠다.

Chapter 4

코후엠, 투론 에스더, 이자벨라와 달리 이탄은 차원의 벽을 똑똑히 보았다. 차원의 벽이 조각조각 부서지면서 생겨난 균열도 똑똑히 목격했다.

이탄은 부정 차원의 인과율을 지배하는 만자비문의 오롯한 주인이었다. 동시에 이탄은 정상 세계의 인과율, 즉 언령을 읊을 수 있는 권능자였다.

이탄이 이미 시간과 공간의 권능을 지녔으므로, 그의 눈에 차원의 벽이 또렷하게 보이는 것은 너무나도 자연스러운 일이었다. 그 벽이 허물어져 파편이 와르르 쏟아지는 장면을 볼 수 있는 것도 참으로 마땅한 일이었다.

차원의 벽이 붕괴하는 장면은 실로 감탄스러웠다.

"아!"

이탄이 입술을 벌려 한 줄기의 탄성을 터뜨렸다.

순간적으로 이탄의 눈이 샛노랗게 물들었다. 짐승들의 왕이자 그릇된 차원의 신인 나라카의 눈알이 이탄의 시력에 무한한 힘을 불어넣어 주었다. 이탄은 신의 눈으로 차원의 벽을 빠르게 훑었다.

검푸르게 회전하는 소용돌이 속 깊은 곳, 차원의 벽 표면에 주먹 모양이 도장처럼 깊게 찍혀 있는 모습이 이탄의 시야에 잡혔다.

'저건 내가 만든 흔적이로구나.'

이탄이 속으로 중얼거렸다.

그렇다. 차원의 벽 한복판에 깊게 찍혀 있는 주먹 모양의 흔적은 이탄의 주먹이 만들어낸 결과물이었다.

거미줄처럼 쩍쩍 갈라진 차원의 균열은 바로 이탄의 주먹 흔적으로부터 시작되었다. 상상할 수 없는 괴력과, 시간의 권능, 공간의 권능이 어우러진 이탄의 주먹질 한 방이 차원의 벽을 허물어뜨린 직접적인 원인인 셈이었다.

이탄이 내심 혀를 찼다.

'쳇. 어쩌면 나는 그동안 헛짓거리를 한 것일지도 몰라.'

이탄의 뇌리에 불현듯 이런 생각이 떠올랐다.

사실 이탄은 꽤 오랜 시간 동안 희귀한 재료를 모아왔다. 차원이동 통로를 뚫기 위한 재료들이었다.

이 귀한 재료들을 모으느라 이탄이 얼마나 발품을 팔았던가. 이탄은 오로지 재료를 모으겠다는 일념으로 블랙마켓에 참여했다. 이탄이 알블—롭이나 흐나흐 일족, 셋뽀 일족을 도우면서 의뢰비를 받은 것도 모두 이 때문이었다.

그렇게 차곡차곡 모은 재료들이 차원이동 통로 제작에 모두 투입되었다. 지금 HRE—1 행성의 상공에서 난폭하게 소용돌이치는 검푸른 기운은 이탄의 노력이 담긴 결실이라 불릴 만했다.

이 검푸른 소용돌이가 조금씩, 아주 조심스레 차원의 벽에 구멍을 내었다.

굳이 비유를 하자면, 이것은 마치 핸드드릴로 두꺼운 성벽을 구멍을 내는 공법과 유사했다. 이탄은 이러한 드릴링 작업을 자동으로 돌려놓고는 구멍이 뚫릴 때까지 기다렸다.

그러던 어느 날부터인가 이탄은 마냥 기다리는 것에 지루함을 느꼈다.

그때부터였으리라. 이탄이 시간이 날 때마다 검푸른 소용돌이 속으로 들어가 차원의 벽에 주먹을 내지르기 시작한 것은.

이탄의 주먹질은 일반 주먹질과는 차원이 달랐다.

듀라한 특유의 괴력.

이탄이 보유한 무지막지한 법력.

차원 하나를 통째로 갈아 넣은 분량의 음차원의 마나.

무한시의 권능.

그리고 무한공의 권능.

이상 다섯 가지 요소가 하나로 버무려져서 이탄의 주먹질에 담겼다. 그 주먹이 차원의 벽을 쾅! 쾅! 쾅! 두드렸다.

차원의 벽에는 하루가 다르게 금이 쩍쩍 갔다. 드릴링 작업에 의해서 조금씩 뚫리던 구멍이 이탄의 주먹질로 인하여 한꺼번에 와르르 허물어지기 시작한 것이다.

급기야 오늘 그 파탄이 드러났다. 차원의 벽 일부가 조각으로 깨져서 와장창 떨어져 나오게 되었다.

'쳇. 이럴 줄 알았으면 희귀한 재료를 사 모을 시간에 차라리 차원의 벽을 찾아서 주먹으로 그냥 깨부숴버릴걸. 그 편이 더 빨랐단 것 아냐?'

이탄이 속으로 투덜거렸다.

그렇게 이탄이 잠시 딴 생각을 하고 있을 때였다. 와르르 붕괴하는 차원의 균열이 코후엠과 투론, 에스더, 그리고 이자벨라를 해일처럼 덮쳤다.

HRE—1 행성의 대기권에 먼저 쩡쩡쩡 금이 갔다. 이어서 그 균열이 벼락처럼 지상으로 전파했다.

거미줄처럼 퍼진 균열 가운데 한 가닥이 에스더의 상체와 하체를 수평으로 찢어버리면서 지나갔다.

"이런!"

파멸의 순간 바로 직전에 이탄이 에스더를 잡아챘다.

그때 이미 이탄의 발밑은 와르르 허물어져서 소멸하는 중이었다. HRE—1 행성이 밑바닥부터 사라져가고 있었다.

희한하게도 붕괴된 행성의 잔해물들은 지하로 꺼지지 않았다. 대신 잔해물들이 허공으로 빨려 올라가 대기권 밖으로 나가더니, 콰르르르 회전하는 검푸른 소용돌이 속으로 함몰되었다.

이건 마치 하늘과 땅이 뒤바뀐 듯했다. 마치 온 세상의 중력이 역전된 것만 같았다. 모든 붕괴하는 것들이 행성의 핵이 아닌 그 반대쪽으로 떨어졌다.

그 와중에 이자벨라도 균열에 휘말렸다.

쩡!

유리에 금이 가듯이 순식간에 전파한 차원의 균열은 이자벨라의 상체 오른쪽 절반을 찢으면서 지나갔다.

이번에도 이탄이 도움을 주었다.

아니, 엄밀하게 말해서 이탄은 굳이 이자벨라를 도우려는 마음은 없었다.

조금 전 에스더를 구할 때, 이탄은 단 한 치의 망설임도 없이 손을 뻗었으나, 이자벨라에게 위기가 닥치자 이탄이 잠시 망설였다.

'내가 굳이 이 기브흐 여자까지 구해줘야 하나?'

이탄은 얼핏 이런 고민을 했다.

그 전에 이자벨라가 이탄에게 와락 안겼다.

이자벨라가 차원의 균열을 감지하여 이탄에게 몸을 피한 것은 아니었다. 이자벨라는 그저 등골이 쭈뼛해지는 위기감을 느꼈을 뿐이었다.

모골이 송연해지는 육감이 발동한 즉시 이자벨라는 점괘를 떠올렸다. 무조건 달라붙으라는 점괘 말이다.

Chapter 5

이자벨라는 앞뒤 재지 않고 이탄에게 몸을 던졌다.

[꺄악! 도와줘용.]

[어엉?]

이탄도 무의식적으로 이자벨라에게 팔을 뻗었다.

이자벨라가 이탄의 손을 붙잡은 순간, 이탄은 반사적으로 상대를 잡아챘다. 이자벨라의 조그만 몸뚱어리가 순간 이동이라도 하듯이 확 딸려와 이탄의 품에 안겼다.

바로 직후에 차원의 균열이 전파하여 이자벨라가 머물던 공간과 시간을 완전히 찢어버리며 지나갔다.

이자벨라가 이탄의 품에 안착한 순간, 이자벨라의 인형 100개도 연기처럼 사라졌다. 그 인형들은 어느새 이자벨라의 목덜미에 흡수되었다.

이자벨라의 목덜미에는 엄지손톱 크기의 검은 비늘 하나가 돋아나 있었는데, 인형들은 바로 그 비늘 속으로 사라져버렸다.

인연이라는 것은 참으로 묘했다.

이러한 인연의 고리는 연쇄반응을 하듯이 연달아 엮여들었다.

조금 전 이탄은 에스더를 구했다. 이어서 그는 이자벨라도 도왔다. 비록 이탄이 의지를 가지고 이자벨라를 구해준 것은 아니었지만, 어쨌거나 이탄이 손을 내밀어준 덕분에 이자벨라도 무사할 수 있었다.

그리고 다시 이것이 원인이 되어 이자벨라의 인형들도 소멸하지 않았다.

이자벨라가 이탄의 품에 뛰어든 순간, 100개의 인형들은 모두 다 이자벨라의 비늘 속으로 복귀했다.

이게 또 다른 원인이 되어 코후엠과 투론의 목숨을 살렸다. 부이부의 알 한 쌍이 파괴되는 참사도 막았다.

마침 코후엠과 투론, 그리고 부이부의 알은 이자벨라의 인형들에게 꽉 붙잡혀 있던 중이었다.

그러다 이자벨라의 인형들이 주인의 검은 비늘 속으로 소환되면서 코후엠과 투론, 부이부의 알도 이자벨라의 비늘 속 공간으로 함께 빨려들어 왔다.

원인과 결과. '인'과 '과'는 이렇게 연쇄적으로 반응하더니, 그 시발점인 이탄에게로 귀착되었다.

그러는 와중에도 차원의 균열은 점점 더 빠르게 전파해 나갔다.

콰득, 콰득, 콰르르르—.

마침내 HRE—1 행성이 완전히 파괴되었다.

행성의 잔해물들은 검푸른 소용돌이 속으로 와르르 함몰되어 자취를 감추었다.

이것은 마치 연못의 바닥에 뚫린 구멍 속으로 연못물이 모두 빨려들어 가 연못이 사라져버린 것과도 같았다.

이렇게 연못물은 사라졌지만 연못 위에 떠 있는 연꽃은 멀쩡했다. 희한하게도 이탄이 제작한 차원이동 통로는 사라지지 않았다. HRE—1 행성이 소멸한 이후에도 그 행성

위에 세워져 있던 차원이동 건축물만 멀쩡히 남았다.

심지어 이 건축물은 차원이동 통로를 뚫는 작업을 자동으로 계속했다. 건축물이 방출한 에너지가 검푸른 소용돌이가 되어 우주의 한구석으로 몰려갔다.

그곳이 어디인지는 그릇된 차원에서는 보이지 않았다. 이탄의 모습도 그릇된 차원에서 싹 사라졌다. 이탄의 양손에 안겨서 축 늘어져 있던 에스더와 이자벨라도 함께 자취를 감추었다.

이탄의 실종과 함께 차원의 벽을 허물어뜨렸던 파멸적인 에너지도 다시 제로(0) 상태로 내려왔다.

에너지 준위가 낮아지면서 와장창 깨졌던 시간도 서서히 정상으로 돌아왔다. 갈가리 찢겼던 공간도 다시 복구되었다.

시간과 공간이 제자리를 찾으면서 그릇된 차원은 다시 잠잠해졌다. 컴컴했던 우주는 그렇게 별 하나를 잃은 채 깊은 침묵에 빠졌다.

행성이 소멸한 자리엔 차원이동 건축물만이 홀로 남아 망망대해와도 같은 우주를 외로이 떠돌았다.

8월 14일에 벌어진 일이었다.

이탄의 계획은 미묘하게 어긋났다.

원래 이탄은 차원이동 통로를 제작하여 부정 차원으로 넘어가 볼 요량이었다.

만약에 이탄이 11월까지 진득하게 기다렸더라면, 당초에 그가 세운 계획이 어긋날 일은 없었을 것이다. 아마도 이탄은 무사히 부정 차원에 진입했을 터.

한데 이탄의 주먹질이 문제였다.

차원의 벽이 이탄의 주먹질에 의해 허물어지면서 그 여파가 3개의 차원에 동시에 영향을 미쳤다.

당초 이탄의 계획대로 그릇된 차원과 부정 차원 사이에 통로가 뚫린 것이 아니라, 그 전에 언노운 월드와 그릇된 차원 사이의 벽이 먼저 허물어져 버렸다.

따라서 지금 이탄이 차원을 넘어 도착한 곳은 부정 차원이 아니었다. 엉뚱하게도 이탄은 언노운 월드로 되돌아와 버렸다. 그것도 이탄이 처음 출발했던 곳, 즉 언노운 월드 남부에 위치한 그레브 시 지하로 복귀했다.

물론 이탄의 계획이 아주 망해버리지는 않았다. 그릇된 차원과 부정 차원 사이의 벽을 뚫으려다가 그만 언노운 월드 쪽으로 구멍이 먼저 뚫린 것일 뿐, 신왕 프사이의 마법진이 제 역할을 못 한 것은 아니었다.

지금 이 시각에도 검푸른 소용돌이는 빙글빙글 와류를 만들면서 차원의 벽에 구멍 뚫는 작업을 지속했다. 그러니까 아마도 60일 뒤에는 부정 차원으로 통하는 통로가 완성될 것 같았다.

어쨌거나 부정 차원으로의 여행은 60일 뒤로 미뤄진 셈이고, 지금 이탄의 눈앞에 펼쳐진 세계는 언노운 월드였다.

이탄이 되돌아온 곳, 즉 그레브 시의 땅 속에 세워진 지하도시는 일반인들은 알지 못하는 장소였다. 이곳은 오로지 혼명의 술법자들만 알고 있는 숨겨진 아지트였다.

바로 이 지하도시에 마르쿠제 술탑의 지부가 자리했다. 언노운 월드의 백 세력들 가운데 능히 세 손가락 안에 꼽히는 바로 그 마르쿠제 술탑 말이다.

이탄의 기준으로 3년도 더 전, 그는 부인인 프레야를 위기에서 구하기 위해 그레브 시를 방문했더랬다.

당시 프레야는 아울 검탑의 동료 도제생들과 함께 그레브 시를 여행하다가 그만 충동적인 측은지심에 휩싸여 노예들을 잔뜩 사들였다.

한데 막상 노예들을 사고 나니 프레야의 수중에는 돈이 부족했다.

물론 프레야를 비롯한 아울 검탑 도제생들의 무력이라면 얼마든지 노예상인들을 뚫고 위기를 벗어날 능력은 되었다.

하지만 그런 짓을 저지르는 것은, 물건을 구매한 뒤 비용

도 지불하지 않는 강도 행위와 무엇이 다르겠는가. 백 세력
의 도제생인 프레야의 입장에서 그런 무뢰배 짓을 저지를
수는 없는 일이었다.

결국 프레야는 모친에게 도움을 청했다.

프레야의 모친이 다시 이탄에게 이 사실을 알렸다.

이탄은 선뜻 프레야를 돕겠다고 나섰다.

Chapter 6

이탄이 프레야를 돕겠다고 결정한 밑바탕에는 두 가지
마음이 동시에 깔려 있었다.

평소 이탄은 자신이 언데드라는 점에 콤플렉스를 느끼고
있으며, 이러한 마음 때문에 영롱하게 빛나는 프레야를 늘
마음속으로 선망해왔다. 그러던 와중에 프레야가 곤경에
처했다고 하니 이탄의 마음속에는 그녀를 돕고자 하는 의
지가 저절로 생겨났다.

하지만 이것보다 더 큰 이유는 바로 이익이었다.

쿠퍼 가문의 입장에서 보았을 때 프레야가 노예상인들에
게 진 빚은 벼룩의 간보다도 더 작은 푼돈에 불과했다.

'그 정도의 푼돈을 대신 갚아주고 아울 검탑에 빚을 지

울 수만 있다면, 이건 확실히 남는 장사지.'

이탄은 이렇게 판단했다.

은화 반 닢 기사단의 어르신들도 이탄과 같은 생각이었다. 은화 반 닢 기사단에서는 이탄에게 전담 보조 요원을 붙여서 그레브 시로 파견을 보냈다.

이탄의 장인인 피요르드 후작도 이탄과 동행했다.

그레브 시에 도착한 뒤, 이탄은 노예상인들에게 푼돈을 쥐여주고 프레야를 곤경에서 구했다.

여기까지는 이탄의 계획대로였다.

다만 남부의 어지러운 정세가 문제였다. 하필이면 이탄이 끼어들었을 때 아울 검탑과 야스퍼 전사탑 사이에 전투가 발발했다. 피요르드와 프레야 부녀는 무력이 약한(?) 이탄을 보호하면서 야스퍼 전사탑의 상위 서열들과 싸움을 시작했다.

그즈음 마르쿠제 술탑까지 나타나 전투에 개입했다. 마르쿠제 대선인의 후계자인 비앙카가 이탄을 만나기 위해 언노운 월드를 방문했다가 그만 전투에 끼어든 것이다.

마르쿠제 술탑의 지원 덕분에 아울 검탑은 야스퍼 전사들을 무사히 물리칠 수 있었다.

전투가 종료된 뒤, 비앙카는 이탄 일행을 마르쿠제 술탑의 지부로 안내했다.

이탄과 피요르드, 프레야 등은 그레브 시의 지하에 세워진 비밀 도시를 방문하고는 놀라서 입을 다물지 못했다.

은화 반 닢 기사단의 333호도 지하도시의 풍경에 마음을 쏙 빼앗겼다.

이탄 일행은 지하도시의 상점을 둘러보면서 즐거운 한때를 보냈다.

바로 그때 사건이 터졌다.

이 사건은 예측도 하지 못하던 시점에 갑자기 발발했다. 동차원 북명의 수인족 수도자들이 마르쿠제 술탑의 지부를 급습하여 비앙카를 납치하려 든 것이다.

납치자들의 정체는 북명의 유력 가문인 코이오스 가문의 수도자들이었다. 그들은 마르쿠제의 혈육인 비앙카를 향해 집중적으로 달려들었다.

마르쿠제 술탑의 사천왕들이 비앙카를 지키기 위해 목숨을 내걸고 싸웠다. 테케가 검기의 거조를 소환하여 적과 맞섰다. 오고우는 묵직한 무쇠 솥을 마구 휘두르고 곤충을 부려서 적을 공격했다.

비앙카와 레베카도 각자 불의 법보인 십염선과 얼음의 법보인 팔한선을 꺼내어 코이오스 가문과 맞서 싸웠다.

하지만 상대가 너무 강했다.

코이오스 가문의 2인자인 루암 코이오스.

이 무시무시한 애꾸눈의 수도자는 선6급 대신인의 경지를 눈앞에 둔 강자 중의 강자였다. 또한 그는 코이오스 가문의 부가주이기도 했다.

결국 루암의 손에 비앙카가 포로로 붙잡혔다. 테케와 오고우, 레베카는 이 사태를 막지 못하고 발만 동동 굴렀다.

안타깝게도 이탄도 비앙카를 돕지 못했다. 그 무렵 이탄은 차원의 구멍에 온 마음을 다 빼앗겨서 다른 것들은 다 잊어버렸다. 부인인 프레야도, 비앙카도, 333호도 이탄의 머릿속에는 남아 있지 않았다.

당시 이탄의 마음속에는 그저 '차원의 구멍을 통과하여 그릇된 차원을 방문해 보고 싶구나.'라는 호기심만 가득했다.

이탄이 그릇된 차원으로 넘어가 버린 순간, 그릇된 차원을 지배하는 오대강족의 왕 5명이 언노운 월드로 넘어왔다. 타차원의 다섯 왕들은 각자 주린 배를 채우기 위하여 언노운 월드 곳곳으로 흩어졌다.

그리고 루암은 비앙카를 납치하여 지하도시를 막 떠나려던 참이었다.

한데 그런 루암의 머리 위에 파문이 일었다.

웅웅웅웅웅!

잔잔한 호수에 돌멩이가 날아와 파랑이 이는 것처럼, 멀쩡하던 공간이 마구 일그러지며 파문이 사방으로 퍼졌다.

그렇게 일그러진 시공 속에서 이탄이 불쑥 튀어나왔다.

이탄이 언노운 월드를 떠나 그릇된 차원으로 넘어간 것은 분명 2년하고도 1개월 전의 일이었다. 이탄은 그릇된 차원에서 분명히 25개월 이상 머물렀다.

한데 이탄이 다시 언노운 월드로 돌아왔을 때 시간은 25개월 전으로 되감겨 있었다.

다시 말해서 이탄은 언노운 월드를 떠난 바로 그 시각 그 공간으로 돌아온 셈이었다.

언노운 월드로 복귀한 이탄이 지켜보는 가운데 루암 코이오스가 비앙카의 목을 잡고 마구 흔들었다.

[크후훗. 어리석은 것들아, 내 손에 누가 붙잡혀 있는지 보아라.]

루암은 마르쿠제 술탑의 사천왕들을 뇌파로 비웃었다.

사실 루암은 인간이 아니라 수인족인지라 성대 구조가 달랐다. 따라서 루암은 뇌파로 소통할 수밖에 없었다.

"크으. 제기랄."

사천왕 가운데 한 명인 테케가 분통을 터뜨렸다. 테케는 검과 술법을 하나로 융합해낸 강자였으나, 적의 손에 비앙카 공주가 붙잡혀 있기에 함부로 공격도 하지 못하고 욕만 내뱉을 수밖에 없었다.

"이 비열한 놈. 당장 공주님을 내려놓지 못할까."

덩치가 큰 오고우도 화를 내었다. 오고우도 테케와 마찬가지로 마르쿠제 술탑이 자랑하는 사천왕 가운데 한 명이었다. 어찌나 화가 났던지 오고우는 커다란 무쇠 솥을 땅바닥에 쾅쾅 내리찍었다.

하지만 지금 오고우가 할 수 있는 일은 애먼 땅에 화풀이를 하는 게 전부였다. 오고우도 감히 루암을 공격하지는 못했다. 루암의 손에 포로로 붙잡힌 비앙카 때문이었다.

"아아악, 안 돼."

비앙카의 호위인 레베카도 안타까움에 자신의 머리카락을 쥐어뜯었다.

루암 코이오스는 원숭이 나무조각 위에 올라탄 채 그 모습을 유쾌하게 내려다보았다. 루암의 외눈이 희열로 번들거렸다.

'저 오만한 마르쿠제 술탑 녀석들이 꼼짝도 못 하는구나. 역시 마르쿠제 술탑의 약점은 이 비앙카였어. 크후후후.'

루암은 자신의 손에 목이 붙잡혀 켁켁거리는 비앙카를 흐뭇하게 쳐다보았다.

Chapter 7

바로 그때 변고가 발생했다. 루암의 머리 위 공간이 물결 치듯 일렁거리더니, 그 속에서 이탄이 불쑥 튀어나온 것이다.

"뭐야? 이 상황은?"

이탄은 잠시 어리둥절했다.

이탄이 고개를 들어 위를 보니 하늘이 없었다. 하늘이 있어야 할 자리엔 꽉 막힌 지하도시의 천장만 존재했다.

이탄의 눈에 비친 지하도시의 풍경은 무척 친숙했다. 이 탄의 눈앞에서 켁켁거리는 여자의 얼굴도 무척 낯이 익었다. 또한 저 아래 지상에서 분통을 터뜨리는 3명의 수도자, 즉 테케와 오고우, 그리고 레베카 또한 이탄이 잘 아는 얼굴들이었다.

"으응? 이게 도대체 어찌 된 일이지? 여기는 그레브 시의 지하의 도시 같은데? 그리고 비앙카 선자와 테케, 오고우, 레베카가 왜 저러고 있을까?"

이탄은 잠시 머리가 멍했다.

"그나저나 비앙카를 핍박하는 잿빛 늑대족 수도자는 또 누구야? 설마 코이오스 가문의 수도자인가?"

이탄이 이런저런 판단을 하는 와중에도 다른 이들은 이

탄의 존재를 알아차리지 못했다. 이탄과 가장 가까이 위치한 루암도 이탄의 존재감을 느낄 수 없었다. 이탄이 아직 완전하게 언노운 월드 차원으로 넘어온 상태가 아니기 때문이었다.

지금 이탄은 차원의 벽을 막 통과하는 중이었다. 다시 말해서 이탄의 현재 위치는 차원과 차원의 중간지대일 뿐 언노운 월드는 아니었다.

바로 이런 이유 때문에 언노운 월드의 속한 자들은 이탄의 존재를 감지하지 못했다.

이탄의 눈동자에 여러 가지 대상이 동시에 맺혔다.

비앙카, 테케, 오고우, 레베카.

잿빛 털을 가진 늑대족 수도자.

지하도시.

이런 대상들은 시신경을 통해 이탄의 뇌에 전달되었다. 이탄의 뇌가 눈으로 목격한 정보들을 빠르게 조합했다.

이탄이 눈을 번쩍 떴다.

"으잉? 설마 내가 과거로 돌아온 거야? 언노운 월드를 떠나서 그릇된 차원으로 넘어간 바로 그 시점, 그 공간으로 되돌아왔단 말인가? 분명히 부정 차원으로 넘어갈 줄 알았는데?"

이탄은 뒤통수를 망치로 한 대 얻어맞은 기분이었다. 그는 당황스럽다 못해 머리가 멍하기까지 했다.

하지만 일단은 눈앞의 급한 불부터 끄고 봐야 했다. 이탄은 발걸음을 마저 내디뎌 언노운 월드로 완전히 들어섰다.

이탄이 언노운 월드 차원으로 오롯하게 진입하려는 순간, 주변 풍경이 와락 일그러졌다. 이탄의 주변에선 새하얀 스파크가 번쩍 번쩍 뛰놀았다.

이것은 차원을 진입할 때 발생하는 저항 현상이었다. 이탄은 아무렇지도 않게 그 현상을 이겨내었다.

이탄이 허공에 불쑥 나타나자 오고우의 눈이 휘둥그레졌다.

"허억?"

"설마!"

테케는 귀신이라도 본 사람처럼 눈을 껌뻑거렸다.

레베카도 입을 쩍 벌렸다.

루암은 그제야 이상함을 느꼈다.

지상에서 버럭버럭 욕을 퍼붓던 마르쿠제 술탑의 수도자들이 갑자기 표정이 돌변할 때만 해도 루암은 지금 무슨 일이 벌어지는지 알지 못했다. 그저 '저것들이 왜 저래?'라고 생각하며 고개만 갸우뚱했을 뿐이었다.

하지만 바로 다음 순간, 루암의 등골을 타고 소름이 쫙 돋았다.

[뭐, 뭐얏?]

기겁을 한 루암이 반사적으로 고개를 들어 위를 쳐다보았다.

루암의 머리 위에서는 이탄이 빤히 내려다보는 중이었다. 이탄과 루암의 시선이 허공에서 정면으로 맞부딪쳤다.

[헉! 네놈은 누구냣?]

깜짝 놀란 루암이 방어 태세를 취했다. 그러면서 루암은 발로 딛고 있던 원숭이 나무조각에 스핀을 주어 걷어찼다.

공처럼 동글동글한 원숭이 나무조각이 핑그르르 회전했다.

이 원숭이 조각이야말로 루암이 아끼는 비행 법보였다. 원숭이 조각에서 회색빛이 터지면서 루암의 몸뚱어리는 어느새 수백 미터 밖으로 이동했다.

지금 루암이 보여준 동작은 거의 순간이동이라고 느껴질 만큼 대단했다. 마르쿠제 술탑의 사천왕들인 테케와 오고우도 순간적으로 루암의 움직임을 시야에서 놓칠 정도니 말 다 했다.

하지만 불행하게도 이탄에게는 통하지 않았다. 이탄은 공간을 지배하는 언령인 무한공의 주인이기 때문이었다.

이탄이 한 걸음 내딛자 그의 육체가 물거품처럼 붕괴했다. 그렇게 흩어졌던 이탄의 몸이 허공 한 지점에서 다시

빛으로 뭉쳐서 재조립되었다.

루암이 원숭이 나무조각에 스핀을 주어 수백 미터 밖으로 피신한 것과, 이탄이 무한공의 권능으로 루암을 따라잡은 것은 시간적으로 완전히 동시였다. 루암은 이탄을 따돌렸다고 생각했으나, 이미 이탄은 루암의 코앞에 존재했다.

이탄이 이자벨라를 내팽개치고는 루암에게 손을 뻗었다.

이탄이 손을 놓았음에도 불구하고 이자벨라는 허공에 둥실 떠서 이탄의 곁에 머물렀다.

이것은 이자벨라의 의지가 아니었다. 이자벨라는 얼떨결에 차원을 넘어온 충격에 아직도 정신을 못 차린 상태였다.

그러니까 이자벨라가 지상으로 추락하지 않은 이유는 온전히 이탄의 의지 덕분이었다. 이탄이 법력으로 이자벨라를 떠받치고 있는 것이다.

쉬익―.

뱀처럼 S자를 그리며 뻗어나간 이탄의 손이 루암의 팔뚝을 붙잡았다. 살짝 잡기만 한 것 같았는데 루암의 팔뚝이 2개의 불룩한 풍선처럼 부풀었다.

이것은 기다란 풍선의 중앙을 손으로 꽉 잡으면 풍선의 오른쪽과 왼쪽이 부풀어 오르는 것과 같은 이치였다.

이탄의 악력이 어찌나 거세었던지 루암의 팔꿈치 위쪽과 팔꿈치 아래쪽이 풍선처럼 부풀었다가 결국엔 뻥! 터졌다.

시뻘건 피가 사방으로 튀었다. 살점 파편이 후두둑 날아와 이탄의 몸을 때렸다. 이탄은 피와 살점의 파편들을 피하지 않았다. 전투에 임했을 때 온몸에 피칠갑을 하고 돌아다니는 것은 이탄이 즐겨 저지르는 짓이었다.

루암이 자지러졌다.

[끄아악! 내 팔!]

지금 루암은 착각을 해도 크게 착각했다. 이 상황에서 팔이 터졌다고 울부짖을 때가 아니었다. 사실은 팔이 터지면서 비앙카를 빼앗긴 것이 더 큰 문제였다.

이탄은 지상으로 뚝 떨어지는 비앙카를 법력의 힘으로 떠받쳤다. 그러면서 이탄은 손을 다시 뻗어서 루암의 어깨를 붙잡았다.

Chapter 8

물컹.

루암의 어깨 부위가 진흙 인형 뭉개지듯이 처참하게 으스러졌다. 루암의 팔 한쪽도 몸에서 떨어져 나왔다.

[끄아아악.]

애꾸눈 루암이 미친 듯이 고개를 좌우로 흔들었다. 처참하게 끊어진 어깨 부위에서는 선혈이 분수처럼 뿜어졌다.

이탄이 다시 손을 뻗어 루암의 귀를 붙잡았다. 잿빛 털이 부숭부숭한 루암의 귀가 이탄의 손에 붙잡혀 부욱 뜯겨나갔다.

[끄아아아아.]

루암은 뒷골이 쭈뼛 섰다.

팔과 어깨, 귀를 잃은 고통보다도 두려움이 더 컸다. 루암은 미친 듯이 비행 법보를 회전시켜 수백 미터 밖으로 도망쳤다.

"그냥 가려고?"

이탄이 물거품처럼 허공에 녹아들었다가 다시금 루암의 코앞에 등장했다. 이탄의 손은 루암의 하나 남은 귀를 뜯어내었다.

[크허어억?]

루암이 한 번 더 비행 법보를 구동했다.

이탄이 찰거머리처럼 쫓아와 루암으로부터 원숭이 나무 조각을 빼앗았다.

원래 이탄은 법보에 크게 욕심이 없는 언데드였다. 하지만 상대가 자꾸 이 원숭이 조각으로 도망을 치니까 귀찮아서 법보부터 빼앗고 보았다.

[안 돼.]

루암이 당황했다.

허공에서 비행 법보를 잃고 허우적거리는 루암을 향해 이탄이 손바닥을 뻗었다.

아래에서 위로 둥그런 궤적을 그리면서 퍼엉!

이탄은 손바닥으로 루암의 복부를 가볍게 후려쳤다. 이탄의 딴에는 손바닥을 상대의 복부에 툭 붙였다가 떼었을 뿐이었다.

그런데도 루암의 등가죽이 그대로 터져나갔다. 루암의 내장은 터진 등짝을 뚫고 뒤로 쏟아졌다.

[껙!]

루암의 몸뚱어리가 이 충격을 견디지 못했다. 루암의 몸은 복부를 중심으로 절반으로 접혔고, 그로 인해 루암의 뾰족한 주둥이가 무릎에 콱 부딪쳤다. 이번에 받은 충격이 어찌나 컸던지 루암은 제대로 비명도 지르지 못했다. 루암의 아가리는 턱이 빠질까 걱정될 정도로 크게 벌어졌다.

그러는 와중에 루암의 목에 걸린 36알의 염주도 훌렁 튀어나왔다.

'이것도 법보겠지?'

이탄은 상대의 염주를 낚아채 주머니 속에 챙겨두었다. 그런 다음 한 손으로 루암의 머리끄덩이를 붙잡아 지상으로 끌고 내려왔다.

[끄억, 껙, 껙.]

루암이 피와 내장을 철철 쏟으며 무참하게 끌려왔다.

반면 비앙카와 이자벨라는 날개가 달린 투명한 침대에 드러누워 있는 것처럼 안락하게 하강했다.

지상에 도착한 뒤, 이탄은 사천왕을 향해 손을 내밀었다. 그 손짓에 따라 비앙카가 허공을 사뿐히 날아가 사천왕 앞에 안착했다.

"허억. 비앙카 공주님."

"공주님, 괜찮으십니까?"

테케와 오고우가 동시에 달려들어 비앙카의 몸 상태부터 살폈다. 다행히 비앙카는 목 주변이 조금 까졌을 뿐 큰 부상은 없었다.

레베카도 비앙카가 무사한지부터 먼저 살폈다. 그런 뒤, 레베카는 은색 머리카락이 펄럭거릴 정도로 힘차게 이탄을 향해 허리를 숙였다.

"이탄 님, 고맙습니다. 정말 고맙습……. 크윽. 큭."

레베카는 고맙다는 말도 제대로 하지 못했다.

목이 메어 소리가 나오지 않아서였다. 이것만 보아도 그녀가 비앙카를 얼마나 걱정했는지 짐작이 갔다.

이탄은 비앙카를 마르쿠제 술탑 사람들에게 돌려준 뒤, 주변을 살폈다.

지하도시의 천장에서는 아직도 흙 부스러기가 푸스스스 떨어지는 중이었다. 이탄이 그릇된 차원으로 넘어가기 전 만났던 5명의 몬스터들은 이미 어디로 떠났는지 사라지고 없었다.

이탄이 감각의 범위를 좀 더 넓혀보았다.

다섯 몬스터들은 여전히 이탄의 감각에 잡히지 않았다.

'그 5명이 아마도 그릇된 차원 오대강족의 왕들이었을 것 같은데. 쳇. 이럴 줄 알았으면 그릇된 차원에 진입하기 전에 녀석들을 붙잡아놓을 것을 그랬나?'

이탄이 아쉬움에 입맛을 다셨다.

비록 오대강족의 왕들은 놓쳤지만, 그래도 이탄이 할 일이 아주 없지는 않았다. 이곳 지하도시는 아직 한 바탕 홍역에서 완전히 벗어나지 못했다.

이탄이 동쪽 시가지로 시선을 돌렸다.

다음 순간, 이탄의 몸이 물거품처럼 사라졌다.

그 와중에 이탄이 남긴 뇌파가 마르쿠제 술탑 사천왕과 레베카의 뇌에 직접 전달되었다.

[코이오스 가문의 수도자를 잠시 맡아주시오. 그리고 내가 데려온 여인 2명도 좀 챙겨주고.]

이탄은 테케와 오고우, 그리고 레베카에게 루암 코이오스를 맡겼다. 동시에 그는 이자벨라와 에스더도 부탁해 놓았다.

"알겠소. 이곳은 걱정 마시오."

꺽다리 수도자 테케가 대표로 대답했다.

그때 이미 이탄의 모습은 어디에도 보이지 않았다.

이탄은 공간의 권능을 발휘하여 세상에 녹아들었다가 동쪽 시가지 한복판에서 다시 나타났다.

그곳에서는 날카로운 병장기 소리가 한창이었다. 이어서 휘황찬란한 빛이 터지면서 오러가 길게 일어나 허공을 비스듬히 갈랐다.

건물 한 채가 수십 미터 길이의 오러에 그대로 잘려나갔다. 건물의 상단부가 잘린 단면을 타고 주르륵 미끄러져 내리다가 콰콰쾅 넘어갔다. 붕괴한 건물 안에서 잿빛 까마귀 세 마리가 푸드덕 날아올랐다.

기다란 오러가 그 뒤를 쫓아와 허공을 난도질했다.

뒤이어 우렁찬 고함이 뒤따랐다.

"어딜 도망치느냐?"

고함을 지른 장본인은 다름 아닌 피요르드 후작이었다. 아울 검탑의 99검이자 이탄의 장인인 피요르드 말이다.

[칫. 정말 더럽게 강한 검수로구나.]

잿빛 까마귀들 가운데 한 마리가 사납게 뇌파를 터뜨렸다. 피요르드가 어찌나 강했던지 이미 완12급의 중견 수도자들이 3명이나 죽었다.

Chapter 9

이윽고 펑! 소리와 함께 잿빛 까마귀가 늑대족 수도자의 모습으로 변신했다.

[이 빌어먹을 놈아. 어디 한번 제대로 붙어보자.]

수도자는 허공에서 몸을 180도 돌리더니, 양손을 품에 넣었다가 다시 뽑아 전방으로 뿌렸다.

수도자의 검지와 중지 사이에는 노란 부적 두 장이 끼워져 있었다. 그 부적 두 장이 흐느적흐느적 날아와 요란하게 터졌다.

부적이 폭발하면서 광풍이 몰아쳤다. 날카로운 바람 속에서 원숭이의 몸에 늑대의 머리가 결합된 괴수 두 마리가 튀어나왔다.

나머지 잿빛 까마귀들도 허공을 빙글 선회하더니, 늑대족 수도자의 모습으로 돌아왔다. 2명의 수도자가 둥그런 고리가 달린 긴 봉을 휘두르며 피요르드에게 달려들었다.

피요르드도 피하지 않았다.

"덤벼라. 이 사악한 괴물들아."

피요르드는 검에서 오러를 줄기줄기 뿜어내어 허공을 휘저었다.

커다란 원숭이의 몸에 늑대의 머리를 매단 괴수가 오러 사이로 싹싹 빠져나가며 피요르드를 직접 공격했다. 그 사이 수도자 2명은 봉을 8자로 휘둘러 철그럭철그럭 소리를 내었다. 봉에 매달린 고리가 맞부딪치면서 울리는 소리였다.

이 철그럭 소리가 서로 공진하며 음파의 벽을 만들었다. 그 음파가 빠르게 뻗어 피요르드 후작의 몸을 사방에서 때렸다.

3대의 1의 싸움은 결코 만만치 않았다. 원숭이와 늑대가 결합된 괴수는 너무나도 몸이 빨라서 피요르드의 검을 싹싹 흘려버렸다.

이 괴수 두 마리를 상대하는 것만으로도 눈알이 핑핑 돌아갈 판국인데, 거기에 더해서 듣기 싫은 음파의 공격이 피요르드의 이성을 어지럽혔다.

결국 피요르드 후작에게 파탄이 발생했다. 피요르드는 검은 빠르게 X자로 휘둘러서 두 마리 괴수 가운데 한 마리를 베어내는 데 성공했으나, 그 사이에 나머지 한 마리의 괴수가 피요르드의 방어선을 뚫고 들어와 피요르드의 옆구리를 덥석 물었다.

"크악."

피요르드가 비명을 질렀다.

괴수의 뾰족한 주둥이는 길이만 1미터가 넘었다. 괴수가 그 큰 아가리로 물어뜯자 피요르드의 옆구리뿐 아니라 가슴까지 깊게 상처가 났다. 심지어 피요르드의 갈비뼈까지 한 움큼 뜯겨나갔다.

피요르드는 허공으로 도약해서 적과 싸우던 중이었는데, 갑자기 부상을 입자 중심을 잃고 추락했다.

"아버지."

프레야가 깜짝 놀라서 달려왔다.

[이때다.]

[어서 저 계집을 공격해라.]

프레야의 등 뒤에 늑대족 수도자들이 여럿 달라붙었다. 그들은 프레야를 악착같이 쫓아와 집요하게 공격했다.

프레야는 아울 검탑의 도제생들 가운데 몇 손가락 안에 꼽힐 정도로 검술 실력이 뛰어났다. 뿐만 아니라 그녀는 다수의 실전 경험을 쌓으면서 마법사들과 싸우는 요령도 잘 익혀두었다.

하지만 안타깝게도 지금은 프레야의 경험이 도움이 되지 않았다. 늑대족 수도자들은 마법사가 아니라 술법사이기 때문이었다. 늑대족 수도자들은 낯선 술법을 사용하여 프레야를 궁지로 몰아넣었다.

프레야는 난생 처음 겪어보는 해괴한 공격에 말려서 크
고 작은 상처를 입었다. 그 와중에 부친이 추락하자 깜짝
놀라서 달려올 수밖에 없었다.

이렇게 프레야가 적에게 등을 보인 것이 실수였다. 늑대
족 수도자들은 지금까지 프레야의 탄탄한 검술 때문에 쉽
게 공격을 성공시키지 못했었다. 그런데 프레야가 등을 보
이자 [이때다.]라고 쾌재를 부른 뒤, 냉큼 쫓아와 프레야를
집중 공격했다.

"크윽. 대체 이 악마들은 어디서 나타난 거야?"

프레야가 답답한 신음을 토했다. 그러면서도 프레야는
검을 풍차처럼 돌려서 검의 막을 만들었다.

퍼퍼퍼펑!

늑대족 수도자들이 퍼부은 술법이 프레야의 검막에 막혀
서 튕겨나갔다. 대신 프레야도 몇 걸음이나 휘청거리면서
뒤로 밀려났다.

"크흡! 우웨엑."

프레야의 입술을 타고 붉은 피가 주르륵 흘렀다. 이어서
프레야는 입 안에 머금었던 검붉은 색깔의 피를 울컥 토해
놓았다. 조금 전 충돌의 여파로 오러가 깨지면서 프레야의
내장이 뒤틀렸고, 그 탓에 피가 역류했다.

[드디어 저 독한 계집이 부상을 입었다.]

[옳거니. 이제 끝났구나.]

늑대족 수도자들이 이 좋은 기회를 놓칠 리 없었다. 그들은 벼락처럼 몸을 날려 프레야를 덮쳤다.

그 가운데 선두에서 몸을 날린 수도자가 기다란 철봉으로 프레야의 머리를 내리찍으려 들었다. 뒤따라온 수도자는 방울을 꺼내어 요란하게 흔들었다.

방울 소리가 먼저 다가와 프레야의 정신을 뒤흔들었다. 이어서 휘청거리는 프레야의 머리 위로 묵직한 철봉이 날아들었다.

"아앗!"

프레야의 안색이 새하얗게 질렸다.

그때 프레야의 등 뒤에서 무시무시한 고함이 터졌다.

"이것들이 감히."

지하도시 상공에서 추락했던 피요르드가 벌떡 일어나 검을 길게 휘두른 것이다. 피요르드의 검에서 뿜어진 휘황찬란한 오러가 늑대족 수도자의 철봉을 세 토막으로 잘랐다. 이어서 부왁! 소리와 함께 철봉을 휘두르던 수도자의 몸이 세로로 쪼개졌다.

그러고도 피요르드 후작의 오러는 소멸하지 않았다. 오히려 더욱 길게 뻗어나가 방울을 흔들던 수도자의 목까지 날려버렸다.

미친 듯이 방울을 휘두르던 늑대족 수도자는 영문도 모른 채 머리와 몸통이 분리되었다. 피요르드 후작의 공격은 적이 보지도 못할 만큼 빠르고 강력했다.

피요르드의 활약 덕분에 프레야는 겨우 목숨을 건졌다.

대신 상공에서 뚝 떨어진 잿빛 광선 세 가닥이 피요르드의 등판을 관통했다. 이 잿빛 광선들은 피요르드의 검막을 단숨에 찢고 피요르드의 내장을 가닥가닥 끊어놓았다.

[크악.]

피요르드가 몸을 크게 휘청거렸다.

피요르드의 한쪽 무릎이 대지에 쿵 처박혔다. 피요르드의 입에선 시커먼 선혈이 줄줄 흘렀다.

"안 돼요. 아버지."

프레야가 재빨리 부친의 등 앞을 막아섰다. 프레야가 만들어낸 검의 보호막이 주변 3 미터 영역을 물샐 틈 없이 틀어막았다.

Chapter 10

쭈왕—, 퍼어엉!

2차로 쏘아진 잿빛 광선이 프레야의 보호막을 세차게 두드렸다.

"큽!"

프레야가 다시금 코와 입에서 피를 뿜었다.

프레야의 검막은 잿빛 광선을 막아내는 데는 성공했으나, 그 충격으로 인해 프레야는 두 무릎을 꿇어야 했다. 검막 자체도 찢어질 듯 얇아져 있었다.

지하도시의 상공에서는 3명의 늑대족 수도자가 각자의 비행 법보를 타고 크게 선회했다. 세 수도자는 허공을 한 바퀴 돌면서 잿빛 광선을 한 번 더 모았다.

"아아아."

그 모습에 프레야가 절망적인 신음을 흘렸다. 프레야는 검의 손잡이를 꽉 움켜쥐고는 젖 먹던 힘까지 쥐어짜서 검에 힘을 불어넣었다.

그 사이 3명의 늑대족 수도자들은 잿빛 광선을 방출할 준비를 모두 마쳤다.

이 3명의 수도자 외에도 또 다른 하위 레벨의 수도자들이 프레야와 피요르드 후작의 주변으로 슬금슬금 모여들었다. 만급부터 완급 사이에 속하는 이 수도자들은 아울 검탑의 도제생들, 즉 프레야의 동료들과 싸우던 자들이었다.

그런데 이자들이 프레야를 향해 슬금슬금 접근한다는 것

은, 프레야의 동료들이 대부분 죽었다는 것을 의미했다.

프레야가 이 사실을 모를 리 없었다.

"아아아아. 안 돼."

프레야의 눈이 안타까움으로 물들었다.

하지만 프레야는 포기를 모르는 꿋꿋한 성격이었다. 동료들의 죽음에 슬퍼하고 좌절하는 것은 프레야에게 어울리지 않았다.

"덤벼라. 이 사악한 피사노교의 악마들이여. 나 프레야는 결코 너희들에게 굴복하지 않으리라."

프레야가 당차게 외쳤다. 프레야는 늑대족 수도자들을 피사노교의 사도들이라고 여기고 있었다.

그럴 만도 한 것이, 마르쿠제 술탑을 제외한 나머지 동차원의 수도자들에 대해서는 언노운 월드에 거의 알려져 있지 않았다. 특히 북명의 수인족 가문들에 대해서는 알려진 바가 전혀 없었다.

그러니 프레야가 늑대족 수도자들을 피사노 교도들로 착각하는 것도 이상한 일은 아니었다.

쭝! 쭝! 쭈웅!

지하도시 상공에서 잿빛 광선 세 가닥이 연달아 떨어졌다.

이 가운데 첫 번째 광선과 맞부딪치면서 프레야의 검막

이 와해되었다. 이어서 두 번째 광선이 프레야의 정수리를 강타하려 들었다.

[어림도 없다.]

피요르드가 마지막 의지를 불살라 오러를 피워 올렸다. 이 오러가 두 번째 잿빛 광선을 산산이 부수고 하늘로 솟구쳐 올라가 늑대족 수도자 한 명을 베었다.

[크악.]

갑작스런 피요르드의 공격에 3명의 수도자 가운데 한 명이 부상을 입었다. 이 수도자는 피요르드의 오러에 팔이 하나 잘린 채 괴성을 질렀다.

모처럼 공격을 성공시켰건만 피요르드의 표정은 어두웠다.

"크웃. 머리를 쪼개놓으려고 했건만 겨우 팔 하나뿐인가?"

사실 이번 공격은 피요르드가 마지막 한 방울의 에너지까지 쥐어짜서 날린 것이었다. 피요르드는 이 필살기로 적한 명쯤은 지옥으로 보내버릴 생각이었다.

한데 늑대족 수도자의 반응이 너무 신속했다.

상대는 피요르드의 오러가 솟구친 순간 반사적으로 몸을 옆으로 피했다. 덕분에 목이 날아가지 않고 팔 하나를 잃는 것으로 그쳤다.

어쨌거나 이제 피요르드의 힘은 완전히 소진되었다. 피요르드는 제대로 서 있을 힘도 없어 털썩 주저앉았다.

"아버지. 일어나세요."

프레야가 황급히 부친을 부축했다.

그때 이미 세 번째 잿빛 광선이 피요르드 부녀의 머리 위에 작열하는 중이었다.

'이제 끝인가?'

프레야는 죽음을 예감했다.

가장 먼저 프레야의 머릿속에 떠오른 것은 어머니의 얼굴이었다.

'나와 아버지가 죽으면 엄마는 세상에 홀로 남겨질 텐데. 배다른 오라버니가 엄마를 챙겨줄 리도 없고, 우리 엄마 불쌍해서 어떻게 하나.'

이어서 프레야가 떠올린 상대는 이탄이었다.

'이렇게 꽃다운 나이에 죽을 줄 알았더라면 첫날밤이라도 치를 것을.'

엉뚱하게도 프레야는 이런 생각을 했다.

그 즉시 프레야의 볼이 능금빛으로 화끈 달아올랐다.

'이런 미친년. 죽음을 앞두고 내가 뭔 생각을 하는 거야. 음란마귀가 씐 것도 아니고.'

프레야는 부끄러움에 마구 도리질을 했다.

그러다 문득 이상하다는 생각이 들었다.

'어라? 죽는 데 뭐가 이렇게 시간이 오래 걸리지? 그 괴상한 잿빛 광선이 이미 내 몸을 잿더미로 만들었어야 정상인데?'

프레야가 고개를 들어 지하도시의 천장을 올려다보았다.

참으로 희한한 일이었다. 세 번째 잿빛 광선은 그 어디에도 보이지 않았다. 허공을 선회하던 3명의 늑대족 수도자들도 모두 사라지고 없었다. 수도자들이 비행하던 위치에선 노랗게 물든 가루 같은 것들이 푸스스 낙하하는 중이었다.

"으응?"

프레야는 영문을 몰라 눈을 크게 떴다.

그 순간 지하도시 저편에서 샛노란 광선이 또다시 피어올랐다. 이 무시무시한 광선은 거치적거리는 모든 물체들을 그대로 관통하며 날아들더니, 프레야를 에워싼 늑대족 수도자들을 썽둥썽둥 잘라버렸다.

늑대족 수도자들은 감히 피할 엄두도 내지 못했다. 그들의 눈앞에서 뭔가 번쩍했다 싶은 순간 이미 수도자의 몸은 대여섯 조각으로 나뉘었다. 머리통도 몸에서 분리되었다가 다시 네 조각으로 추가 분해되었다.

이 샛노란 광선에 비하면 조금 전 수도자들이 방출했던

잿빛 광선은 아이들 장난이나 다름없었다.

눈 깜짝할 사이에 코이오스 가문의 수도자들은 몰살을 당했다. 프레야와 피요르드 후작 주변의 수도자들 30여 명이 동시에 핏물을 뿜으며 허물어졌다.

Chapter 11

"이게 대체 무슨 일이래? 허억, 헉."

어찌나 놀랐던지 프레야는 말문이 막혔다.

샛노란 광선의 정체는 다름 아닌 나라카의 눈이었다. 이탄은 피요르드와 프레야의 위기를 포착한 즉시 눈에서 노란 광선을 쏘아 이들 부녀를 구해주었다.

원래 이탄은 나라카의 눈을 거의 사용하지 않는 편이었다.

'광선으로 적을 죽이면 제대로 된 손맛을 느낄 수 없잖아.'

이탄은 이런 생각으로 나라카의 눈을 방치해 두었다.

한데 이번에는 모처럼 이탄이 이 권능을 꺼내들었다.

이유는 단순했다.

"프레야 앞에서 내 본 모습을 보여줄 수는 없지. 그녀 앞에서 나는 나약한 상인으로 남아야 해."

이탄이 자조적으로 뇌까렸다. 순간적으로 이탄의 얼굴에 서글퍼 보이는 그늘이 드리웠다. 이탄은 먼발치에서나마 부인의 무사한 모습을 확인한 뒤, 다시 세상 속에 물거품처럼 녹아들었다.

이탄이 다시 모습을 드러낸 곳은 333호의 뒤쪽이었다.

333호의 앞에는 코이오스 가문의 수도자 2명이 공격을 퍼붓는 중이었다. 그 가운데 한 명이 잔뜩 녹이 슨 쇠사슬을 날려서 333호를 포박하려 들었다. 또 다른 한 명은 발톱을 길게 뻗어 333호를 공략했다.

333호는 비록 전투 요원이 아니라 보조요원 출신이지만, 그래도 그녀는 은화 반 닢 기사단의 혹독한 훈련을 통과한 실력자였다.

"이이익. 어림도 없다."

333호가 단발머리를 찰랑이며 뒤로 텀블링을 하여 쇠사슬 공격을 피했다. 이어서 날아온 늑대족 수도자의 발톱은 팔뚝에 착용한 보호구로 튕겨내었다.

민첩한 몸놀림 덕분에 333호는 죽지 않았다. 대신 조금 전 충돌로 인하여 333호의 팔뚝이 뚝 부러졌다.

"아악!"

333호가 왼손으로 자신의 덜렁거리는 오른팔을 붙잡았

다. 그러면서 333호는 재빨리 백스텝을 밟았다.

바로 뒤이어 쇠사슬이 날아들었다.

이 쇠사슬은 단순한 무기가 아니었다. 북명의 코이오스 가문에서 법력으로 제련한 법보였다.

샤—악!

일직선으로 날아오던 쇠사슬이 갑자기 커다란 뱀으로 변해 아가리를 쩍 벌렸다. 쇠사슬의 속도도 세 배 이상 빨라졌다.

게다가 이 대형 뱀은 허공에서 S자로 몸을 틀면서 333호의 시야가 미치지 않는 사각지대로 파고들었다.

"헙!"

순간적으로 333호가 적의 공격을 놓쳤다.

그때 이미 333호의 옆구리에는 커다란 뱀이 대가리를 들이밀어 독니를 박아 넣은 상태였다.

"아악."

333호는 자신도 모르게 눈을 질끈 감았다.

위기의 순간, 333호의 머리 위로 바람이 홍– 불었다. 이탄이 나타난 것이다.

이탄은 등장과 동시에 333호의 머리 위를 타넘더니, 그대로 코이오스 수도자에게 달려들어 목을 따버렸다. 동시에 이탄은 333호의 옆구리로 파고들던 대형 뱀을 법력으로 휘감아 쭉 잡아당겼다.

이탄에게 목이 뜯긴 수도자는 피를 콸콸 흘렸다. 그는 두 손으로 자신의 목을 틀어막은 채 앞으로 고꾸라졌다.

그 순간 이탄의 왼손은 대형 뱀의 쩍 벌어진 아가리를 붙잡아 그대로 부쉈다.

뱀의 독니가 이탄의 손과 부딪쳐 와장창 으스러졌다. 뱀의 턱뼈가 박살 났다. 이어서 뱀의 머리통도 산산조각 났다.

그렇게 잘게 으깨진 뱀이 다시 쇠사슬로 변했다.

이탄은 그 쇠사슬마저 악력으로 뭉개서 가닥가닥 끊어놓았다.

"아앗, 49호 님."

333호가 환호했다.

이탄은 333호에게 윙크를 한 번 날리는 한편, 또 다른 수도자의 팔을 낚아챘다.

[으헉?]

깜짝 놀란 수도자가 몸을 뒤로 빼려 했다.

불가능했다. 이탄이 잡아당기는 힘이 어찌나 셌던지 이 수도자는 마치 종이인형처럼 휙 딸려왔다.

뻑!

이탄의 손바닥이 마중을 나가 상대의 얼굴을 터뜨렸다.

코이오스 가문 수도자의 머리가 산산이 박살 나면서 그 파편이 사방으로 튀었다.

333호는 그제야 놀란 가슴을 진정시켰다.

"49호 님, 와주셨군요. 갑자기 온 사방에서 늑대머리 수인족들이 등장해서 깜짝 놀랐었습니다."

333호가 이탄을 반겨 맞았다.

"어디 다친 곳은 없나?"

이탄이 333호를 걱정해주었다.

순간 333호의 심장에서 쿵 소리가 났다.

"네넷. 어, 없습니다. 저는 괜찮습니다."

대답을 하는 333호의 볼이 복사꽃처럼 발그레 달아올랐다. 그녀는 말도 더듬었다.

이제 상황이 종료되었다.

조금 전까지만 해도 그레브 시 땅 속의 지하도시는 붕괴에 직면했었다. 코이오스 가문이 그릇된 차원으로 통하는 통로를 뚫으면서 시작된 붕괴였다.

한데 이탄이 또 다른 차원의 통로를 뚫으면서 힘의 평형이 다시 맞춰졌다.

덕분에 붕괴하던 지반이 다시 견고하게 자리를 잡았다. 이제 붕괴 걱정은 하지 않아도 좋았다.

물론 그 와중에도 지하도시 상공에는 검푸른 와류가 조금씩 차원의 벽을 허물고 있었다. 이 검푸른 소용돌이는 부정 차원을 향해서 끊임없이 길을 내는 중이었다.

　다만 이 검푸른 와류와 차원의 벽은 일반인들의 눈에는 보이지 않았다. 느껴지지도 않았다. 오로지 이탄만이 세차게 회전하는 와류의 모습을 볼 수 있었다.

　'결국엔 내 주먹질이 다 헛짓이었구나. 저 검푸른 소용돌이가 부정 차원으로 통하는 구멍을 완전히 뚫으려면 앞으로 두 달은 족히 걸리겠어. 쳇.'

　이탄이 지하도시 상공을 곁눈질하면서 혀를 한 번 찼다.

　'어쩔 수 없지. 두 달 뒤에 다시 이곳을 방문할 수밖에.'

　이탄은 부정 차원 방문을 잠시 미루기로 마음먹었다.

　차라리 잘된 일일지도 몰랐다. 이탄은 앞으로 남은 두 달 사이에 그동안 밀렸던 일들을 해치우기로 결심했다.

제2화

그 남자의 복귀 II

Chapter 1

이탄이 마지막으로 다시 한번 지하도시를 둘러보았다.

지하도시의 건물들 가운데 절반은 이미 허물어진 상황이었다. 도시의 거주민들 가운데 3분의 1이 죽거나 심각한 부상을 입었다. 나머지 3분의 2도 긁히거나 찢긴 상처가 온몸에 났다.

지하도시의 천장에서는 아직도 돌 부스러기가 조금씩 떨어져서 지하도시 거주민들의 마음을 불안하게 만들었다.

코이오스 가문의 침략도 대충 정리되었다.

코이오스 가문의 부가주인 루암 코이오스는 이탄에 의해 엉망진창이 되었다. 그는 한쪽 팔이 뜯겨나가고, 등이 찢어져 내장이 뒤로 줄줄 새고 있으며, 두 귀를 잃은 채 포로로 붙잡혔다.

어디 그뿐인가.

루암은 36알의 염주와 원숭이 나무조각 법보도 이탄에게 빼앗겼다.

루암을 제외한 나머지 코이오스 가문의 수도자들도 대부분 죽거나 포로 신세가 되었다. 마르쿠제 술탑의 테케와 오고우 등은 코이오스 수도자들을 술법의 사슬로 칭칭 휘감아 꼼짝도 못 하게 포박했다.

비앙카도 얼마 후 정신을 차렸다.

비앙카는 잔뜩 화가 났는데, 그 화풀이로 술법의 사슬에 묶여서 무릎을 꿇고 있는 코이오스 수도자들의 머리통을 세차게 한 대씩 때려주었다. 비앙카의 손이 어찌나 매웠던지 코이오스 수도자들 가운데 몇 명은 두개골에 금이 쩍 갔다.

한편 피요르드와 프레야도 무사했다. 이들 부녀는 마나홀이 텅 비고 체력이 바닥 났을 뿐 크게 상한 곳은 없었다.

프레야를 제외하면 아울 검탑의 도제생들 가운데 3명만 살아남았다. 나머지 도제생들은 코이오스 수도자들과 싸우다가 장렬히 전사했다. 피요르드와 프레야는 죽은 이들의 무덤을 임시로 만들어 주고는 그 앞에서 깊게 묵념했다.

333호도 무사했다.

이탄 덕분에 목숨을 건진 이후로 333호는 이탄의 등을 힐끗힐끗 보면서 발가락을 꼼지락거렸다.

그릇된 차원에서 넘어온 오대강족의 왕들은 어디로 갖는지 종적을 찾을 수가 없었다. 이탄은 굳이 그 왕들을 찾을 생각이 없었다.

'변고가 크게 한 번 터져야지. 그래야 내가 이곳에서 벌인 일들이 희석되겠지.'

이탄은 이번 사태를 무난하게 덮기 위해서라도 오대강족의 왕들이 언노운 월드 세상으로 나아가 한바탕 소란을 일으켜주기를 희망했다.

만약에 프레야가 남편의 이기적인 생각을 알았더라면 크게 실망했을 것이다. 아마도 그녀는 남편의 인간성을 의심했을지도 모른다.

하지만 어쩌겠는가.

이탄은 원래 이기적인 성격이었다. 이탄은 원래 인간이 아닌지라 인간성 운운할 이유도 없었다.

모든 일이 마무리된 뒤, 이탄 일행은 그레브 시를 떠났다.

피요르드 시로 돌아오는 길은 편안했다.

다음 날인 7월 2일 오전, 은화 반 닢 기사단의 점퍼들이 이탄과 333호, 피요르드 후작과 프레야, 그리고 아울 검탑의 도제생 3명을 대륙 북동부의 피요르드 시까지 안전하게 이동시켜 주었다.

거기에 덤으로 2명 더.

이탄은 이자벨라와 에스더도 함께 피요르드 시로 데려왔다.

"49호 님, 이 여자들은 누구예요?"

333호가 은근하게 물었다.

"마르쿠제 술탑과 관련된 여인들이다. 천둥새 퀘스트를 했을 때 알게 된 사이지."

이탄은 입술에 침도 바르지 않고 거짓말을 했다. 하긴, 이탄은 듀라한인지라 침이 거의 나오지도 않았다.

333호는 이탄의 말을 곧이곧대로 믿을 수밖에 없었다.

그도 그럴 것이, 그레브 시의 지하도시를 구경시켜준 비앙카 일행도 마르쿠제 술탑의 술법사들이 아니던가. 그러니 술탑의 술법사 2명이 더 있다고 한들 이상한 일은 아니었다.

다만 333호의 질문은 그런 뜻이 아니었다.

'내 말뜻은 그게 아니잖아요. 그 여자 2명과 사내 2명은 따로 움직이는데, 왜 하필 이 여자들은 49호 님과 동행하

느냐고욧. 피잇.'

333호가 이탄 몰래 입술을 삐쭉였다.

333호의 뇌리에는 비앙카와 레베카, 그리고 테케와 오고우 등이 차례로 떠올랐다. 이어서 이자벨라와 에스더의 얼굴도 스쳐 지나갔다.

비앙카는 불꽃처럼 화려한 미녀였다. 333호가 보아온 여인들 가운데 비앙카처럼 아름다운 여인은 찾기 힘들 정도였다.

이탄의 부인인 프레야도 실로 뛰어난 미인인데, 비앙카의 미모는 프레야를 오히려 앞지르는 것 같았다.

한편 레베카도 한 미모했다.

비앙카가 불꽃이라면 레베카는 얼음이었다. 차가우면서도 시크한 레베카의 매력은 충분히 뭇 남성들을 휘어잡을 만했다.

에스더의 미모도 결코 뒤떨어지지 않았다. 에스더도 레베카 못지않게 차가우면서도 고고한 분위기를 풍겼다.

이자벨라는 귀여웠다. 비록 이자벨라는 비앙카나 레베카, 에스더와 같은 성숙미는 없었지만, 요정처럼 귀여운 이 소녀에게는 사람의 마음을 잡아끄는 묘한 구석이 있었다.

333호가 신경질적으로 땅바닥을 걷어찼다.

'쳇. 49호 님 주변에 언제부터 이렇게 미녀들이 잔뜩 꼬

였지? 예전엔 이렇지 않았는데. 대제 언제부터 이렇게 여우들이 득실거리는 거야? 체에엣.'

333호는 괜히 짜증이 났다.

하지만 333호가 모르는 점이 한 가지 있었다. 이탄의 부인인 프레야가 은근하게 333호를 신경 쓰고 있다는 사실을 333호는 꿈에도 몰랐다.

프레야도 333호처럼 입술을 쭉 내밀었다.

'마르쿠제 술탑의 여자 술법사가 4명. 비앙카, 레베카, 에스더, 이자벨라라고 했던가? 이 술법사들은 이탄 님과 업무적으로만 관련이 있는 사이라고 치자. 하지만 저 단발머리 아가씨는 쿠퍼 가문의 집사잖아. 그러니까 저 여자는 평소에도 이탄 님 옆에 찰싹 달라붙어 있을 거잖아. 피잇.'

프레야의 인생 목표는 검의 구도자가 되는 것이었다. 프레야 스스로도 "나는 검과 결혼했어요. 그러니 나를 여성으로 보지 말아주세요."라고 주장해왔다.

완전 선머슴이던 프레야가 남편 주변의 여자들에게 신경을 쓰게 된 것은 요 며칠 전부터였다. 이전의 프레야는 결코 이러지 않았다.

Chapter 2

그날 밤이었다.

333호가 은밀하게 길을 나섰다.

높은 나뭇가지 위에는 부엉이 한 마리가 앉아서 부리부리한 눈으로 지상을 굽어보았다. 우거진 숲 저 멀리서 짐승의 울음소리가 메아리쳤다. 부엉이는 몇 차례 고개를 갸웃거리다가 부리로 깃털을 골랐다.

333호는 빠른 걸음으로 부엉이가 앉아 있는 나무 아래를 지나쳤다. 333호의 옆구리에는 보고서가 한 묶음 끼워져 있었다.

이것은 그레브 시에서 벌어졌던 사건들을 정리한 보고서였다.

챕터 별로 정리된 보고서 안에는 프레야가 진 빚을 49호가 갚아주는 장면(챕터 1), 아울 검탑과 야스퍼 전사탑의 분쟁(챕터 2), 마르쿠제 술탑 술법사들의 등장(챕터 3), 술탑의 지부가 위치한 지하도시 이야기(챕터 4), 지하도시에서 발생한 변고(챕터 5), 그리고 마지막으로 49호가 데려온 2명의 술법사(챕터 6)가 빽빽하게 기술되어 있었다.

챕터 6에서 언급된 2명의 술법사란, 이자벨라와 에스더를 의미했다.

사실 이 2명은 마르쿠제 술탑의 술법사가 아니라 그릇된 차원의 강자들이었다. 하지만 이탄은 333호에게 이 2명을 술법사라고 소개했다.

333호도 이탄의 말을 철석같이 믿고서 보고서를 작성했다.

보고서 초안이 완성된 뒤, 333호는 은화 반 닢 기사단의 본부를 찾았다.

은화 반 닢 기사단의 원로기사들은 333호가 도착하기도 전에 이미 한 자리에 모인 상태였다.

이것이 의미하는 바는, 그만큼 원로기사들이 이탄의 움직임에 관심이 많다는 뜻이었다.

원로기사들 가운데 가장 상위 서열인 5호 어르신이 333호에게 물었다.

"네가 직접 마르쿠제 술탑의 술법사들을 만났다고?"

"그렇습니다. 그 술법사들이 49호 님과 저를 그레브 시 지하의 마르쿠제 술탑 지부로 안내했습니다."

333호가 바닥에 머리를 조아려 대답했다.

그 즉시 7호 어르신과 10호 어르신이 끼어들었다.

"허어. 그레브 시 지하에 마르쿠제 술탑의 지부가 있었어?"

"이거 놀랍구먼. 그렇다면 혹시 피요르드 시 지하에도

술탑의 지부가 존재하는 것 아닌가 몰라?"

마르쿠제 술탑은 피사노교 뺨치게 신비로운 곳이었다. 마르쿠제 술탑과 모레툼 교단은 다 함께 백 세력에 속하지만, 그렇다고 해서 모레툼 교단이 마르쿠제 술탑에 대해서 잘 알고 있는 것은 아니었다.

그나마 모레툼 교단은 최근 마르쿠제 술탑에 대한 정보를 조금이나마 캐냈다. 이탄이 천둥새 퀘스트를 수행하면서 제출한 보고서 덕분이었다.

한데 이번에 이탄이 또 한 건을 올렸다.

좀 더 정확하게 표현하자면, 이번에 이탄은 한 건이 아니라 세 건의 굵직한 일들을 해내었다.

이번에 이탄이 이루어낸 업적 세 가지는 다음과 같았다.

우선 이탄은 고작 금화 5,000닢—돈이 많은 모레툼 교단의 입장에서나 5,000닢을 고작이라고 표현할 수 있지만—을 투자하여 아울 99검에게 큰 은혜를 입혔다. 은화 반 닢 기사단은 이것만으로도 충분한 성과를 거둔 셈이었다.

거기에 더해서 이탄은 남부의 흑 세력 가운데 한 곳인 야스퍼 전사탑에게 제법 큰 피해를 입혔다.

이 일 또한 은화 반 닢 기사단의 공으로 돌아갔다.

마지막으로 이탄은 마르쿠제 술탑에 대한 고급 정보, 즉 술탑 지부의 위치라든가 술탑 술법사들에 대한 인물 정보

등을 물어왔다.

더 좋은 것은, 이것이 퀘스트도 아니라는 점이었다. 이탄은 퀘스트의 차감 없이 이상 세 가지 공적을 이루어냈다.

7호 어르신이 껄껄껄 소리 내어 웃었다.

"어허허. 역시 49호가 우리의 보물이외다. 49호 덕분에 우리 은화 반 닢 기사단이 목에 힘을 주게 되었어요. 어허허허."

7호 어르신은 예전부터 이탄을 지지했다. 다른 원로기사들이 이탄을 경계할 때에도 7호 어르신은 이탄을 보호해주려고 애썼다.

그러다 최근에는 5호 어르신을 비롯한 대부분의 원로기사들이 이탄을 좋게 보기 시작했다.

이탄은 피사노교의 고급 정보를 빼내오는 핵심 첩자이자 아울 검탑, 시시퍼 마탑, 그리고 마르쿠제 술탑과 골고루 친분을 쌓은 요원 중의 요원이었다. 은화 반 닢 기사단의 다른 요원들 전체가 수집하는 정보보다 이탄 한 명이 물어오는 정보가 더 중요할 때가 많았다. 최근에는 모레툼 교황청에서도 하루에 한 번씩 연락을 취하곤 했다. "혹시 49호에게 무슨 소식 없느냐?"가 교황청의 주요한 질문이었다.

평소 이탄에게 부정적이던 어르신들도 이번에는 칭찬을 해주었다.

"어험험. 이번 일은 확실히 잘 되었구려. 퀘스트도 아닌데 49호가 제법 공을 세웠소. 험험험."

"그러게 말이오. 앞으로도 49호가 퀘스트를 받지 않고서 이렇게 공을 세워주면 얼마나 좋겠소? 허허허."

6호와 13호의 말이었다.

7호 어르신이 눈썹을 삐딱하게 세웠다.

"이런, 이런. 아직도 그런 못된 심보를 가지고 있소? 커허험. 역대 우리 요원들 가운데 49호만한 보물도 없건만, 왜 유독 그에게만 못되게 구는 게요?"

6호 어르신이 민망했는지 얼굴을 붉혔다.

"험험. 못되게 굴긴 누가 못되게 군단 말이오? 나는 다만 49호의 재능이 너무 아까워서 하는 소리지. 막말로, 퀘스트를 모두 채운 뒤 49호가 은화 반 닢 기사단을 떠나버리면 어쩌겠소? 그 때 우리가 또 어디서 그런 인재를 구한단 말이오?"

"어허! 그건 그때 가서 걱정할 일이지. 49호는 적진을 오가며 목숨을 걸고 퀘스트를 수행하건만, 언제까지 그에게 올가미를 걸어놓을게요?"

7호 어르신이 본격적으로 역정을 내었다.

그러자 6호 어르신도 발끈했다.

"뭐요? 당신 말 다 했어?"

6호 어르신이 먼저 반말을 하자 7호도 맞불을 질렀다.

"다했긴 뭐가 다 해? 6호 이 양반 보게나. 당신처럼 49호에게 피만 빨려고 하는 영감탱이에게 내가 해줄 말이 산더미처럼 더 있지."

7호가 홧김에 막 나갔다.

이제 6호 어르신도 이성을 잃었다.

"뭐랏? 내가 피를 빨아? 게다가 영감탱이라고? 이게 미쳤나."

6호 어르신이 본격적으로 팔뚝을 걷어붙였다.

7호 어르신도 가슴을 쭉 내밀고 맞섰다.

"미쳤다. 그래. 나 미쳤다. 어쩔래?"

둘의 분위기가 심상치 않자 5호 어르신이 재빨리 중재에 나섰다.

"어허. 둘 다 자중하시오. 333호가 보는 앞에서 이 무슨 추태요."

"윽."

6호 어르신이 찔끔했다.

"커험험."

7호도 헛기침과 함께 은근히 333호의 눈치를 살폈다.

Chapter 3

333호가 재빨리 귀를 막고 눈을 감았다. 그 상태에서 333호는 바닥에 머리를 처박고 아뢰었다.

"저는 아무 말도 못 들었습니다. 아무것도 보지 못했습니다. 진짜입니다."

333호가 아무리 진짜라고 우긴들 이 자리에서 그 말을 믿을 사람은 없었다. 그래도 어쨌거나 그녀 덕분에 6호와 7호의 싸움은 흐지부지 끝났다.

그렇다손 치더라도 6호와 7호의 마음속에 남은 앙금마저 완전히 사라진 것은 아니었다.

또 한 가지.

333호의 마음속에도 진하게 앙금이 남았다.

'우리 49호 님을 한낱 사냥개로 취급하시다니. 6호 어르신과 13호 어르신. 나중에 두고 봅시다요.'

고개를 푹 숙인 상태에서 333호는 입술을 꽉 깨물었다.

333호가 은화 반 닢 기사단의 원로기사들에게 보고를 올리는 동안, 이탄도 피사노교의 형제들에게 상황을 설명 중이었다.

이탄이 피사노교의 네트워크에 접속하자 '쿠퍼'라는 대

화명이 찍혔다. 이탄은 오른쪽 눈의 망막에 맺히는 대화창을 통해 피사노교의 사도들과 이야기를 나누었다.

⊗ [쿠퍼] 형님들, 저는 조금 전에 그레브 시에 다녀왔습니다. 그동안 형님들도 잘 지내셨지요?

⊗ [코투] 오오. 우리 막내가 돌아왔구나. 이번 임무는 한 일주일쯤 걸렸나?

피사노 싸마니야의 혈육들 가운데 코투가 가장 먼저 이탄을 반겨주었다.

이탄이 살갑게 대답했다.

⊗ [쿠퍼] 네엡, 코투 형님. 지난달 26일에 그레브 시로 출발했는데 오늘 돌아왔으니까 딱 일주일이 걸렸네요.

이렇게 대답을 하면서도 이탄은 약간의 괴리감을 느꼈다. 사실 지난 일주일은 그냥 일주일이 아니었다. 이탄은 이 일주일 사이에 그릇된 차원으로 넘어갔었고, 그곳에서 2년도 넘게 머물다가 다시 언노운 월드로 되돌아왔다. 그릇된 차원에서 보낸 25개월 동안 이탄은 여러 가지 사건들을 겪었다.

그런데 이탄이 어디에 가서 이런 속사정을 털어놓을 형편은 아니었다. 이탄은 그저 언노운 월드의 남부 지방으로 짧게 여행을 다녀온 것처럼 행동해야만 했다.

⊚ [코투] 막내야, 그레브 시에 다녀온 일은 잘 끝났고?

⊚ [쿠퍼] 넵. 형님들과 누님께서 걱정해주신 덕분에 무사히 끝났습니다. 아울 검탑 녀석들에게 신뢰도 제법 쌓아놓았고, 그 와중에 마르쿠제 술탑의 꼴 보기 싫은 녀석들과도 다시 만나서 관계를 돈독히 했습니다. 나중에 제가 교를 위해 첩자 노릇을 할 때 도움이 제법 될 겁니다.

⊚ [코투] 으잉? 마르쿠제 술탑 녀석들이 그레브 시에 출몰했단 말이야?

⊚ [쿠퍼] 그렇습니다. 제가 정체를 들키면 안 되기에 꼬치꼬치 캐내지는 못하였지만, 그 꼴사나운 술탑 녀석들이 그레브 시에서 야스퍼 전사탑과 부딪쳤지 뭡니까.

이탄은 일부러 아울 검탑과 마르쿠제 술탑을 깎아내렸

다. 이래야 피사노교의 사도들이 즐거워하기 때문이었다.

이탄은 이렇게 사탕발림에 능할 뿐만 아니라 거짓말도 술술 내뱉었다.

솔직히 말해서 야스퍼 전사탑과 부딪친 장본인은 마르쿠제 술탑의 수도자들이 아니라 이탄이었다. 비앙카를 비롯한 술탑의 수도자들은 뒤늦게 등장하여 이탄과 프레야를 도와줬을 뿐이다.

이탄은 이 사실을 정직하게 밝히지 않았다. 자신에게 유리한 방향으로 내용을 비틀어서 보고했다.

피사노교의 교리사도들은 그것도 모르고 이탄의 이야기에 홀린 듯이 빠져들었다.

'마르쿠제 술탑과 야스퍼 전사탑의 전투 이야기가 나왔으니까 이제 슬슬 싸마니야 님이 등장할 때가 되었는데?'

이탄은 이제 슬슬 싸마니야가 나타날 시점이라고 예상했다.

물론 이탄은 자신의 이러한 생각이 피사노교의 네트워크에 드러나지 않도록 미리 마음을 둘로 나눠놓은 상태였다.

아니나 다를까?

싸마니야가 네트워크에 불쑥 들어왔다.

⊗ [피사노 싸마니야] 검은 드래곤의 아들아.

⊗ [쿠퍼] 헙! 피사노 싸마니야 님을 뵙습니다.

⊗ [코투] 피사노 싸마니야 님을 뵙습니다.

이탄과 코투가 싸마니야에게 재빨리 인사를 올렸다.

지금까지 대화에 참여하지 않고 지켜만 보던 혈족들도 싸마니야의 등장에 일제히 반응했다.

⊗ [소리샤] 피사노 싸마니야 님, 그간 강녕하셨습니까? 저 소리샤입니다.

⊗ [밍니야] 피사노 싸마니야 님, 밍니야가 인사드립니다.

⊗ [푸엉] 피사노 싸마니야 님, 푸엉입니다.

싸마니야는 자식들의 안부 인사를 받는 둥 마는 둥 하고는 이탄에게만 관심을 보였다.

⊗ [피사노 싸마니야] 그레브 시에서 일이 터졌다는 이야기는 나도 들었다. 야스퍼 전사탑의 상위 서열들이 죽거나 다쳤다더구나.

⊗ [쿠퍼] 말씀하신 대로입니다. 그레브 시에서

흑과 백의 충돌이 있었습니다. 자세한 내용은 몇 마디 말로 말씀드리기는 어렵고, 따로 정리를 하겠습니다.

일단 이탄은 이렇게 아뢰었다.

Chapter 4

싸마니야가 이탄의 의견에 동의했다.

◉ [피사노 싸마니야] 그리 하여라. 내 조만간 밍니야를 너에게 보낼 것이니, 너는 그 아이를 통하여 정리한 내용을 내게 올려라.

◉ [쿠퍼] 충심으로 명을 따르겠나이다.

◉ [피사노 싸마니야] 그건 그렇고, 야스퍼 전사탑과 충돌한 것 외에 다른 일은 없었더냐?

◉ [쿠퍼] 다른 일이라 하시면……?

◉ [피사노 싸마니야] 혹시 그레브 시에서 대형 참사나 변고가 발생하지는 않았느냐는 말이다.

싸마니야가 이탄을 떠보듯이 물었다.

'옳거니. 그릇된 차원 오대강족의 왕들이 뭔가 사고를 쳤나 보구나. 그리고 피사노교에서 이에 대한 정보를 수집 중인 게 틀림없어.'

이탄은 속으로 쾌재를 불렀다. 다섯 왕들의 출현 외에는 피사노 싸마니야가 대형 참사 운운할 만한 사건은 없었다.

이탄이 적당히 둘러대었다.

⊗ [쿠퍼] 제가 어리석어 싸마니야 님께 무엇을 여쭤보시는지 잘 모르겠습니다. 다만.......

⊗ [피사노 싸마니야] 다만?

⊗ [쿠퍼] 그레브 시에서 만난 마르쿠제의 술법사들은 크게 당황한 눈치였습니다. 무서운 존재들이 풀려났다던가? 아니, 그 무서운 존재들이 어딘가로부터 넘어왔다던가? 뭐 그런 이야기들을 자신들끼리 속닥였습니다.

⊗ [피사노 싸마니야] 흐으음. 마르쿠제 술탑 녀석들이 그랬단 말이지? 역시 그곳과 관련이 있는 사건인가?

피사노 싸마니야가 독백을 하다 말고 잠시 침묵했다.

이탄이 한마디를 거들었다.

⊗ [쿠퍼] 부족하나마 제가 술탑 녀석들로부터 엿
들었던 내용도 정리하여 밍니야 누님 편에 전하겠
습니다.

⊗ [피사노 싸마니야] 그리하여라. 이번에도 네
공이 크구나.

⊗ [쿠퍼] 그것이 어찌 제 공이겠나이까. 모두가
싸마니야 님의 안배 덕분입니다.

이탄이 자신을 낮추었다.

⊗ [피사노 싸마니야] 너의 겸손함이 아름답구나.
검은 드래곤의 아들아, 그래도 네 공은 공인 것이
다. 오로지 피사노의 이름으로 다시 전하마.

싸마니야는 이탄의 겸손함을 한 번 더 칭찬하고는, 네트
워크에서 나가버렸다. 남은 혈족들도 몇 마디 대화를 더 나
누다가 각자 흩어졌다.

대부분의 혈족들은 네트워크에서 나가기 전, 이탄에게
그동안 고생했다고 격려해주었다.

반면 맏이인 소리샤는 단 한 마디도 남기지 않았다. 언제부터인가 소리샤는 이탄을 경계하여 거리를 두는 눈치였다.

이탄도 그 점을 눈치챘지만 모르는 척했다.

◎ [밍니야] 막내야, 싸마니야 님께서 날짜를 정해주시는 대로 내가 한 번 찾아갈게. 그때 보자.

밍니야가 네트워크에 이런 말을 남겼다.

사실 밍니야는 이탄의 분신에 의해 조종되는 꼭두각시나 다름없었다. 따라서 밍니야가 남긴 말은 이탄이 이탄 본인에게 던진 메시지나 다름없었다.

이탄이 시치미를 뚝 떼고 대답했다.

◎ [쿠퍼] 넵. 누님을 다시 뵐 날만 기다리겠습니다.
◎ [밍니야] 그래. 막내도 잘 지내고 있어.

밍니야의 인사를 끝으로 싸마니야 혈족들의 대화는 종료되었다.

이탄도 네트워크 접속을 끊고 기지개를 길게 켰다.

"아우웅. 지금쯤 333호가 은화 반 닢 기사단의 영감탱이들에게 보고를 하고 있겠지? 나도 피사노교에 상황 보고를 끝마쳤고 말이야."

필수로 처리해야 할 업무 두 가지를 모두 끝내놓았으니 이제 이탄도 개인적인 볼일을 챙길 차례였다.

이탄은 쿠퍼 본가 후원에 딸린 귀빈용 별채를 방문했다.

이곳 별채에는 이자벨라와 에스더의 숙소가 따로 마련되었다.

쿠퍼 가문의 집사장인 세실은 사실 은화 반 닢 기사단의 389호이자 이탄을 전담하는 보조팀 요원이었다. 당연히 333호는 세실에게도 이자벨라와 에스더의 정체를 귀띔해주었다.

물론 세실이 들은 정보는 두 여인의 진짜 정체(그릇된 차원의 몬스터)가 아니었다. 세실은 이자벨라와 에스더가 마르쿠제 술탑의 여술법사들이라고 전해 들었다. 그것도 일반 술법사가 아닌 고위급이라고 들었다.

은화 반 닢 기사단의 원로기사들은 이번 기회에 마르쿠제 술탑과 모르툼 교단 사이에 인연의 끈을 만들어놓기를 원했다.

세실은 원로기사들의 명을 받들어 이자벨라와 에스더가 불편하지 않도록 최선을 다해 숙소를 꾸며주었다. 두 여술법사(?)들에게 봉사할 시녀들도 가장 똘똘한 아이들로 배치해 놓았다.

세실의 환대에도 불구하고 이자벨라와 에스더는 지금 돌아가는 상황이 영 당황스럽기만 했다.

그럴 만도 한 것이, 두 여인 모두 자신들이 그릇된 차원을 떠나서 새로운 차원으로 건너오게 될 것이라고는 전혀 예상하지 못했다. 사실 두 여인에게 있어서 이것은 날벼락이나 다름없는 사고였다.

물론 이자벨라나 에스더도 무지한 편은 아니었다. 그녀들은 그릇된 차원이 아닌 또 다른 차원들이 존재한다는 사실을 이미 잘 알고 있었다.

예를 들어서 부정 차원의 악마종이라든가. 혹은 음차원의 언데드 족이라던가.

이런 지식들이 두 여인으로 하여금 타차원의 존재를 인정하게끔 만들었다.

하지만 머릿속으로 타차원의 존재를 인정하는 것과, 실제로 자신들이 차원의 벽을 넘어 다른 차원으로 진입하는 것은 완전히 다른 이야기였다.

에스더는 아직도 충격에서 헤어 나오지 못했다.

이자벨라도 에스더와 별반 다르지 않았다.

[나는 이미 오래 전에 부정 차원의 악마종을 만나봤었더

랬지. 하아아. 하지만 내가 직접 다른 차원에 와보게 될 줄은 몰랐지 뭐야. 하아아아.]

이자벨라가 조그만 입술을 벌려 한숨을 내쉬었다.

Chapter 5

가슴이 답답해진 이자벨라가 창문 앞으로 다가갔다.

창문 밖에 드리운 밤하늘에는 언노운 월드의 특징인 3개의 달이 사이좋게 떠올랐다. 이자벨라의 별채를 둘러싼 정원에는 영롱한 불빛들이 점점이 뿌려져서 정원의 꽃들을 아름답게 비추었다.

이자벨라가 보기에도 이곳은 참으로 잘 가꿔진 정원이었다.

[저렇게 우아하고 아름다운 정원이라니. 아무래도 여기는 부정 차원이나 음차원은 아닌 것 같구나. 그런데 도대체 여기가 어떤 차원인지 모르겠네. 언어도 통하지 않고 말이야. 하아아.]

이자벨라는 답답한 마음에 주먹으로 자신의 가슴을 콩콩 두드렸다.

이어서 또 다른 의문이 이자벨라의 뇌리에 깃들었다.

[그나저나 어쩌다 언데드 님, 아니 이탄 님은 이곳 차원과 어떤 관계일까? 설마 이탄 님이 이곳 차원 출신은 아니겠지?]

이자벨라가 눈썹을 살짝 찌푸렸다. 그렇게 얼굴을 구긴 모습마저도 귀엽기 이를 데 없는 이자벨라였다.

그때 이자벨라의 눈에 이탄이 지나가는 모습이 보였다.

[앗!]

이자벨라는 정원을 가로지르는 이탄을 목격하고는 손으로 입을 막았다.

'혹시 나를 만나러 오나?'

이런 생각에 이자벨라는 거울에 비친 자신의 모습부터 확인했다.

착각이었다. 이탄은 이자벨라를 만나러 온 것이 아니었다. 그는 성큼성큼 걸어서 에스더가 머무는 별채로 향했다.

[칫.]

이자벨라는 볼을 빵빵하게 부풀린 다음, 후다닥 숙소 밖으로 나가 이탄을 붙잡았다.

[이탄 님, 이탄 님.]

[으응?]

이탄이 에스더의 별채로 들어가려다 말고 걸음을 멈추었다.

'이 기브흐 여자가 왜 이렇게 나를 살갑게 대하지?'

이탄은 이자벨라의 행동을 수상히 여겼다.

사실 수상할 것은 없었다. 원래 모든 생명체들은 갑자기 낯선 환경에 놓이게 되면 의지할 곳을 찾게 마련이었다. 그리고 이자벨라에게는 '의지할 곳'이 바로 이탄이었다. 언어도 통하지 않고 모든 것이 낯선 이곳 언노운 월드에서 이자벨라에게 이탄은 세상과 소통할 수 있는 유일한 통로였다.

게다가 점괘도 한몫했다. 이자벨라는 점괘 때문에라도 이탄을 믿었다.

또 한 가지.

이자벨라는 이탄을 처음 만났을 때부터 알 수 없는 끌림을 느꼈다.

이건 참으로 이상한 일이었다. 본디 뱀 종족은 경계심이 많고 냉정했다. 그런데 희한하게도 이자벨라도 그렇고 에스더도 그렇고, 이탄에게만은 이러한 경계심이 잘 발동하지 않았다.

두 여인은 이탄을 처음 만났을 때부터 알 수 없는 친근함을 느꼈다. 마치 동족을 대하는 것처럼 자신도 모르게 이탄 앞에서 무방비 상태가 되곤 하였는데, 그 이유는 그녀들도 도통 알 수가 없었다.

어쨌거나 이자벨라가 이탄에게 알 수 없는 친근감을 느끼는 것과 달리, 이탄은 딱히 그녀에게 호감이 없었다.

그렇다고 하여 이탄이 이자벨라에게 적대감을 느끼는 것은 또 아니었다. 만약 이자벨라가 이 사실을 알면 무척 서운해하겠지만, 솔직히 이탄에게 있어서 이자벨라는 그냥 아무것도 아닌 무생물이나 마찬가지였다.

상대의 마음도 모르고 이자벨라가 이탄에게 끼를 부렸다.

[아잉. 이탄 님. 우리 잠깐 대화 좀 해용.]

[대화? 무슨 대화?]

이탄이 고개를 갸우뚱 기울였다.

이자벨라가 발끈했다.

[무슨 대화라니욧. 나 같은 숙녀를 이 낯선 세상에 데려왔으면 마땅히 설명을 해줘야 할 것 아니에욧. 여기는 어디인지, 이곳 세상에선 무엇을 조심해야 하는지, 또 어떻게 해야 우리가 고향으로 돌아갈 수 있는지. 이런 것들을 알려줘야죵.]

[아아.]

이탄이 무성의하게 고개를 끄덕였다.

이자벨라가 한 번 더 발끈했다.

[아아는 무슨 아아예요. 무성의하게. 피잇.]

이자벨라는 팔짱을 끼고 고개를 옆으로 홱 돌려 토라진 티를 내었다. 그 모습이 어찌나 귀여운지 볼을 꼬집어주고 싶을 정도였다.

물론 이탄에게는 통하지 않았다.

[궁금하면 따라 들어오쇼.]

이탄은 이 한 마디를 남긴 채 에스더의 별채로 쑥 들어가 버렸다.

[하! 참 나 원.]

이자벨라는 어이가 없어서 입만 쩍 벌렸다.

이자벨라가 누구인가.

그녀는 그릇된 차원의 늙은 왕, 혹은 3명의 신 가운데 하나인 닉스의 딸이었다. 닉스로부터 떨어져 나온 가장 오래된 조각 중 하나였다.

이자벨라가 닉스로부터 분리되어 나올 때 네 가지 특성이 함께 떨어져 나왔는데, 그 특성들은 다음과 같았다.

나이트(Night: 밤).

비윗치(Bewitch: 매혹, 홀림).

컨트롤(Control: 조종).

디스트럭션(Destruction: 절멸).

그리하여 이자벨라는 태어날 때부터 어두운 밤(Night)이었고, 태어날 때부터 모든 생명체를 홀리는 매혹(Bewitch)

을 지녔으며, 손가락 하나를 까딱거려서 수천만 개의 인형들을 조종(Control)하고, 세상의 모든 물질을 원자 단위로 파괴하거나 혹은 절멸(Destruction)시킬 수 있는 권능을 지녔다.

조금 전 이자벨라는 이탄에게 매혹을 걸었다.

굳이 이자벨라가 의도해서 벌인 일은 아니었다. 이자벨라가 아무것도 하지 않아도 매혹의 권능은 저절로 발동되었다.

남성이건 여성이건 상관없이, 지능을 가진 생명체라면 이자벨라의 매혹으로부터 벗어날 수 없었다.

물론 정신력이 아주 강한 왕급 존재들은 이자벨라의 매혹을 이겨낼 수도 있겠다.

하지만 설령 그런 존재들이라고 하더라도 그녀가 지닌 매혹의 권능에는 조금이라도 영향을 받아야 마땅했다.

한데 그 권능이 이탄에게는 전혀 통하지 않았다.

[이상하다? 내가 이상한 거야, 아니면 이탄 님이 이상한 거야? 그것도 아니라면 이곳 차원에서는 내 권능이 모두 사라져 버리기라도 했나? 무생물이거나 죽은 자가 아니라면 도저히 저럴 수가 없는데?]

이자벨라는 도무지 영문을 알 수가 없었다.

실은 이자벨라의 중얼거림 속에 이미 정답이 숨어 있다

는 점을, 지금의 이자벨라는 알지 못하였다.

Chapter 6

이탄과 에스더, 이자벨라가 대리석으로 만든 원형 탁자에 빙 둘러앉았다.

에스더와 이자벨라가 주로 이탄에게 질문을 하는 편이었다. 이탄은 차분하게 질문에 대한 답을 주었다.

그렇게 셋이서 한참 동안 뇌파로 대화를 주고받은 뒤, 두 여인이 보인 반응은 똑같았다.

[하아아.]

[휴우.]

에스더와 이자벨라가 동시에 한숨을 내쉬었다.

특히 에스더는 울상을 짓다 못해 발도 동동 굴렀다.

[당장은 고향으로 돌아갈 방도가 없단 말이죠? 흐으윽, 그럼 우리 셋뿐 일족은 어떻게 하면 좋아요? 흐흐흑.]

에스더는 그릇된 차원에 남아 있는 셋뿐 일족과 두 여동생들이 걱정되어 애가 탔다.

이탄이 검지로 콧방울을 슥슥 문질렀다.

[서리를 판매하는 뱀 님께는 미안하게 되었군. 하지만 당

시에는 나도 어쩔 수가 없었지. 행성이 통째로 허물어지는 판국이라 무작정 이곳 차원으로 넘어오는 방법 외에는 다른 수단이 없었소.]

[흐으윽. 그건 저도 알아요. 저도 어쩌다 언데드 님을 원망하는 것은 아니에요. 다만 앞이 막막할 뿐이죠.]

에스더의 어깨가 축 처졌다.

이탄이 나름 위로가 될 이야기를 해주었다.

[그나마 두 가지 위안거리가 있소.]

[그게 뭐죠?]

에스더의 물음에 이탄이 손가락을 하나 폈다.

[첫째. 확실한 것은 아닌데, 내가 겪어본 바에 따르면 차원이동을 하면서 시간이 멈춰지는 듯한 효과가 있는 것 같더군.]

[시간이 멈춰진다고요?]

에스더의 눈이 휘둥그레졌다.

이탄은 상대를 안심시키려는 듯 힘차게 고개를 주억거렸다.

[그렇소. 만약 서리를 판매하는 뱀 님이 이곳 언노운 월드에서 한참 동안 머무르다가 겨우 고향으로 돌아갈 방도를 찾아냈다고 칩시다. 그때는 이미 시간이 많이 흐른 뒤라 셋뽀 일족이 걱정되는 것 아니겠소?]

[맞아요.]

[그런데 내 추측에 따르면, 차원을 이동하는 동안 시간이 되감긴다고나 할까, 아니면 멈춰서 있다고나 할까? 여하튼 '그러한 현상이 벌어지더군. 그러니까 서리를 판매하는 뱀 님이 다시 고향으로 복귀할 때 그곳의 시각은 바로 어제 HRE—1 행성이 붕괴하던 바로 그 시점일 거요. 따라서 서리를 판매하는 뱀 님이 자리를 비운 사이에 셋뽀 일족에 변고가 발생했을까 봐 발을 동동 구를 필요는 없지.]

이상이 이탄의 주장이었다.

에스더가 반색을 했다.

[그게 정말인가요?]

이탄은 쓴웃음을 지었다.

[안타깝게도 확답을 해줄 수는 없군. 나도 왜 이런 현상이 벌어지는 것인지 정확하게 아는 건 아니니까. 하지만 내 경험상 차원이동 중에 시간이 멈춰져 있을 가능성은 충분한 것 같소.]

[그렇군요.]

이탄은 100퍼센트 확답을 줄 수는 없다고 하였으나, 그것만으로도 에스더에게는 큰 위안이 되었다.

이자벨라가 둘의 대화에 불쑥 끼어들었다.

[이탄 님, 그럼 두 번째 위안거리는 뭐죠?]

이자벨라의 말투에는 애교가 뚝뚝 묻어났다. 이건 선천적인 것이었다.

물론 이자벨라의 필살기는 이탄에게 전혀 통하지 않았다. 이탄이 무뚝뚝하게 두 번째 손가락을 폈다.

[두 번째가 뭐냐? 두 달 뒤, 대륙 남부 그레브 시의 지하도시 상공에서 차원의 벽이 한 번 더 허물어질 거요.]

[네에?]

[진짜요?]

이자벨라와 에스더가 동시에 되물었다. 어찌나 놀랐던지 그녀들의 눈이 앞으로 툭 튀어나왔다.

이탄이 진지하게 뇌파를 이었다.

[내가 왜 거짓말을 하겠소? 두 달 뒤에 반드시 차원의 벽이 뚫릴 것이오. 그때가 바로 기회지. 내가 100퍼센트라고 보장을 할 수는 없지만, 잘만 하면 그때 당신들 모두 고향으로 돌아갈 수도 있을 거요.]

이탄의 말은 사실이었다. 지금 이 순간에도 차원이동 통로는 조금씩 뚫리는 중이었다. 그 통로는 그릇된 차원에서 시작하여 부정 차원으로 연결되는 통로인데, 이탄의 주먹질에 의하여 통로 중간에 원치 않던 균열이 발생했다. 이탄과 에스더, 이자벨라는 그 균열로 잘못 빠져들어서 이곳 언노운 월드에 불시착했다.

이탄은 두 달 뒤에 다시 남부의 지하도시를 방문하여 부정 차원으로 넘어갈 요량이었다.

'그때 에스더와 이자벨라를 통로 반대편으로 던져주어야지. 그러면 알아서 그릇된 차원으로 돌아가겠지.'

이탄은 이미 계획을 다 세워놓았다.

두 시간가량의 대화를 마친 뒤, 이탄은 이자벨라와 에스더를 별채에 남겨둔 채 본채로 발길을 돌렸다.

대륙 북부에서 가장 부유한 가문답게 쿠퍼 본가는 드넓기 이를 데 없었다. 별채와 본채 사이의 거리도 꽤나 멀었기에 이탄은 산보를 나온 기분으로 천천히 발을 떼었다. 이탄의 머리 위에선 3개의 달이 은은하게 빛을 뿌려주었다.

그렇게 이탄이 가문 내부의 오솔길을 걷고 있을 때였다. 조그만 쥐 뼈다귀가 달그락거리며 풀숲에서 튀어나왔다.

하얗게 뼈만 남은 쥐 해골은 이탄의 발밑으로 필사적으로 기어와 풀썩 쓰러졌다.

"아뿔싸!"

이탄은 그제야 시돈의 네크로맨서들을 기억해 내었다. 이탄은 손바닥으로 자신의 이마를 딱 때렸다.

Chapter 7

언노운 월드의 시간으로 5개월쯤 전, 이탄은 은화 반 닢 기사단의 퀘스트를 받아서 대륙 남부의 뉴부로도 시에 다녀왔다. 그곳에서 레오니 추기경을 데려오라는 것이 다람쥐 배송 퀘스트의 내용이었다.

당시 이탄은 퀘스트를 성공적으로 끝마쳤을 뿐 아니라 부수적으로 세 가지 성과를 더 거두었다.

이 가운데 가장 중요한 성과는 다름 아닌 유적 발굴이었다. 이탄은 아나테마의 도움을 받아서 고대 악마사원의 유적을 발굴했다. 나라카의 눈과 아몬의 토템은 당시에 이탄이 악마사원의 유적지에서 얻은 귀중한 아이템들이었다.

이어서 이탄이 얻은 두 번째로 중요한 성과는 새로운 신분을 획득했다는 점이었다.

이탄은 퀘스트를 수행하는 도중에 레오니 추기경과 인연을 맺었다. 그녀와 남몰래 밀약도 맺게 되었다. 그 결과 이탄은 비크 교황 몰래 추심 기사단에 가입하여 별동대의 대장 직위를 하사받았다.

이탄이 담당한 별동대의 명칭은 더 데이(The Day: 그날).

이탄에게 있어서 더 데이의 의미는 아나톨 주교가 죽고 이탄이 누명을 뒤집어쓴 바로 그 날을 뜻했다. 이탄은 조만간 그 음모를 파헤쳐서 명명백백하게 밝히고 누명을 벗을 생각이었다.

이탄이 거둔 세 번째 성과는 노예의 확보였다. 뉴부로도 시에서 임무를 수행하던 도중, 이탄은 흑 세력 가운데 하나인 시돈과 부딪쳤다.

시돈은 네크로맨서들의 집단으로, 실제 구성원의 숫자는 그리 많지 않아 딱 7명뿐이었다.

대신 시돈의 네크로맨서들은 대규모의 언데드 군단을 부리는 것으로 유명했다. 불사의 언데드 군단을 부린다는 관점에서 보았을 때, 시돈은 모레툼 교단도 두려워할 만한 강적이었다.

하지만 이 네크로맨서들이 이탄과는 상성이 좋지 않았다.

이탄은 음차원의 주인이자 만자비문의 전승자였다. 그런 이탄에게 네크로맨서들은 힘도 제대로 써보지 못하고 제압을 당했다.

뚱보 네크로맨서인 숑이 가장 먼저 이탄에게 붙잡혀서 노예가 되었다.

이어서 이탄은 숑을 미끼로 삼아 소녀의 외모를 가진 두 네크로맨서, 즉 하이타와 아이잠도 붙잡았다.

이들 3명은 이탄에게 음차원의 마나를 봉인당한 뒤, 한 달에 한 번씩 이탄을 찾아와서 봉인을 해제 받는 신세가 되었다.

문제는 최근에 터졌다. 이탄은 최근 두 달간 네크로맨서들을 만나지 못했다.

사실 이것은 이탄의 탓이 아니었다. 그동안 이탄에게 너무나도 많은 일들이 발생한 터라 네크로맨서들의 봉인 해제와 같은 사소한(?) 일 따위는 이탄의 뇌리 속에서 가벼운 깃털처럼 훨훨 날아가 버렸다.

게다가 이탄의 입장에서는 다람쥐 배송 퀘스트가 끝난 지 너무나 오래되었기에 시돈의 네크로맨서들을 깜빡 잊어버릴 수밖에 없었다.

다람쥐 배송 퀘스트는 언노운 월드의 시간으로는 5개월 전에 벌어진 일이었다.

그러나 이 5개월은 언노운 월드의 시간 개념으로 5개월일 뿐, 실제로 이탄은 그 사이에 동차원에서 몇 년간 머물렀고, 피사노교 총단에도 침공하여 한바탕 전투를 벌였으며, 급기야 그릇된 차원에도 2년 이상 다녀오게 되었다.

이렇듯 이탄이 겪은 시간과 언노운 월드의 시간 사이에는 괴리가 발생했다.

그러는 사이에도 시돈의 네크로맨서 3명은 매달 한 번씩 이탄을 찾아왔다.

이탄은 네크로맨서들의 마나가 굳어버리지 않도록 봉인을 해제했다가 새롭게 마나 봉인을 걸었다.

이탄은 이미 3월에 한 번 이러한 작업을 하였고, 이어서 4월에도 한 번, 5월에도 한 번 네크로맨서들을 만났다.

그러던 이탄이 6월에는 네크로맨서들의 봉인을 해제하는 일을 깜빡했다. 그리고 지금은 한 달을 건너뛰어 7월이 되었다.

고작 한 달을 생략했을 뿐인데 숑과 하이타, 아이잠은 거의 폐인이 되어갔다. 제때 봉인을 해제 받지 못하자 그들의 마나 통로가 딱딱하게 굳어간 것이다.

3명의 네크로맨서는 반쯤 미쳐갔다. 그들은 눈이 벌겋게 달아올랐고, 손발이 벌벌 떨렸다. 뇌가 하얗게 탈색되어 아무런 생각도 떠오르지 않았다.

공포에 잠식된 숑과 하이타, 그리고 아이잠은 하루에도 몇 번씩 패밀리어(Familiar: 네크로맨서들이 부리는 조그만 동물의 뼈로 네크로맨서들과 시야와 감각을 공유하는 특징을 지녔음)를 쿠퍼 가문에 들여보내 이탄을 찾았다.

한데 도무지 이탄을 만날 길이 없었다.

3명의 네크로맨서들은 빈 허공에다 대고 고래고래 이탄을 욕하다가, 제발 살려달라고 애걸하다가, 다시 쌍욕을 퍼붓는 행위를 반복했다.

그러는 사이 3명의 네크로맨서들의 마나는 거의 다 굳어버려 이제는 평범한 일반인이나 다를 바가 없는 신세가 되었다.

아니, 엄밀하게 말해서 이 네크로맨서들은 일반인들보다도 못했다. 비만인 숑은 고작 10미터만 걸어도 숨을 헐떡였다. 하이타와 아이잠도 체력이 저질이었다.

그렇게 망가져 가는 와중에도 네크로맨서들은 일말의 희망을 버리지 못하고 최후의 힘을 쥐어짜서 패밀리어 마법을 펼쳤다. 네크로맨서들의 힘이 딸리다 보니 패밀리어인 뼈다귀 쥐도 비실비실했다.

그 쥐가 비틀비틀 숲에서 기어 나와 이탄의 발 앞에 톡 쓰러졌다.

"아이구, 쏘리, 쏘리. 내가 너희들을 깜빡했네."

이탄은 하얀 뼈다귀 쥐를 손바닥 위에 올려놓고는 길 안내를 받았다. 뼈다귀 쥐가 가리킨 방향은 쿠퍼 가문의 뒷산이었다.

네크로맨서들과 어느 정도 거리가 가까워지자 이탄은 뼈다귀 쥐의 안내를 받지 않고서도 길을 척척 찾았다.

이탄이 한 걸음 내디딜 때마다 주변 풍경이 휙휙 바뀌었다.

이탄은 신속하게 가문의 뒷산에 오른 뒤, 간철호의 툼

(Tomb: 무덤) 마법을 발휘하여 땅을 파헤쳤다.

송과 하이타, 그리고 아이잠은 쿠퍼 가문 뒷산 깊숙한 곳에 디깅 쓰루(Digging Through: 파내려감) 마법으로 땅을 파고 숨어 지냈다.

하얀 뼈다귀 쥐는 이탄을 바로 그곳으로 안내했다.

"여기들 있었구나."

이탄은 지하 50 미터 지점에서 3명의 네크로맨서들을 발견했다.

이탄이 지하 아지트에 도착했을 때, 네크로맨서들의 상태는 엉망이었다.

3명 가운데 송은 바닥에 드러누워 눈꺼풀을 까뒤집고 몸을 경련하는 중이었다. 송의 입에서는 허연 거품이 부글부글 올라왔다.

하이타도 마찬가지였다. 고작 14세 소녀의 외모를 가진 하이타는 비쩍 말라서 피골이 상접한 모습으로 드러누워 숨을 할딱였다.

Chapter 8

그나마 네크로맨서들의 막내인 아이잠만이 비교적 상태

가 멀쩡했다.

사실 아이잠은 시돈의 일곱 네크로맨서들 중에서도 몇 손가락 안에 꼽히는 강자였다. 최후의 마나로 패밀리어를 소환하여 이탄을 찾아 나선 것도 아이잠이 벌인 일이었다.

아이잠이 벽에 상체를 기댄 채 푹 꺼진 눈으로 이탄을 응시했다. 이탄을 향한 아이잠의 눈망울에는 지독한 원망이 가득했다. 한데 희한한 것이, 그 원망 속에는 한 가닥의 안도감과 열망도 뒤섞여 있었다.

마치 부모에게 학대를 받는 어린아이가 부모를 미워하면서도 그 부모가 자신을 버릴까 봐 안절부절못하다가 막상 부모가 눈앞에 나타나면 비로소 안심하는 듯한 느낌이라고나 할까?

이탄은 가타부타 말하지 않고 숑에게 다가섰다.

3명 가운데 숑의 상태가 가장 심각했다. 숑은 마나가 굳다 못해 장기에 손상이 가기 시작했다. 숑의 신체가 내부로부터 썩어 들어가면서 쇼크가 발생한 상태였다.

이탄이 숑의 심장 부위에 손을 밀착하고 음차원의 마나를 불어넣어 주었다.

간씨 세가의 세상에서 응급환자에게 전기 쇼크를 가하듯이 투웅!

숑의 비대한 몸이 덜컹 진동했다.

이탄은 한 번 더 음차원의 마나를 불어넣었다.

투웅!

숑의 신체가 한 번 더 진동했다. 그러면서 굳었던 마나가 다시 흐르기 시작했다. 이탄이 불어넣어 준 순수한 음차원의 마나는 부패가 진행 중인 숑의 장기를 차례로 휘돌았다.

더없이 순순한 마나가 공급되자 장기의 부패가 멈췄다.

아니, 그 정도를 넘어서 썩어버린 숑의 세포가 무서운 속도로 재생하기 시작했다. 쇼크 상태였던 숑의 정신도 얼핏 제자리로 돌아왔다.

"으으윽."

숑의 눈꺼풀이 바르르 흔들리다가 무겁게 열렸다. 희뿌옇게 흐려진 숑의 시야에 이탄의 얼굴이 잡혔다.

숑이 메마른 입을 열어 중얼거렸다.

"도, 돌아오셨군요……. 주인……님."

숑은 이탄을 주인님이라고 불렀다. 숑의 눈꼬리를 타고 한 가닥의 눈물이 또르륵 굴러떨어졌다.

"고생했다."

이탄이 숑의 어깨를 무심한 듯 툭툭 두드려주었다.

다른 말은 필요 없었다. 고생했다는 이 한 마디면 족했다.

"우흑. 으흐흑. 끅끅끅."

숑은 서러움이 북받친 듯 꺼이꺼이 울었다.

이번에는 이탄이 하이타에게 다가섰다.

하이타는 초점 없는 눈으로 허공만 올려다보는 중이었다. 이탄은 하아타의 심장 부위에 손바닥을 밀착한 뒤, 순수한 음차원의 마나를 불어넣었다.

투웅!

하이타의 상체가 진동했다.

투웅!

이탄이 한 번 더 음차원의 마나를 주입하자 하이타의 몸 전체가 크게 흔들렸다.

투웅!

이탄이 세 번으로 나눠서 음차원의 마나를 불어넣어 주었다.

딱딱하게 굳었던 하이타의 마나가 다시 풀렸다. 하이타는 온몸에 전류가 찌릿하게 흐르는 듯한 느낌을 받았다.

죽다 살아난 뒤, 하이타가 보인 반응도 숑과 비슷했다. 그녀는 이탄이 보는 앞에서 서럽게 흐느꼈다.

"고생했어."

이탄이 하이타의 귀가에 속삭였다.

그 말이 기폭제가 되었다. 하이타는 아예 꺽꺽 소리를 내면서 목 놓아 울었다. 뿐만 아니라 하이타는 힘없는 손을 뻗어 이탄의 옷소매를 꼭 움켜쥐었다. 이대로 자신을 버리고 가지 말라고 애걸하는 듯한 몸짓이었다.

"이제 괜찮다."

이탄은 하이탄의 손등을 다독여준 다음, 아이잠에게 다가섰다. 아이잠의 볼에는 이미 여러 줄기의 눈물 자국이 보였다.

솔직히 말해서 아이잠은 그동안 지하에 숨어 지내면서 얼마나 불안했는지 모른다. 얼마나 울었는지도 모른다.

그 오열의 흔적이 아이잠의 앙상한 뺨에 고스란히 남아 있었다.

"너도 고생했구나."

이탄은 아이잠의 머리를 부드럽게 쓰다듬어주었다. 이어서 그녀에게도 음차원의 마나를 불어넣어 주었다.

투웅!

아이잠의 상체가 크게 흔들렸다. 벽에 기대어 간신히 버티던 아이잠은 순수한 음차원의 마나를 공급받자 혈색이 되살아났다.

"흐으윽. 우흐흐흑."

아이잠의 볼을 타고 또다시 눈물이 흘렀다.

시돈의 네크로맨서 3명은 그렇게 죽다가 다시 살아났다.

"이제부터 시효를 1년으로 늘이자꾸나."

이탄이 미안한 마음에 자비(?)를 베풀었다. 이탄은 송과 하이타, 아이잠에게 걸었던 족쇄를 해제해준 뒤, 새로운 족쇄로 바꿔주었다. 이전의 족쇄가 고작 한 달의 시효를 가졌다면, 이번 족쇄는 1년으로 시한이 늘어났다.

다시 말해서 앞으로 송과 하이타, 아이잠은 1년에 한 번씩만 이탄을 만나서 마나의 봉인을 해제하면 되었다.

이탄의 자비로움은 이게 끝이 아니었다. 이탄은 봉인의 시효를 늘려준 것에 이어서 마나 봉인의 제한선까지도 대폭 높여주었다.

지금까지 3명의 네크로맨서들은 이탄에 의해서 90퍼센트의 마나가 강제로 봉인되었다. 따라서 네크로맨서들은 평소 실력의 10분의 1만 발휘가 가능했었다.

이제부터는 비율이 거꾸로 바뀌었다.

이탄은 3명 네크로맨서의 마나량 가운데 딱 10 퍼센트만 봉인해 놓았다. 나머지 90퍼센트는 자유롭게 풀어주었다.

물론 1년이라는 시효가 지나면 10퍼센트뿐 아니라 네크로맨서들이 보유한 마나 전체가 굳어버린다는 점은 예전과 동일했다.

이탄이 족쇄를 헐겁게 완화해주었을 뿐인데, 3명의 네크로맨서는 구세주라도 만난 듯이 감격스러워했다.

"크흑. 주인님 감사합니다. 주인님의 은혜에 몸 둘 바를 모르겠습니다. 크흐흐흑."

숑이 살집 두툼한 팔뚝으로 자신의 눈을 훔쳤다.

"고맙습니다. 주인님의 은혜를 잊지 않고 뼈에 새기겠습니다. 흐으윽."

하이타도 눈시울을 붉혔다.

"흐윽. 끄윽. 끄윽. 고맙습니다."

아이잠도 어깨를 들썩거리며 손바닥으로 눈물을 닦았다.

Chapter 9

이탄은 무릎을 꿇고 앉아서 울먹거리는 네크로맨서들의 어깨를 다독여 주었다.

"그래. 그래. 너희들이 은혜를 잊지 않겠다고 하니 나도 뿌듯하구나."

이탄이 자상하게 대해주자 세 네크로맨서들은 아예 울음보가 터져버렸다. 쿠퍼 가문 뒷산의 지하 깊은 곳에서는 그들이 흐느끼는 소리가 밤새도록 이어졌다.

뾰족하게 가시가 달린 채찍으로 후려치고.

그 다음엔 별로 달지도 않은 푸석푸석한 당근을 입에 욱여넣어 주고.

무심한 듯 시크하게 위로를 툭 던져주고.

이것이야말로 이탄 특유의 길들이기 3단 수법이었다. 지금까지 이탄은 이 3단 길들이기 수법으로 수많은 모레툼 신도들을 다뤄왔다.

일단 이탄에게 길들여진 모레툼 지부의 신도, 혹은 노예들은 결코 이탄의 손아귀에서 벗어나지 못하였다.

사실 이탄은 무척 편향적인 재능을 타고 태어났는데, 간씨 세가의 용어로 이를 표현하자면, '모' 아니면 '도'라는 표현이 걸맞았다.

예를 들어서 이탄은 금속 계열과 흙 계열 마법을 제외하면 모든 종류의 마법에 젬병이었다. 이탄이 아무리 노력해도 마법은 되지 않았다. 시시퍼 마탑의 도제생 후보로 들어갔을 당시 이탄이 받은 마법 과목 성적은 낙제점에 가까웠다.

그뿐만이 아니었다. 이탄은 검을 비롯한 무기류를 다루는 재능도 바닥이었다.

이탄이 워낙 무기를 싫어하고 손발에만 의존하는 측면도 분명히 있었다. 하지만 이탄이 검을 휘두르면 그렇게 어색

할 수가 없었다.

결국 마법이나 무기류에 대한 이탄의 재능은 '도'인 셈이었다.

좀 더 솔직하게 말해서 이탄에게는 '도'라는 표현도 아까웠다. 이건 '도'가 아니라 윷판으로부터 벗어난 '낙'이나 다름없었다.

이렇게 일부에 대한 재능이 빵점인 대신, 이탄은 100점 만점, 즉 '모'도 많았다.

실제로 이탄은 하늘 아래 다시없을 술법의 천재였다. 이탄은 모든 종류의 술법을 근원적으로 깨우칠 수 있는 능력을 타고났으며, 술법진의 설치에도 능했다.

또한 이탄은 언어에 대한 천부적인 감각을 타고났다.

이탄은 여러 가지 언어를 자유롭게 구사하는 정도를 넘어서서, 그릇된 차원의 몬스터들과도 원어민(?)처럼 대화가 가능했고, 심지어 정상 차원의 언령이나 부정 차원의 만자비문마저도 말할 줄 알았다.

마지막으로 이탄은 모레툼 신관에 최적화된 언변과 폭력성, 그리고 사회적 스킬을 타고났다.

일단 이탄의 이 '노예로 길들이기' 스킬에 걸려들면 끝.

사람이건, 짐승이건, 시돈의 네크로맨서건, 아니면 그릇된 차원의 몬스터건 상관없었다. 심지어 동차원의 선인들이나 피사노교의 교리사도들도 마찬가지였다. 이탄으로부터 은화 한 닢을 받은 이들 가운데 그 무섭고 끈적끈적한 거미줄에서 벗어난 사례는 지금까지 단 한 차례도 없었다.

게다가 지금 이 시각에도 이탄의 사악한 거미줄에 걸려드는 먹잇감들은 점점 더 늘어나는 추세였다.

시돈의 네크로맨서들을 회복시킨 뒤, 이탄이 본관으로 돌아왔다.

이때 이미 서산 너머로 3개의 달이 저문 상태였다. 대신 동쪽 하늘에서는 태양이 떠오를 기미가 보였다.

태양보다 한발 앞서서 붉은 여명이 길을 밝혔다. 붉은 빛이 창문을 타넘어 들어와 본관 복도에 가득 찼다.

복도에서 이탄과 마주친 시녀가 무릎을 굽혀 인사했다.

"가주님, 벌써 일어나셨습니까?"

"음."

이탄은 인사를 받는 둥 마는 둥 시녀를 지나쳤다.

쿠퍼 가문의 시녀들 가운데는 은화 반 닢 기사단의 보조 요원들이 섞여 있었다. 그녀들에 의해서 이탄의 행동거지 하나하나가 원로기사들에게 보고되는 중이었다.

이탄은 이 사실을 알기에 가급적이면 시녀들과 말을 섞지 않았다.

아니나 다를까?

이탄이 방으로 들어간 뒤, 시녀는 집사장 세실에게 종종 걸음으로 달려갔다. 이탄은 방 안에서 시녀의 발걸음 소리를 다 들었다.

"훗. 내 이럴 줄 알았지."

이탄이 한쪽 입꼬리를 비스듬하게 끌어올렸다.

다음 날 아침이 되었다.

똑똑똑.

쿠퍼 가문의 집사장인 세실은 이른 시각부터 이탄의 방문에 노크를 했다.

"가주님, 일어나셨습니까? 지금 피요르드 후작님 내외분과 프레야 님께서 방문하셨습니다."

"이렇게 이른 아침부터?"

이탄이 눈을 찌푸렸다.

세실이 다시 여쭸다.

"세 분을 응접실로 모실까요?"

"샤워를 마친 뒤 내가 응접실로 가겠다. 일단은 응접실로 모셔라."

"네, 알겠습니다."

세실은 발뒤꿈치를 들고 조심스럽게 물러났다.

이탄은 방에 딸린 화려한 욕실로 들어가 샤워부터 했다. 샤워꼭지로부터 뜨거운 물줄기가 쫙쫙 쏟아졌다.

이탄이 의지를 일으키자 화이트니스가 허물을 벗듯이 스르륵 벗겨져 나왔다. 이탄은 뜨거운 몰에 몸을 맡기고 구석구석 깨끗하게 씻었다. 머리통도 모처럼 목에서 분리하여 단면 부위를 박박 닦았다.

찰칵.

샤워를 마친 이탄이 머리를 다시 목에 끼웠다. 그런 다음 이탄은 혈적을 목에 둘러 이음새가 보이지 않도록 잘 감추었다.

이탄은 알몸 위에 다시 화이트니스를 두르고, 의복을 갖춰 입었다. 옷깃이 높이 세워져 있어 목 부위를 감추는 복식이었다.

머리카락을 수건으로 훌훌 털어 말린 뒤, 이탄이 방을 나섰다.

복도에는 시녀 6명이 두 줄로 늘어서서 대기 중이었다.

"가주님, 응접실로 뫼시겠습니다."

선임 시녀가 공손히 아뢰었다.

이탄은 시녀들을 따라서 응접실에 도착했다.

Chapter 10

이탄이 들어오자 피요르드가 반겨 맞았다.

"사위, 왔는가?"

"이렇게 이른 아침부터 찾아와서 미안해요."

후작부인은 이탄에게 미안함을 표현했다.

이탄이 고개를 가로저었다.

"아닙니다, 장모님. 시간대에 구애받지 마시고 언제든지 편하게 방문해주십시오."

"어머. 상냥도 하여라."

후작부인은 이탄의 자상한 응대에 감격한 듯 두 손을 꼬옥 모았다. 그리곤 곁에 있는 딸의 옆구리를 쿡 찔렀다.

'이것아, 뭐하고 있어? 무슨 여자가 남편 앞에서 이렇게 데면데면하고 뻣뻣하냐고. 엄마가 너 때문에 복장이 터진다. 터져.'

후작부인이 입 모양으로 이렇게 속삭였다.

'어휴. 잔소리 좀 그만해요.'

프레야는 모친의 잔소리가 듣기 싫어 손을 파닥거렸다.

결국 이탄이 먼저 프레야에게 인사를 했다.

"잘 쉬었소?"

프레야가 당황하여 대답했다.

"아? 네? 아아. 뭐. 저야 잘 쉬었죠. 모처럼 친정에서 푹 쉬었고말고요. 그러는 그쪽은요?"

프레야의 질문이 튀어나오기 무섭게 후작부인이 딸의 등 짝에 스매싱을 날렸다. 쫙! 소리가 찰지게 울렸다.

'야 이것아. 남편에게 그쪽이 뭐야? 네가 그 모양 그 꼴 이니까 이 엄마가 욕을 먹는 거라고 몇 번을 말해야 알아듣 겠어? 앙?'

후작부인이 입 모양으로 딸에게 잔소리를 퍼부었다.

프레야는 얼굴이 빨개져서 어쩔 줄을 몰랐다.

'어휴우. 엄마, 제발 이 사람이 보는 앞에서 이러지 좀 마세요. 창피해 죽겠잖아요.'

'창피한 것을 아는 애가 이러니? 엉? 가진 건 쥐뿔도 없 는 주제에 남부에서 노예나 잔뜩 사들이고, 남편에게 민폐 나 끼치고. 우리 사위가 착해서 망정이지, 다른 남자 같았 으면 너는 이미 소박을 맞아도 몇 번을 맞았어. 이것아.'

후작부인은 그동안 마음속에 맺혔던 말들을 딸에게 마구 퍼부었다.

프레야는 연신 입을 벙긋거려 후작부인에게 말대꾸를 하 면서도 이탄의 눈치를 슬슬 보았다. 아무래도 프레야는 이 탄 앞에서 이런 민망한 꼴을 보여주기 싫은 모양이었다.

반면 이탄은 툭탁거리는 두 모녀를 보면서 자신도 모르

게 빙그레 미소를 지었다.

솔직히 말해서 이탄은 프레야 모녀가 부러웠다. 저렇게 툭탁거리기는 해도 이들 모녀는 서로를 끔찍하게 위해주는 사이였다.

안타깝게도 이탄에게는 이런 가족이 없었다. 간씨 세가의 세상에서도, 언노운 월드에서도, 동차원에서도, 그리고 그릇된 차원에서도 이탄은 늘 혼자였다. 이탄은 빛을 갈망하는 가장 짙은 어둠이자, 사람 냄새를 그리워하는 듀라한인 동시에, 부대낌을 느끼고 싶어 하는 외톨이였다.

결국 한참 만에 프레야 모녀의 툭탁거림이 멈췄다. 민망해진 피요르드가 헛기침으로 끼어들면서 아옹다옹하던 것이 멈춘 것이다.

바로 그 타이밍을 맞춰서 세실이 등장했다.

"가주님, 다이닝 룸에 아침 식사 준비를 해놓았습니다."

이탄이 재빨리 그 말을 받았다.

"장인어른, 장모님, 자리를 옮기시지요."

"험험. 그러세. 어험험."

피요르드는 부인과 딸에게 눈을 한 번 부릅뜬 다음, 성큼 발을 옮겨서 사위인 이탄과 나란히 걸었다.

후작부인과 프레야가 입술을 삐쭉이면서 그 뒤를 따랐다.

언제나 그러하듯이 이탄의 식사는 무미건조했다.

이탄은 음식을 입에 가져가는 척만 하고 다시 내려놓았다. 프레야도 고개를 푹 숙이고 아무 이야기도 하지 않았다. 후작부인은 그런 딸을 향해 '요런 멍충이 같으니.'라고 입으로 중얼거렸다.

오로지 피요르드 후작만이 이것저것 음식 맛을 보고 이탄에게 말도 걸었다.

한데 피요르드의 이야기 가운데 태반이 쓸데없는 것들이었다. 덕분에 후작부인은 딸뿐만이 아니라 남편에게도 눈을 흘기기 바빴다.

그렇게 재미없는 아침 식사가 종료되었다.

프레야는 식후 디저트를 모두 먹을 때까지 단 한 마디도 하지 않았다.

후작부인이 다시 한번 딸의 옆구리를 찔렀다.

'어서 사위에게 사과해, 이것아. 여기에 오기 전에 엄마랑 약속했잖아. 꼭 사과하기로 말이야.'

후작부인은 또다시 입 모양으로 딸을 재촉했다.

'알았어, 엄마. 알았다고. 알았으니까 그만 재촉해.'

프레야가 짜증스러운 반응을 보였다. 그런 다음 프레야는 모처럼 시선을 들어 이탄을 바라보았다.

마침 이탄은 피요르드 후작과 별 시답잖은 이야기를 나

누는 중이었다.

후작부인이 두 남자의 대화를 끊고 들어왔다.

"잠시만요. 우리 프레야가 사위에게 할 말이 있다네요."

"험험. 그래? 그럼 어서 해야지."

피요르드 후작이 냉큼 맞장구를 쳐주었다. 한데 피요르드의 연기가 영 어색해서 분위기가 썰렁했다.

후작부인이 남편에게 도끼눈을 떴다.

민망해진 피요르드가 헛기침과 함께 고개를 옆으로 돌렸다.

프레야는 입술을 꼭 깨물고 눈을 질끈 감더니, 벌떡 일어나 이탄에게 허리를 꾸벅 숙였다.

"미안해요. 주제도 모르고 폐만 끼쳐서 정말 미안해요. 다시는 이런 사고를 치지 않을 테니까 한 번만 용서해줘요."

이탄에게 사과를 하면서 프레야의 얼굴은 잘 익은 사과처럼 능금빛으로 물들었다. 어찌나 쪽팔렸던지 프레야는 이대로 세상이 멸망해서 없어져 버리기를 소망했다.

안타깝게도 세상은 무너지지 않았다. 프레야의 얼굴은 물감으로 칠하기라도 한 듯이 빨갛게 달아올랐다.

이탄이 손가락으로 자신의 관자놀이를 긁었다.

"어어. 그게 굳이 사과할 필요까지는 없는데……."

그 말에 후작부인이 정색을 하고 반대했다.

"필요가 없다니. 그건 말도 안 돼요. 이번 일은 분명히 우리 프레야가 잘못한 일이에요. 요 멍청한 것이 남편에게 기대지 않고 꿋꿋한 여성으로 살겠다면서 평소에 얼마나 시건방을 떨었어요? 그래 놓고서는 막상 일이 터지니까 남편에게 민폐를 끼치잖아요. 세상이 얼마나 험한지도 모르고, 제 분수도 모르고, 제가 정말 딸을 버릇없는 망아지처럼 키워서 사위에게 얼마나 면목이 없는지 몰라요."

후작부인은 프레야를 대놓고 나무랐다.

"엄마!"

프레야가 소리를 빽 질렀다.

하지만 후작부인은 한 치도 물러서지 않았다.

Chapter 11

"요것이 어디서 감히 소리를 질러? 너, 다시 한번만 그래 봐라. 그때는 내가 아주 너랑 인연을 끊을 거야."

후작부인이 두 눈 똑바로 뜨고 꾸짖었다.

프레야가 다시 목을 움츠렸다.

후작부인은 엄격한 표정을 다시 풀고는 이탄을 향해 봄

바람처럼 부드럽게 웃었다.

"호호호. 우리 사위가 너그럽고 이해심이 많은 것은 내가 알지만, 그래도 프레야 저것이 철이 없이 굴 때면 따끔하게 한 마디를 해줘야 해요. 그렇지 않으면 저 천둥벌거숭이 같은 것이 어디로 튈지 모른다니까요. 호호호. 내 말 무슨 뜻인지 알죠?"

"아, 네. 장모님."

"그래도 프레야가 진심으로 사과를 했으니 이번 한 번만 용서해 줘요. 내가 프레야의 못된 버릇을 반드시 고쳐놓을 테니까, 나를 한 번만 믿어주고요."

"아이고, 장모님. 그게 무슨 말씀이십니까? 프레야는 쿠퍼 가문의 안주인입니다. 그러니 여행을 다니면서 금화 5,000닢쯤은 얼마든지 사용해도 됩니다."

이탄의 딴에는 프레야를 위한답시고 이렇게 이야기했다.

한데 후작부인의 눈이 휘둥그레졌다.

"헉! 금화 5,000닢이라고요? 은화가 아니고요?"

후작부인의 동공이 와르르 흔들렸다. 후작부인은 두 주먹을 꼭 움켜쥐고 피요르드와 프레야를 바라보았다.

"크허험. 부인."

피요르드가 움찔해서 시선을 외면했다.

프레야도 머리를 푹 숙였다.

이탄이 당황했다.

"엇! 장모님, 모르셨습니까?"

이 말이 기폭제가 되었다. 평생 무술이라고는 배워본 적도 없는 후작부인이 허공을 풀쩍 날았다. 그리곤 프레야의 등짝에 있는 힘껏 스매싱을 날려버렸다. 찰진 소리가 짝! 하고 울렸다.

"아얏! 엄마. 미안. 미안해요."

프레야가 두 손을 머리 위로 들고 파닥거렸다.

금화 5,000닢이라는 말이 얼마나 충격적이었던지, 후작부인은 사위 앞이라는 사실도 잊고서는 딸을 쥐 잡듯이 잡았다.

"이년이 미쳤구나. 미쳤어. 금화 5,000닢이라니. 금화 5,000닢. 어이구, 내가 속이 터지다 못해서 썩어 문드러진다. 애비나 딸년이나 검만 휘두를 줄 알았지, 세상을 살아가는 데 꼭 필요한 경제관념이라고는 눈곱만큼도 없어서 아주 미친 짓을 하고 돌아다녀요. 어이구, 내 팔자야."

"아악. 엄마. 그만 때려요. 제가 잘못했어요."

프레야가 싹싹 빌었다.

이탄과 피요르드도 부지런히 후작부인을 말렸다.

"장모님, 고정하십시오. 쿠퍼 가문의 안주인이라면 금화 5,000닢쯤은 얼마든지 써도 됩니다. 그러니까 그만 고정하십시오."

"어험험. 험험. 사위 말이 맞소. 사위가 괜찮다는데 이제
당신도 그만하시오."

피요르드의 말에 후작부인이 폭발했다.

"그렇게 괜찮으면 당신이 갚아줘요."

"뭐뭣?"

이번엔 피요르드의 동공이 흔들렸다.

후작부인은 허리에 양손을 척 얹고서 남편을 다그쳤다.

"그렇게 괜찮으면 당신이 우리 착한 사위에게 금화
5,000닢을 갚아주라고요."

"뭐뭣?"

"당신을 닮은 딸년이 사고를 쳤으니 당신이 갚아줘야 옳
죠. 왜 우리 착한 사위가 요 못돼 처먹은 망아지가 저지른
일을 뒤처리해야 해요? 마땅히 딸을 잘 못 가르친 아비가
해결을 해줘야죠."

"부, 부인. 그것은……."

피요르드가 당황하여 입만 벙긋거렸다.

솔직히 말해서 피요르드에게 금화 5,000닢을 대신 갚으
라는 것은 "단독으로 피사노교에 쳐들어가서 마교의 사도
5,000명의 목을 베어 오라."는 명령보다도 훨씬 더 무서운
이야기였다.

그러니 피요르드의 말문이 막힐 수밖에.

후작부인은 작정을 하고 남편에게 직설을 날렸다.

"흥! 당황스럽죠? 쉽지 않은 일이죠? 우리 불쌍한 사위
는 그 당황스럽고도 어려운 일을 무던하게도 감내한 거라
고요. 사위가 프레야를 위해서 아무렇지도 않은 척하지만,
그렇다고 해서 사위가 진짜로 아무렇지도 않다고 생각하면
오산이에요. 당신과 프레야는 우리 사위에게 진심으로 사
과할 필요가 있다고욧."

후작부인의 주장이 옳았다. 아무리 이탄이 괜찮다고 손
사래를 치더라도 프레야는 이탄에게 진심으로 사과를 해야
만 옳았다.

이것은 피요르드도 마찬가지였다.

다행히 프레야와 피요르드는 염치가 없는 사람들은 아니
었다. 프레야가 진심을 담아서 한 번 더 이탄에게 허리를
숙였다.

"미안합니다. 제가 철이 없어서 당신과 당신 가문에 큰
민폐를 끼쳤어요. 이번 잘못은 제가 평생을 두고 어떻게든
갚을게요. 금화로 갚지 못한다면 다른 방식으로라도 어떻
게든 갚을 테니 용서해줘요."

프레야의 사과는 아까 전보다 한층 더 진지했다.

바로 이어서 피요르드도 이탄에게 사과했다.

"사위. 내가 정말 사위에게 고맙고 미안하네. 듣고 보니 이 사람의 말이 맞아. 이번 일은 분명히 내가 우리 딸을 잘못 키운 탓이라네. 프레야가 철이 없게 자란 것은 전부 다 내 탓일세. 어려서부터 저 아이의 손에 검만 쥐어줬을 뿐, 다른 것들은 제대로 가르치지 못했나 보이."

"장인어른. 그런 말씀 마십시오."

이탄이 손사래를 쳤다.

피요르드는 고개를 좌우로 흔들었다.

"아니. 그러지 말고 내가 사위에게 계속 사과하게 해주게."

"장인어른……."

"내가 비록 영지의 세금을 갑자기 늘릴 수 없어 금화로 5,000닢을 갚을 자신은 없네마는, 앞으로 내 힘이 닿는 한 사위의 일이라면 발 벗고 돕겠네. 그러니 앞으로 무력이 필요한 일이 있다면 언제든지 나와 아울 검탑을 찾아주게."

순간 이탄의 눈이 반짝 빛났다. 이것이야말로 이탄이 가장 바라던 바였다.

'아싸!'

이탄은 마음속으로 오른 주먹을 불끈 쥐었다.

Chapter 12

비단 이탄만 기뻐한 것이 아니었다. 이러한 장면은 은화 반 닢 기사단이 가장 바라던 일이기도 했다.

다이닝 룸 바깥쪽에서 대기 중이던 세실이 피요르드의 말을 엿들었다.

'옳거니! 어르신들께서 이 이야기를 보고 받으시면 뛸 듯이 기뻐하시겠구나.'

세실은 남몰래 만세를 불렀다.

고작 금화 5,000닢으로 아울 검탑의 검수를 부릴 수 있다?

세상에 이보다 더 남는 장사는 없었다. 그러니 은화 반 닢 기사단의 원로기사들이 덩실덩실 춤을 출 만했다.

하지만 세실이 놓친 부분이 있었다.

조금 전 피요르드는 "내 힘이 닿는 한 사위의 일이라면 발 벗고 돕겠다."라고 말했지, "쿠퍼 가문을 돕겠다."라고 이야기한 적은 없었다.

결국 피요르드와 아울 검탑을 움직일 수 있는 열쇠는 은화 반 닢 기사단이 아니라 이탄이었다. 비록 금화 5,000닢은 이탄의 호주머니가 아니라 은화 반 닢 기사단으로부터 나왔지만 말이다.

이런 것을 두고 "재주는 곰이 부리고 돈은 사람이 얻는다."고 한다던가? 이 경우에는 은화 반 닢 기사단이 곰이고 이탄이 사람인 셈이었다.

프레야는 그 날 하루 종일 이탄과 함께 시간을 보냈다. 피요르드 부부는 딸과 사위의 알콩달콩한 데이트를 방해하지 않고자 자리를 비켜주었다.

이탄과 프레야는 쿠퍼 본가의 드넓은 정원을 하루 종일 함께 걸었다. 둘이서 도란도란 이야기도 나누었다.

산책을 하는 중에 프레야가 갑자기 "에잇!"이라고 외치면서 이탄의 손을 잡았다.

프레야의 딴에는 무척 용기를 내어서 벌인 일이었다. 프레야의 얼굴뿐 아니라 목덜미까지 붉게 변했다.

이탄은 움찔하였으나, 프레야의 손을 뿌리치지는 않았다.

프레야도 이탄의 손이 차가워서 놀랐으나 딱히 싫지는 않았다.

한 쌍의 부부는 그렇게 손을 꼭 잡고 하루 종일 산책만 했다. 남들이 보기에는 참으로 다정한 부부였다.

저녁이 되자 프레야가 이탄에게 한 번 더 사과를 했다.

"당신에게 정말 미안해요. 그리고 당신은 정말 좋은 사람이에요. 나처럼 철이 없고 부인 역할도 제대로 못하는 여자를 감싸줘서 고마워요.”

프레야는 이탄에게 이 말을 남겼다. 그런 다음 갑자기 와락 달려들어 이탄을 끌어안고 입술을 맞추었다.

물론 혀는 사용하지 않는 소녀 감성의 키스였다.

이탄은 프레야의 기습 키스를 피하지 않았다.

그렇게 이탄을 꼭 끌어안아 준 뒤, 프레야는 아울 검탑으로 떠났다.

아울 검탑의 도제생들은 이번에 대륙 남부 지방을 돌면서 여럿이 죽었다. 그러니 프레야의 입장에서는 하루라도 빨리 아울 검탑으로 복귀하여 이 사실을 보고해야만 했다. 어쩌면 검탑의 검수들은 프레야에게 벌을 내릴지도 몰랐다. 이유야 어쨌건 이번 일의 책임자는 프레야이기 때문이었다.

‘그 벌 또한 내가 온전히 감당해야 할 몫이겠지.’

프레야는 엄벌을 받을 것을 각오했다. 다만, 그녀는 아울 검탑에서 벌을 받느라 남편인 이탄에게 더 소홀해질 수밖에 없어서 그것이 걱정이었다.

‘하아아. 우리는 첫날밤도 제대로 못 치렀는데.’

프레야는 먼 길 떠나려다 말고 쿠퍼 본가를 돌아보았다. 멀리 보이는 저 으리으리한 건물 안에 이탄이 있다고 생각하자 프레야의 마음 한구석이 허전했다. 그녀는 마음에 뚫린 구멍 속으로 찬바람이 씽씽 부는 듯한 기분도 들었다.

하지만 그것은 한순간에 스쳐 지나간 감정의 편린일 뿐.

프레야는 온 생애를 검에 바친 여인이었다. 검의 구도자가 되기 위해서라면 그녀는 그 어떤 것도 희생할 수 있었다.

인생, 젊음, 심지어 사랑마저도.

감정에 흔들렸던 프레야의 눈빛이 어느새 강한 여검수의 눈빛으로 돌아왔다.

한편 이탄도 먼발치에서 프레야를 배웅했다.

"먼저도 이런 작별인사를 했던 것 같은데, 또다시 하게 되는구려. 프레야. 당신은 당신의 길을 흔들림 없이 걸어가기 바라오. 당신은 빛의 길을 걷고 나는 어둠의 길을 걸을지니, 우리들은 평생을 이렇게 평행선만 달리며 영원히 교차점이 없겠지. 설령 그렇다손 치더라도 나는 실망하지 않을 거요. 이렇게 먼발치에서만 당신을 볼 수 있다면 나는 그것으로 족하오."

이탄이 수 킬로미터 밖의 프레야를 향해서 나직이 중얼거렸다. 이탄의 말투에서는 숨길 수 없는 쓸쓸함이 묻어났다.

아나테마가 불쑥 나타나 아련한 분위기에 초를 쳤다.

[끼요오옵! 듀라한 주제에 이게 웬 청승이냐? 오래 전 내가 살던 고대에 이런 속담이 있었느니라.]

'뭔 속담 말이오?'

뜬금없는 아나테마의 말에 이탄이 고개를 갸웃했다.

아나테마는 자신의 가슴을 탕탕 두드리며 이야기했다.

[어엿한 사내대장부의 입장에서 부부가 각방을 쓰는 것은 1대가 공덕을 쌓은 것이고, 부부가 주중에 떨어져 지내다가 주말에만 만나는 것은 2대가 공덕을 쌓은 것이며, 부부가 몇 달, 혹은 몇 년씩 떨어져 지낼 수 있는 것은 3대가 공덕을 쌓은 결과라고 했다. 끼요옵. 내가 볼 때 네 녀석은 3대가 공덕을 쌓은 것이니라. 끼요오오옵.]

아나테마의 딴에는 이탄이 쓸쓸해하는 것 같아서 위로를 한답시고 이렇게 말하였다.

이탄도 아나테마의 마음씀씀이를 모를 리 없었다. 이탄은 속으로는 아나테마에게 고마워했으나, 겉으로는 그런 내색을 내비치지 않았다.

'쳇. 3대의 공덕은 개뿔. 나는 아버지와 할아버지가 누구인지도 모르는데.'

이탄의 투덜거림이 아나테마에게는 송곳이 되어 가슴을 후벼 팠다.

'끼이요옵? 그게 정말이냐? 이런 불쌍한 녀석. 이제 보니 네 녀석은 부인에게 소박을 맞은 것으로도 모자라 아비와 할아비가 누군지도 모르는 고아 출신이었구나. 그 와중에 타인에 의해서 강제로 듀라한까지 되어버리고. 네 녀석의 팔자는 어쩜 이렇게 기구하단 말이냐? 끼요오옵.'

아나테마는 이탄이 참 불쌍하다고 여겼다.

참으로 어이가 없는 생각이었다.

그렇다면 이탄에게 줄줄이 코가 꿰어서 반강제로 모레툼 교단의 신도가 된 사람들은 불쌍하지 않은가?

이탄에 의해서 마나가 봉인 당하고 노예로 전락한 네크로맨서들은 괜찮은가?

지금까지 이탄에게 처참하게 찢겨서 죽은 자들은?

이탄 때문에 강제로 낯선 차원에 끌려온 코후엠과 투론은?

세상에는 이탄보다 더 불쌍한 자들이 넘쳐난다는 사실을 아나테마는 이해하지 못하였다. 그리고 이탄이야말로 그런 불쌍한 자들을 양산하는 원흉이라는 사실을 아나테마는 인정하지 않았다.

퀘스트 8: 까마귀 깃털 고르기

Chapter 1

하긴, 이것이 아나테마의 본성이었다.

오랜 옛날, 아나테마는 온 세상이 악마사원을 핍박한다고 분개하여 스스로 불멸의 악마종, 즉 리치 중의 리치로 거듭났다.

하지만 악마사원의 사도들이야말로 무고한 양민들을 핍박하던 악마 그 자체였다. 그중에서도 아나테마야말로 백성들을 마구잡이로 붙잡아 인신공양하고, 사람의 항문에 기다란 꼬챙이를 박아 입으로 뽑아낸 뒤 꼬치구이처럼 빙글빙글 돌리면서 그 꼴을 연인인 샤흐크와 함께 구경하고 즐겼던 최악의 사도였다.

고대인들은 이러한 형벌을 '아나테마형'이라고 부르면서 치를 떨었다.

그러니까 아나테마는 내로남불, 즉 "내가 하면 로맨스, 남이 하면 불륜."의 전형인 셈이었다.

참으로 이기적인 아나테마가 이탄을 불쌍히 여긴다는 것은, 다시 말해서 그가 이탄에게 동질감을 느낀다는 뜻이었다.

과거에 아나테마는 오로지 악마사원의 사도 666명만 사람으로 여겼을 뿐, 그 밖에 다른 이들은 사람 취급도 하지 않았다. 아나테마에게는 악마사원의 동료들인 665명의 사도들만이 '우리'였다.

그러다 동료들이 모두 죽고 고대 문명이 멸망했다. 이후로 아나테마에게는 '우리'라는 울타리가 없었다.

그런 아나테마에게 최근 변화가 생겼다. 아나테마의 의식 속에선 어느새 이탄도 '우리'가 되어 버렸다.

하긴, 홀아비 걱정은 과부가 해준다고, 리치가 듀라한의 걱정을 해주지 않으면 누가 해주겠는가.

3개의 달이 모두 구름에 가리운 캄캄한 밤이었다.

쏴아아아아—.

먹장구름으로부터 세찬 빗줄기가 떨어졌다.

그 빗속을 뚫고 한 사내가 숨을 헐떡이며 달렸다. 사내의 입에서 김이 모락모락 올라왔다. 사내의 어깨와 등, 복부에서는 핏물이 줄줄 흘렀다. 피에 젖고 어둠에 물들어 사내의 복장이 잘 보이지는 않았다.

하지만 자세히 보면 사내가 입고 있는 옷은 남색과 흰색이 교대로 섞인 신관복이었다. 사내는 피에 물든 가죽신을 착용했으며, 허리춤에는 60 센티미터 길이의 놋쇠막대기가 매달려 덜렁거렸다.

그렇다. 이것은 모레툼 교단의 신관 복장이었다. 그리고 기다란 놋쇠막대기는 바로 유척이었다.

이것만 보더라도 사내의 정체는 뻔했다. 그는 모레툼을 섬기는 신관인 것이다.

"크으윽. 빌어먹을. 빌어먹을. 헉헉헉."

비탈길이 나오자 신관의 숨이 점점 더 가빠졌다. 결국 신관은 가빠진 호흡을 견디지 못하고 달음박질을 멈췄다. 그 다음 두 손으로 자신의 무릎을 잡고 상체를 수그린 채 깊게 심호흡을 했다.

그때 빗속에서 무언가가 뚝 떨어졌다.

빠각!

둔탁한 소리와 함께 모레툼의 신관의 뒤통수가 깨졌다.

"꾸륵."

신관은 섬뜩한 외마디를 남기고는 바닥에 풀썩 쓰러졌다. 깨진 후두부로부터 피가 철철 흘렀다. 붉은 선혈은 세차게 내리는 빗물과 섞여서 하수구로 씻겨 내려갔다.

모레툼의 신관을 둔기로 내리쳐서 죽인 괴한이 어둠 속에서 하얀 이빨을 드러내었다. 놀랍게도 괴한의 손에 들려 있는 흉기 또한 유척이었다.

괴한은 피에 젖은 유척을 빗물로 대충 씻더니, 자신의 허리춤에 푹 찔러 넣었다. 그런 다음 주변을 한 바퀴 둘러본 다음 유유자적하게 사라졌다.

다음 날 아침.

한 무리의 사람들이 가파른 비탈길을 가로막고 서서 심각하게 대화를 나누었다.

지난밤에 내린 폭우로 인하여 비탈길은 물기로 번들거렸다. 하수구 속에서는 콸콸콸 물이 흐르는 소리가 들렸다.

사람들이 빙 둘러싼 곳에는 시체 한 구가 덩그러니 놓였다.

시체의 몸에는 상처가 많았으나, 그중에서도 직접적인 사인은 뒤통수에 있었다. 둔기로 얻어맞아 후두부가 함몰된 장면이 명명백백하게 사람들의 눈에 보였다.

그러고 보니 이 자리에 모인 사람들의 복장은 모두 동일했다. 다들 남색과 흰색이 교차하는 신관 복을 입었다. 허리춤에는 60 센티미터 길이의 놋쇠막대기를 꽂았다. 이들 모두가 모레툼의 신관이었다.

신관들이 이곳에 모인 이유는 하나였다. 지난밤, 대륙 중부의 대도시 솔노크에서 심각한 살인사건이 발생했기 때문이었다. 바로 그 사건 탓에 모레툼 지부가 발칵 뒤집혔다.

솔노크는 물의 종족이라 불리는 비치 일족들이 주로 모여 사는 대규모 수변도시였다. 이곳의 인구는 2천만 명이 훌쩍 넘었다. 이 정도면 언노운 월드를 통틀어서 수변도시 가운데 두 번째로 큰 대도시였다.

대륙 중부지역에서 시작하여 동부 해안까지 도도하게 흐르는 솔 강은 솔노크 지역에 이르러서 갑자기 강폭이 좁아졌다. 비치족의 선조들은 바로 이 지역에 운하를 만들고 도시를 세웠다.

이 도시가 바로 솔노크였다.

몇 해 전, 이 아름다운 수변도시에서 심각한 살인사건이 발생하였다. 솔노크 시의 모레툼 지부를 책임지는 아나톨 주교가 뒤통수에 치명적인 부상을 입은 채 시체로 발견된 것이다.

당시의 살인사건은 모레툼 총단에서 직접 맡아서 처리했다. 아나톨 주교를 무참하게 살해한 범인으로는 모레툼 교단 휘하 트루게이스 시의 신관인 이탄이 지목되었다. 모레튬 총단에서는 용의자인 이탄을 체포하여 어디론가 끌고 갔다.

솔노크의 백성들은 이탄이라는 자가 아나톨 주교를 죽였고, 그 죗값을 받아 모레튬 총단으로 압송되어서 결국 교수형에 처해졌을 것이라고 믿었다.

솔노크 시 모레튬 지부의 신관들도 백성들과 같은 생각이었다. 다들 이탄이 처형을 당했을 것이라고 여겼다.

그 후로 4년 9개월이 지났다. 언노운 월드의 나이로 당시 18세였던 이탄도 어느새 23세에 이르렀다.

한데 지난 밤, 솔노크 시에서는 또 한 번의 살인사건이 발발했다.

이번에 죽은 신관의 이름은 미유.

직위는 주교.

미유 주교는 모레튬 교단의 전략 참모로 명성이 자자한 세본 추기경의 아들이었다.

Chapter 2

미유의 부친은 세본은 비크 교황의 오른팔로 알려진 거

물급 인사로, 아나톨 주교가 죽은 이후 솔노크 시에 자신의 아들인 미유 주교를 파견하여 지부장으로 삼았다.

솔노크 지부는 이미 오래 전부터 비크 교황이 텃밭을 다져온 곳이라 세본 추기경이 이 지역에 자신의 친아들을 꽂아 넣어도 아무런 반발이 없었다.

한데 그 거물급의 친아들이 지난밤 무참하게 살해를 당했다. 그것도 솔노크 시의 후미진 곳에서 흉기로 뒤통수를 얻어맞아 죽었다.

모레툼의 신관들은 미유 지부장의 시체를 둘러싼 채 당황하여 어쩔 줄 몰랐다. 나이가 지긋한 신관들이 꺽다리 사내 수움에게 시선을 돌렸다.

"수움 신관, 뭔가 짚이는 바가 없는가?"

수움은 모레툼 신으로부터 간파의 가호를 하사받은 신관이었다. 덕분에 수움은 진실과 거짓을 판별하는 특별한 눈을 지녔다.

수움이 어두운 얼굴로 고개를 가로저었다.

"죄송합니다. 제가 가진 가호는 산 자의 말이 거짓인지 진실인지 판별하는 능력만 있을 뿐 죽은 자로부터는 정보를 읽지 못합니다."

수움의 대답에 다른 신관들이 한숨을 내쉬었다.

"그런가? 후우. 나도 그건 알고 있네만, 하도 답답하여

물어보았다네."

"휴우우우. 이게 도대체 무슨 일이란 말인가. 5년 전에
는 아나톨 주교님이 흉기에 맞아서 돌아가시더니, 이번엔
미유 주교님마저 같은 경우를 당하시다니. 우리 지부의 터
가 나빠서 자꾸 액운이 끼나?"

"액운이라니? 신관인 우리가 그딴 미신을 믿으면 어떻게
하나?"

"그나저나 총단에서는 언제 사람을 보내주려나? 이런 대
형 사고는 마땅히 총단에서 조사를 해줘야지."

솔노크의 신관들은 감히 미유 주교의 살인사건을 조사할
엄두를 내지 못하였다. 그들은 총단에서 이번 사건을 맡아
서 처리해주기를 원했다.

수움이 느릿하게 말문을 열었다.

"곧 오겠지요. 미유 지부장님은 세본 추기경님의 친아들
이 아닙니까? 아마도 추기경님께서 가만히 계시지 않을 겁
니다."

수움의 말이 옳았다.

"그렇지. 추기경님께서 직접 나서시겠지. 후우우우."

"이번 일 때문에 세본 추기경님께서 크게 진노하셨을 것
이니 우리도 몸을 사려야 할 것이네."

"그 말이 맞아. 이럴 때는 그저 납죽 엎드려서 꼼짝도 않

는 것이 태풍을 피하는 방법인 게야."

나이 든 신관들은 장차 불어 닥칠 태풍을 피할 방법을 의논했다. 그 와중에 수움 신관만이 다른 생각을 품었다.

'그때 그 젊은 신관은 어찌 되었을까? 모레툼 님의 축복을 받아서 무려 4개의 가호를 하사받았다던 그 이탄 신관 말이야. 아마도 처형을 당했겠지?'

수움 신관의 뇌리에는 이탄의 단아한 모습이 떠올랐다.

같은 시각, 모레툼 교단의 교황청.

세본 추기경은 비크 교황의 오른팔이라 불리는 권력자였다. 5년 전, 추기경이었던 비크가 교황의 성좌에 오를 때 가장 큰 공을 세운 인물이 바로 세본이었다.

비크가 교황이 된 이후로 세본 추기경은 많은 것들을 손아귀에 넣었다. 교황청의 10년 전략이 세본의 손에 의해 세워졌다. 교황청의 막대한 재정이 세본의 의견에 따라 좌우되었다. 세본의 세 아들은 모두 주교로 승진하였다.

이 가운데 세본이 가장 신뢰하는 아들이 바로 미유 주교였다. 세본은 장차 미유가 자신의 뒤를 이어서 교단의 추기경이 될 것이라 믿었다.

그런데 충격적인 일이 발생했다. 세본의 소중한 후계자가 하루아침에 시체로 돌변한 것이다.

세본의 분노는 어마어마하였다.

"누구야? 감히 어떤 놈이 이런 무참한 짓을 저질렀어?"

와장창!

세본 추기경 집무실의 집기들이 단숨에 깨져나갔다. 추기경실의 알록달록한 창문들도 여지없이 박살 났다. 세본이 두 손을 휘저을 때마다 유리창이 박살 나고 가구와 집기들이 펑펑 터졌다.

추기경을 보좌하는 시동들은 무서워서 벌벌 떨었다.

지금 교황청에는 세본의 분노를 가라앉힐 만한 윗사람이 없었다. 최근 비크 교황이 갑자기 자리를 비우고 은둔생활을 하는 탓이었다.

세본 추기경은 교황이 부재한 상황에서 대행의 신분으로 교황청의 크고 작은 일들을 챙기던 중이었다.

다시 말해서 지금 이 시점에서는 세본 추기경이 모레툼 교단 전체를 거머쥔 절대 권력자나 다름없었다.

한데 그 절대 권력자의 아들이 무참하게 피살을 당했다. 세본은 손톱이 손바닥에 파고들어 피가 맺힐 정도로 주먹을 꽉 움켜쥐었다.

"끄으웃. 반드시 범인을 찾을 것이다. 내 아들을 죽인 놈은 물론이고 그 주변 인물들까지 모조리 파헤쳐서 처참하게 죽여 버릴 게야."

세본이 휘두를 수 있는 힘은 한두 가지가 아니었다. 세본은 그 가운데 가장 파괴적이고도 확실한 힘을 꺼내들었다.

은화 반 닢 기사단.

세본이 집무실 책상에서 꺼낸 반쪽짜리 은화에는 위와 같은 글자가 선명하게 새겨져 있었다.

비크 교황이 은화 반 닢 기사단의 1호 어르신이자 기사단장이라면, 세본 추기경은 은화 반 닢 기사단의 2호이자 부단장이었다. 세본이 움켜쥔 반쪽짜리 은화의 뒷면에는 '부단장'이라는 세 글자가 또렷하게 자리했다.

"부단장의 이름으로 명을 내린다. 은화 반 닢 기사단은 최고의 요인들을 투입하여 솔노크 지부장의 죽음을 파헤쳐라. 만약 이 명을 거역하거나 엇박자를 놓는 놈이 있다면 그자의 직위를 당장 해제해버릴 것이야."

명령서가 즉시 작성되었다.

세본의 분노가 진득하게 담겨 있는 명령서는 피요르드 시 북쪽 협곡에 자리한 은화 반 닢 기사단으로 전달되었다.

원로기사들이 한 자리에 모여서 고민했다.

"최고의 요원이라면 당연히 49호가 아닙니까."

9호 어르신이 조심스레 운을 떼었다.

5호 어르신은 난감한 표정을 지었다.

"그건 그렇소만, 49호에게 퀘스트를 함부로 내리기 부담스러운데……."

5호 어르신이 똥 마려운 표정으로 말꼬리를 흐렸다.

Chapter 3

5호 어르신이 이렇게 망설이는 이유는 간단했다. 기사단의 49호인 이탄은 이미 7개의 퀘스트를 성공적으로 마쳤다. 따라서 이탄이 앞으로 13개의 퀘스트만 추가로 끝마치면 이탄은 자유의 몸으로 풀려날 상황이었다.

'만약 그런 일이 발생하면 교황 성하께서 펄쩍 뛰실 게야.'

5호 어르신은 이런 걱정에 선뜻 마음의 결정을 내리지 못했다.

7호 어르신이 고개를 가로저었다.

"5호께서 무슨 걱정을 하는지는 알겠습니다. 하지만 만약 49호를 작전에서 제외했다가 일이 꼬이면 부단장님의 분노를 직접 받으셔야 할 겁니다."

"끄으응."

7호의 경고에 5호 어르신이 얼굴을 와락 구겼다.

물론 은화 반 닢 기사단의 입장에서는 비크 교황의 명이 절대적이었다.

하지만 세본은 비크의 오른팔이라 불리는 2인자가 아닌가. 교황이 자리를 비운 지금, 은화 반 닢 기사단의 최종명령권은 세본 추기경이 가지고 있었다.

5호가 머뭇거리자 7호 어르신이 한 번 더 재촉했다.

"꾸물거릴 시간이 없습니다. 부단장님께서 내리신 명령서에 따르면, 은화 반 닢 기사단 소속 최고의 요원들을 오늘 오후 2시까지 솔노크 시에 집결시키라고 되어 있습니다."

"그건 나도 아네만……."

난감해진 5호가 6호를 돌아보았다.

6호 어르신은 평소에 "49호가 너무 뛰어나서 오히려 불안하외다. 그러니 우리는 49호에게 튼튼한 족쇄를 채워놓아야 할 게요."라는 주장을 굽히지 않던 인물이었다. 5호는 6호 어르신에게 눈빛으로 물었다.

'6호, 어쩌면 좋겠소?'

6호 어르신이 별 고민도 없이 대답했다.

"크험험. 어쩔 수 없지 않소이까? 부단장님께서 크게 진노를 하시니 어찌 되었든 49호를 작전에 투입할 수밖에요."

예상 밖의 대답에 5호가 어리둥절해졌다.

"6호, 정녕 그리 생각하시오?"

"그럼 다른 방도가 있으십니까? 세본 추기경님은 우리 은화 반 닢 기사단의 부단장님이시기 이전에 우리의 예산권을 쥐고 계신 분입니다만."

"아하!"

5호는 비로소 깨달았다.

평소 6호 어르신은 예산에 무척 민감했다. 은화 반 닢 기사단의 재정을 책임지는 것이 6호 어르신의 임무인 까닭이었다.

엄밀하게 따지고 보면 5호 어르신이 비크 교황의 심복이라면, 6호 어르신은 세본 추기경에게 줄을 선 인물이었다. 비크와 세본이 한 배를 탔을 때는 5호와 6호도 같은 길을 가게 되리라. 하지만 만에 하나 비크와 세본이 엇갈린 길을 걷는다면 5호 어르신과 6호 어르신도 갈라설 수밖에 없었다.

5호 어르신이 머리를 굴렸다.

'아무래도 49호를 투입할 수밖에 없겠구나. 내가 반대를 했다가는 6호가 곧장 이 사실을 부단장님께 아뢸 게야. 쯧쯧쯧.'

마침내 5호 어르신이 결정을 내렸다.

"17호, 28호, 49호, 56호, 61호. 이상 5명의 전투요원과 그 전투요원을 보조할 전담 보조요원 전원에게 점퍼 요원들을 보내라. 지금 호명된 요원들은 내일 오후 2시 전까지 솔노크 시의 모레툼 지부로 집결해야 할 것이며, 이는 교단의 최상층부로부터 전해진 지상 명령이니라. 만에 하나 이 명령을 위반하는 자들이 있다면 그자들은 교법에 의거하여 가장 처참한 벌을 받을 줄 알거라."

그 즉시 명이 전파되었다.

이어서 퀘스트(Quest: 임무)의 명칭도 정해졌다.

까마귀 깃털 고르기

이것이 어르신들이 정한 퀘스트 명칭이었다. 여기서 까마귀 깃털이란 미유 주교를 죽인 범인을 의미했다.

명이 떨어지자 은화 반 닢 기사단의 점퍼 요원들이 후다닥 움직였다. 전담 보조요원들은 5호 어르신이 공표한 명령서를 전투요원들에게 전달했다.

당연히 이탄도 명령서를 받았다.

오라늘공 오비후밍 두간 시데. 솔붕노라쿄진 지중부케로고 집주결소. 지란상체명게령문.

이탄은 레몬차에서 건져 올린 종이를 펼친 뒤, 홀수 번째 글자만 골라서 읽었다.

'오늘 오후 두 시. 솔노크 지부로 집결. 지상명령.'

명령서의 내용은 이와 같았다.

"뭣이?"

이탄이 벌떡 일어났다.

솔노크 지부라는 단어가 천둥이 되어 이탄의 뇌리에 떨어졌다. 이탄의 두 눈에선 시퍼런 불똥이 튀었다.

"이런 미친!"

이탄은 순간적으로 비크가 미친 게 아닐까 의심했다. 왜냐하면 솔노크 지부야말로 이탄이 족쇄를 차게 된 배경이기 때문이었다.

'솔노크 지부라고? 나를 그곳에 파병한다고? 비크 교황이 쳐돌았나?'

지금으로부터 5년 전 이탄은 솔노크 시에서 아나톨 주교를 살해했다는 누명을 썼다. 그런 다음 이탄은 비크 교황의 손에 이끌려 은화 반 닢 기사단에 강제로 가입했다.

'한데 나를 솔노크 시로 보낸다고? 만에 하나 내가 그곳에서 5년 전의 사건을 파헤치면 어쩌려고 이러지?'

이탄은 이번 퀘스트가 무척 수상하다고 여겼다.

그렇다고 해서 이탄이 이번 퀘스트를 회피할 수 있냐?

그건 또 아니었다. '지상명령'이라는 표현이 따라붙은 이상, 이탄이 퀘스트를 거부하는 것은 불가능했다.

창문에 비친 이탄의 표정이 으스스하게 일그러졌다.

'아니지. 오히려 이게 기회일 수도 있어.'

잠시 후, 이탄의 생각이 바뀌었다.

'비크 교황이 그 어떤 함정을 파놓았건 무슨 상관이람? 사람이, 아니 언데드가 잠잠히 당해주는 데도 한계가 있는 법이야. 이제는 나도 못 참는다고. 이번 기회에 은화 반 닢 기사단의 족쇄를 풀어버릴 거야. 그런 다음 오히려 내가 은화 반 닢 기사단이나 모레툼 교단에 족쇄를 채워버려야지. 그들로 하여금 그동안 나를 마구 부려먹은 대가를 톡톡히 치르게 만들어 줄 거라고'

이게 이탄의 결심이었다.

Chapter 4

이탄은 이미 장부에도 빼곡하게 적어놓았다.

첫째, 그동안 그가 은화 반 닢 기사단을 위해서 일한 대가가 얼마인지.

둘째, 트루게이스의 모레툼 지부를 방치하면서 본 손해

가 얼마인지.

셋째, 앞의 두 가지 항목에 복리로 이자를 붙이면 은화 반 닢 기사단으로부터 장차 얼마를 받아내야 직성이 풀릴 것인지.

이탄은 이러한 계산을 이미 끝마친 뒤 외상장부에 꼼꼼하게 적어놓은 상태였다.

"간씨 세가를 쥐어짜는 것 이상으로 쫙쫙 짜줄 테다. 평생 쥐어짜고 또 쥐어짜 줄 거란 말이다."

이탄이 으스스하게 중얼거렸다.

듀라한인 이탄에게 '평생'이란 곧 '영원'을 의미했다.

이탄이 복수심에 불타오를 즈음, 피요르드 시 북쪽 협곡의 어르신들은 원인 모를 오한에 부르르 몸서리를 쳤다.

"어구구, 늙어서 그런가? 왜 갑자기 등골이 오싹하지?"

5호 어르신이 자신의 방에서 등을 툭툭 두드렸다.

"이상하게 춥네? 허어 참. 한여름에 왜 이러지?"

6호 어르신도 때 아닌 추위에 겉옷을 꺼내 어깨에 걸쳐 입었다.

7월 6일 오후 1시 30분.

이탄이 점퍼 요원의 도움을 받아 솔노크 시의 모레튬 지부에 도착했다. 333호를 비롯한 이탄의 전담 보조요원 4명이 이탄과 함께했다.

이탄과 그의 보조요원들은 은화 반 닢 기사단이 작전을 펼칠 때 착용하는 흰 가면을 얼굴에 쓴 상태였다. 이 가면 덕분에 이탄은 누군가가 자신의 얼굴을 알아볼까 봐 걱정하지 않아도 되었다.

"햐아, 대단하구나."

솔노크 시에 도착하자마자 보조요원들이 탄성을 터뜨렸다.

하긴, 수변도시 특유의 이국적인 풍경을 보면 세상 그 누구라도 감탄이 터질 수밖에 없었다.

솔노크 시는 물 위에 세워진 도시답게 모든 면에서 다른 도시들과는 차별되었다. 수면 위에 솟구친 고층건물들은 물고기 비늘을 본떠서 만든 듯 다채로운 빛깔로 반짝거렸다. 건물 모양이 반듯하지 않고 구불구불한 곡선을 그리는 점도 이국적이었다. 이런 건물들은 마치 바닷속에서 흐느적거리는 해초를 형상화한 듯했다.

건물과 건물 사이의 수로에는 배들이 고속으로 오갔다. 도시의 이곳저곳에서 뿌웅 뿌웅 뱃고동 소리가 울렸다.

보조요원들이 솔노크 시의 아름다운 풍경에 눈을 떼지 못하는 동안, 이탄은 24층에 달하는 모레툼 지부를 빤히 올려다보았다.

'드디어 이곳에 다시 왔구나.'

가면 속 이탄의 눈동자 안에서 오만가지 감정이 교차했다.

그때였다.

장난을 치면서 우당탕탕 뛰어오던 한 무리의 아이들이 이탄의 앞을 스쳐 지나갔다. 그중 한 아이가 바닥에 넘어졌다.

"이런. 조심해야지."

이탄은 무의식적으로 아이에게 손을 내밀어 일으켜주었다.

"고맙습니다."

아이는 예의 바르게도 이탄에게 꾸벅 인사를 하고는, 친구들을 따라서 우르르 뛰어갔다.

그러는 사이 24층 건물 입구에는 키가 훤칠한 신관이 나타났다. 이탄 일행을 안내하기 위해서 마중 나온 신관이었다.

당연히 이 신관의 소속은 솔노크 시의 모레툼 지부였다.

"혹시 총단에서 나오셨습니까? 저는 솔노크 지부에 소속된 신관 수움이라고 합니다."

'수움이라고?'

이탄이 눈에 이채를 머금었다.

이탄의 눈이 커질 만도 했다. 지금으로부터 5년 전, 이탄이 헤스티아 등과 함께 이곳 솔노크 지부를 방문했을 때 마중을 나왔던 신관이 바로 수움이었다. 모레툼 신으로부터 간파의 가호를 하사받은 수움 말이다.

'이건 마치 데자뷰 같구나. 시간을 거꾸로 감아서 5년 전으로 되돌아온 것 같아.'

이탄은 잠시 데자뷰에 대해서 생각했다.

굳이 과거와 현재에 차이가 있다면, 5년 전에는 헤스티아와 그녀의 동료들이 이탄과 동행했다.

지금은 333호를 비롯한 보조요원들이 이탄과 함께였다.

이탄이 수움을 마주 본 순간, 이탄의 왼쪽 망막에는 정보창이 떠올랐다.

— 종족: 비치 일족

— 주무기: 유척

— 특성 스킬: 간파의 가호

— 성향: 백

— 레벨: B0

— 주 출몰지역: 언노운 월드 강변, 혹은 해변

— 출몰빈도: 중간

이상이 정보창에 적힌 내용이었다.

최근 몇 년간 이탄은 동차원과 그릇된 차원에서 주로 시간을 보냈다. 이 기간 동안 이탄의 망막에 정보창이 뜨는 경우가 없었다.

동차원이나 그릇된 차원에는 간씨 세가에서 파견한 망령, 혹은 에너지 채굴기들이 접근하지 못했던 탓이었다.

'한데 언노운 월드로 돌아오니까 정보창을 또 만나네? 이거 참. 내가 망령, 혹은 간세진 베타였다는 사실이 새삼스레 되새겨지는구먼.'

이탄은 입이 썼다. 간세진 베타였던 시절을 떠올리자 이탄의 마음속에선 울컥하고 분노가 치밀었다.

하지만 그 분노는 그리 오래가지 않았다. 지금 이탄은 간세진의 망령목에서 떨어져 나와 간철호의 망령목으로 옮겨 탄 덕분이었다.

그렇다고 해서 이탄이 간철호의 베타가 되었냐?

이건 또 아니었다. 이탄은 오히려 간철호에게 분혼을 심어서 간철호를 대신하는 존재로 거듭났다. 저쪽 세상의 오대군벌 가운데 하나인 간씨 세가가 통째로 이탄의 수중에 굴러들어온 상황이었다.

이탄이 머리를 가로저어 잡념을 털어버렸다.

'아니지. 아니야. 여하튼 지금 그게 중요한 것은 아니라

고. 정보창에 새로운 기능이 등장했다는 사실이 중하지.'

이탄은 수움의 레벨 부분을 눈여겨보았다. B0라는 레벨이 유독 굵은 글씨체로 표시되어 있어 이탄의 주목을 끌었다.

Chapter 5

'이상하구나. 왜 유독 이 부분만 굵게 표시가 되었을까? 혹시 5년 전과 달리 수움 신관의 레벨에 변화가 생겼나?'

이탄은 이런 추측을 해보았다.

그 추측이 맞았다. 지금으로부터 5년 전, 이탄이 처음 수움을 만났을 때 수움의 레벨은 C+였다.

그런데 지금은 수움이 성장하여 B0로 올라섰다.

이탄이 빤히 바라보자 수움이 이유를 물었다.

"왜 그러십니까? 혹시 제 얼굴에 뭐라도 묻었습니까?"

이탄은 고개를 가로저었다.

"아니. 그런 건 아니오."

이탄은 오른 주먹에 왼손을 덮어 인사를 한 다음, 아무렇지도 않게 수움의 곁을 지나쳤다.

수움이 C+에서 B0로 발전할 동안, 이탄도 놀고 있지는 않았다. 이탄은 5년 전과는 비교도 할 수 없을 만큼 막강해졌다. 단지 무력뿐 아니라 모든 면에서 말이다.

대표적인 사례가 바로 '마음을 나누는 법'이었다. 그동안 이탄은 피사노교의 네트워크에 접속하면서 마음을 여러 개로 나누어 본심을 감추는 비법을 깨달았다.

이 비법이 수움에게도 통했다.

수움이 간파의 가호를 사용하여 이탄의 마음을 읽으려고 시도했으나, 전혀 읽히는 바가 없었다.

이탄이 마음을 여러 개로 쪼개어 본심을 깊숙이 감춰놓은 덕분이었다.

'후훗.'

이탄은 수움을 지나쳐 건물 안으로 들어가면서 입꼬리를 살짝 비틀었다.

반면 수움은 곤혹스러운 표정으로 이탄을 뒤따랐다.

'총단의 높으신 분이라 그런가? 내 실력으로는 이분의 마음을 간파할 수가 없네. 휴우우.'

수움은 낭패감에 고개를 절레절레 저었다.

여러 명의 사람들이 솔노크 지부장실로 모여들었다.

이탄도 그중 하나였다.

'여기는 예전과 달라진 바가 없구나. 아나톨 주교를 만

날 당시와 똑같아.'

이탄은 만감이 교차하는 눈빛으로 지부장실을 둘러본 다음, 다른 사람들에게도 시선을 주었다.

새하얀 무복을 입고, 팔에 하얀 토시를 착용하고, 정강이에 하얀 각반을 찬 사내가 총 3명이었다.

여기에 이탄을 더하면 4명.

이들 4명이 은화 반 닢 기사단의 전투요원들일 것이리라.

'이번에 받은 까마귀 깃털 고르기 퀘스트는 나까지 포함해서 4명이 경쟁하라는 것인가? 아니면 4명이 힘을 합쳐서 까마귀의 깃털을 골라보라는 뜻인가?'

이탄은 호기심 어린 눈으로 경쟁자, 혹은 협조자들을 둘러보았다.

다들 가면을 쓰고 있어서 얼굴은 보이지 않았다. 다만 하얀 무복의 어깨 부위에 새겨진 숫자만 보아도 상대가 누구인지 짐작이 갔다.

'어라?'

이탄의 눈동자가 초승달처럼 둥글게 휘어졌다. 이탄은 재미있다는 듯 빙그레 미소도 지었다.

이탄이 웃은 이유는 간단했다. 3명의 전투요원들 가운데 2명이나 구면이었기 때문이었다.

28호.

이 사내는 이탄이 새끼독수리 구출 작전 당시에 만났던 자였다.

지금으로부터 2년 전, 이탄은 추이타 대초원으로 이동하여 케레이트 족의 후계자를 구출하라는 명을 받았다.

이탄은 한창 임무를 수행하는 도중, 동료로부터 뒤통수를 맞았다. 은화 반 닢 기사단의 동료 요원인 40호와 55호가 이탄으로부터 케레이트 족의 후계자를 빼돌린 것이다. 이탄이 분개하여 40호에게 운드 트랜스퍼(Wound Transfer: 상처 전이) 저주마법을 걸었다. 이어서 55호는 아예 찢어 죽이려고 들었다.

그때 28호가 나타나서 이탄을 막아섰다.

28호는 두 자루의 검과 표창을 주무기로 사용하는 전투 요원으로, 모레툼 신으로부터 철익의 가호와 은신의 가호를 하사받았다. 또한 28호는 쌍검무라 불리는 아울 검탑의 검술을 익힌 검수였다.

당시 이탄은 28호의 중재를 받아들여 55호와 화해했고, 공로도 나눠 가졌다.

"어라? 자네는 그때 그 49호가 아닌가?"

28호가 이탄에게 아는 체를 하였다. 물론 28호가 이탄에 대해서 알고 있는 정보는 어깨에 박힌 49라는 숫자뿐이었다. 솔직히 28호는 49호의 본명이 이탄이라는 사실도 알지 못하였다.

이탄은 망막에 맺힌 28호의 정보를 눈여겨보았다.

> — 종족: 필드 일족
> — 주무기: 쌍검, 표창
> — 특성 스킬: 철익의 가호, 쾌속의 가호, 쌍검무
> — 성향: 백
> — 레벨: A—
> — 주 출몰지역: 언노운 월드 평야
> — 출몰빈도: 희박

이탄이 유심히 살펴보았으나 정보창에는 굵은 글씨가 없었다. 28호는 2년 전에 비해서 달라진 점이 없는 모양이었다.

그래도 이탄은 28호를 유심히 관찰했다. 이탄이 이렇게 28호를 주목하는 데에는 말 못 할 사연이 있었다.

"혹시."

이탄이 28호에게 은밀하게 무언가를 물으려고 할 때였다. 또 다른 전투요원이 이탄의 곁으로 다가와서 아는 체를 했다.

"49호. 이거 여기서 또 만나는구려."

가면 속에서 기분 나쁘게 실실 웃는 사내의 어깨에는 56이라는 숫자가 또렷하게 박혀 있었다.

'56호로구나.'

이탄은 56호와 만났던 장면을 머릿속에 되새겼다.

56호는 타는 듯이 붉은 머리카락을 지녔으며, 왼쪽 눈밑에 하트 모양의 붉은 점이 인상적인 사내였다. 이탄은 과이올라 시에서 벌어진 퀘스트 도중에 56호를 만났다.

Chapter 6

당시 이탄은 과이올라의 변고 퀘스트를 통해서 절망과 비탄과 통곡의 악마종 화이트니스를 손에 넣었다.

그러는 한편 이탄은 56호와도 안면을 트게 되었는데, 이탄이 56호에게 느낀 감정은 다소 부정적이었다.

'딱히 이유는 모르겠지만 56호가 싫단 말이야.'

이탄은 이런 생각으로 56호를 바라보았다.

이번에도 이탄의 왼쪽 망막에 56호에 대한 자세한 정보가 맺혔다.

— 종족: 비치 일족

— 주무기: 클러(Claw: 발톱형 무기), 독침

— 특성 스킬: 부패의 가호, 분신의 가호, 맹독의
가호

— 성향: 중립 흑

— 레벨: A+

— 주 출몰지역: 언노운 월드 평야

— 출몰빈도: 희박

놀랍게도 56호의 정보는 두 가지나 업데이트가 되었다. 이탄은 비록 수움에 대한 자세한 정보는 잊어버렸지만, 56호의 주특기는 똑똑히 기억했다.

'예전에 내가 살펴보았을 때 56호의 주특기는 악화의 가호, 분신의 가호, 그리고 맹독의 가호였어. 그런데 악화의 가호가 부패의 가호로 업그레이드되었구나.'

이탄이 라움 도서관에서 읽은 책에 따르면, 적의 상처를 악화시키는 '악화의 가호'가 업그레이드되면 '부패의 가호'로 성장한다고 쓰여 있었다.

56호는 확실히 보통 인물은 아니었다. 2년도 채 지나지 않았는데 가호 한 가지를 업그레이드 시킨 것을 보면 말이다.

게다가 56호의 레벨도 성장했다.

2년 전에 이탄이 보았을 당시에는 56호의 레벨이 A0였다. 그런데 지금은 A+ 레벨로 발전해 있었다.

이탄은 56호를 유심히 살피면서 인사를 받았다.

"그러게. 여기서 또 만날 줄은 몰랐소."

이탄이 고개를 까딱이며 대꾸했다.

56호가 속으로 생각했다.

'역시 이 49호 녀석은 기분 나빠. 이 녀석만 만나면 신경이 곤두서고 눈 밑이 가려워진다고.'

이탄이 56호를 싫어하는 것처럼, 56호도 이탄에게 비슷한 감정을 느꼈다.

물론 2명 모두 그런 내색을 겉으로 표출하지는 않았다.

이탄이 마지막 한 명의 전투요원을 향해 고개를 돌렸다. 이 전투요원의 어깨에 박힌 숫자는 61이었다.

61호는 키가 2미터는 너끈히 됨 직했다. 체격도 무척 건장하여 주변 사람들의 이목을 한눈에 끌었다.

이탄의 왼쪽 눈에는 정보창이 떠올랐다.

— 종족: 마운틴 일족

— 주무기: 주먹, 어깨

— 특성 스킬: 폭염의 가호, 은신의 가호, 지둔의

가호

　— 성향: 백

　— 레벨: A0

　— 주 출몰지역: 언노운 월드 산맥

　— 출몰빈도: 희박

　이탄의 짐작대로 61호는 마운틴 일족이었다. 이탄은 61호가 마음에 들었는데, 그 이유는 세 가지였다.

　우선 이탄은 상대가 마운틴 일족이라 마음이 편했다.

　이탄은 트루게이스 시를 고향처럼 생각하는 터라 마운틴 일족을 만나면 고향에 두고 온 친구를 대하는 기분이었다.

　이어서 이탄은 상대가 두 주먹과 어깨를 주무기로 사용한다는 점이 마음에 들었다.

　'역시 남자는 맨손이지. 비겁하게 무기 따위를 들어서 뭐하겠어?'

　이탄은 속으로 이렇게 중얼거렸다.

　마지막으로 이탄은 상대가 제법 강해서 좋았다. 언노운 월드에서 A0는 정말 보기 드문 등급이었다.

　또한 61호가 가호를 3개나 하사받은 점도 눈에 띄었다.

　다른 한편으로 이탄은 무언가 이상하다는 생각이 들었다.

'이상하다? 은화 반 닢 기사단의 전투요원들은 정말 보기 드문 재원들이잖아. 그런데 이 희귀한 재원들이 왜 만나는 족족 정보창에 정보를 제공할까?'

정보창은 간씨 세가에서 만든 기능이었다.

정보창에 내용이 뜬다는 것은, 간씨 세가에서 파견한 망령들이 이 사람들에 대한 정보를 수집했다는 점을 의미했다.

'한데 간씨 세가의 망령들이 어떻게 이렇게 은화 반 닢 기사단의 요원들 정보를 속속들이 수집했느냐 이 말이지.'

이탄의 추측대로였다. 28호, 56호, 61호는 시작에 불과했다. 수움 신관이나 아나톨 주교, 심지어 비크 교황이나 레오니 추기경, 그리고 추심기사단의 하비에르마저도 이탄의 정보창에 정보가 떴다.

'설마 혹시……?'

이탄은 한 가지 가능성을 염두에 두었다.

'혹시 은화 반 닢 기사단에 망령이 있는 것 아닐까? 간씨 세가에서 보낸 망령 가운데 일부가 은화 반 닢 기사단에 침투해 있는 것 아니냐고.'

이 추측이 옳다면, 이탄이 모레툼 교단의 핵심인사들을 만날 때마다 간씨 세가의 정보창이 활성화되는 이유가 납득이 되었다.

'이거 한번 뒷조사를 해봐야겠는데?'

이탄은 가면 아래 감춰진 자신의 턱을 손가락으로 슥슥 문질렀다.

이탄이 잡념에 빠져 있을 때였다. 61호가 먼저 이탄에게 인사를 했다.

"49호? 처음 뵙겠소. 나는 61호요."

61호의 목소리는 간씨 세가 세상의 로봇들이 내는 음성이라고 여겨도 좋을 만큼 특이했다. 이건 마치 사람이 아니라 기계가 내는 소리 같았다.

"만나서 반갑소. 49호요."

이탄도 61호에게 마주 답했다.

둘이 인사를 나눌 즈음, 새로운 인물이 지부장의 방으로 들어왔다.

이번에 등장한 전투요원은 여자였다. 탄탄한 체격의 여자 요원의 어깨에는 놀랍게도 17이라는 숫자가 박혀 있었다.

Chapter 7

이탄이 눈을 반짝 빛냈다.

'뭐? 17호라고? 이 정도면 원로기사들 바로 다음 서열 아닌가?'

이탄의 짐작대로였다. 은화 반 닢 기사단의 원로기사들은 5호 어르신부터 16호 어르신에 이르기까지 딱 12명이었다.

그러니까 17호는 16호 어르신의 바로 다음 서열인 셈이었다.

'그렇다면 17호의 나이가 무척 많을 텐데 아직도 현역에서 뛰고 있어? 지금쯤이면서 은퇴해서 원로 노땅들과 어울려야 하는 것 아냐?'

이탄은 '어디 한번 자세히 살펴봐야겠다.' 라고 생각하고는 왼쪽 눈에 힘을 주어 상대를 관찰했다.

희한하게도 17호에 대해서는 정보창이 뜨지 않았다.

이 이야기는, 간씨 세가의 망령들 가운데 17호에 대한 정보를 수집한 자가 없다는 것을 의미했다.

'흐으음, 그렇단 말이지?'

17호에 대한 이탄의 호기심이 한층 더 증폭되었다. 17호가 등장한 이후로 이탄의 관심은 28호를 떠나서 그녀에게만 집중되었다.

한편 17호는 이탄이 자신에게 주의를 집중하건 말건 신경 쓰지 않았다. 그녀는 능숙하게 다른 요원들을 통솔하여 회의를 주도했다.

"내가 가장 늦었군. 그 점은 미안하게 생각한다. 꽤나 멀리서 날아오는 바람에 조금 지각할 했어."

17호는 다른 요원들에게 다짜고짜 반말을 했다.

하지만 아무도 17호의 말투에 불만을 느끼지는 않았다. 10번대의 서열이라면 원로나 다름없다는 사실을 다들 알고 있기 때문이었다.

17호가 딱딱한 어투로 말을 이었다.

"28호, 49호, 56호, 그리고 61호. 이 가운데 28호는 전에 만난 적이 있지?"

"그렇습니다."

쌍검을 찬 28호가 절도 있게 고개를 숙여 보였다.

17호는 나머지 전투요원들에게도 차례로 말을 붙였다.

"56호와 61호도 최근 활약이 대단하다고 들었다."

"별것도 아닌데요, 뭐."

"과찬이십니다."

56호와 61호가 동시에 대답했다. 56호는 다소 껄렁껄렁한 태도로 대꾸했다. 61호는 특유의 독특한 음성으로 말을 받았다.

이번에는 17호의 시선이 이탄에게 향했다.

"49호에 대해서는 특별히 들은 바가 없군. 하지만 이 자리에 함께 있다는 점만 보아도 원로기사님들이 자네를 무척 높게 평가하나 보다."

"……"

이탄은 뭐라고 대답해야 좋을지 몰라서 침묵했다.

솔직히 요 근래 은화 반 닢 기사단이 얻어낸 굵직한 성과들은 모두 이탄으로부터 나온 것들이었다. 그런데 17호는 이 사실을 알지 못했다.

'아마도 원로기사들이 나에 대한 정보를 극비로 관리했겠지. 17호에게도 숨길만큼 말이야.'

그렇다면 이탄도 17호에게 이것저것 정보를 밝혀서는 곤란했다.

이탄이 입을 꾹 다물고 있자 17호가 말을 툭 던졌다.

"과묵한 친구네?"

17호는 이탄에게 관심을 거둔 다음, 곧바로 본론에 들어갔다.

"7월 3일, 솔노크 지부의 지부장인 미유 주교가 피살을 당했다. 다른 상처들도 있지만 직접적인 사인은 후두부에 입은 상처 때문인 것으로 판별된다. 여기까지는 다들 들었으리라 믿는다."

"그렇게 들었습니다."

전투요원들을 대표하여 28호가 대답했다.

17호가 말을 이었다.

"사건이 벌어진 다음 날 아침, 솔노크 지부의 신관들이 1차 조사에 들어갔다고 한다. 하지만 안타깝게도 사건 당시에 내린 비 때문에 증거 수집에 어려움이 있었다지?"

17호의 눈이 전투요원들의 어깨를 지나 수움에게 향했다.

수움이 한 발 앞으로 나서서 지금까지 수집한 정보들을 공유했다. 333호는 재빨리 노트를 꺼내어 수움 신관의 이야기를 메모했다.

1. 미유 지부장이 한밤중에 외진 골목을 방문한 이유

=> 미정. 다만 사건 당일 저녁에 남색 무복을 입고 얼굴에 마스크를 쓴 사내가 미유 지부장을 방문했음.

2. 미유 지부장의 뒤통수를 가격한 흉기의 형태

=> 함몰된 두개골의 모양으로 보건대 네모난 막대기로 추정됨. 유척일 가능성이 높음.

3. 5년 전 발생한 아나톨 주교 피살사건과의 연관성

=> 흉기가 유사함. 상처 부위가 같음. 정치적인 입장이 같음(현 교황님의 측근).

4. 사건 발생 근처에 솔노코 시를 방문한 용의자 명단

=> 솔노코 시의 유동인구가 워낙 많아서 파악 불가능. 다만 사건 발생 9일쯤 전에 자쿄르의 수인족들이 솔노코 시에 들어온 점이 확인됨.

이상 네 가지 단서가 333호의 메모장에 기록되었다.

333호가 꼼꼼하게 메모를 하는 동안, 이탄은 수움 신관의 이야기를 머릿속으로 정리했다. 특히 이탄은 몇 가지 점에 주목했다.

'남색 무복에 마스크를 쓴 사내가 피살자를 방문했다고? 어째 그 복장은 추심 기사단의 업무복장 같은데?'

미유 주교와 아나톨 주교는 비크 교황파였다. 그리고 비크 교황의 주력은 은화 반 닢 기사단이었다.

한편 비크 교황과 척을 지고 있는 레오니 추기경파는 추심 기사단의 절대적인 지지를 받았다.

'헌데 추심 기사단의 방문을 받은 직후에 미유 주교가 피살을 당했다? 이거 누가 봐도 그림이 딱 그려지네. 의심의 화살이 추심 기사단으로 향할 수밖에 없겠어. 혹시 이거 비크 일파의 자작극 아니야? 스스로 미유 주교를 죽여서 자해를 한 다음, 모든 죄를 추심 기사단과 레오니 추기경에

게 뒤집어씌우려는 것 아니냐고.'

이탄이 이런 의심을 할 만도 했다. 5년 전, 비크파의 핵심 인물인 아나톨 주교가 죽으면서 비크 교황은 슈로크 추기경 피살에 대한 의혹을 벗어던지고 교황의 자리에 옹립되었다.

이탄이 판단하기에 5년 전 아나톨 주교의 죽음으로 가장 득을 본 사람은 단연코 비크 교황이었다.

Chapter 8

'게다가 흉기도 5년 전과 비슷하고, 수법도 유사하잖아? 혹시 5년 전 아나톨을 죽인 진범이 다시 움직인 것일까?'

이탄은 일단 동일범의 소행일 가능성을 염두에 두었다.

그렇다면 이것은 좋은 기회였다.

'이참에 진범을 잡으면 누명을 벗을 수 있겠지?'

이탄이 스산하게 눈을 빛냈다.

다른 한편으로 이탄은 자크르의 수인족들에 관심을 두었다.

자크르는 그레브 시에 뿌리를 둔 흑 세력이었다. 감히 피사노교와 비교할 수는 없지만, 자크르의 지위는 대륙의 무수히 많은 흑 세력들 가운데 능히 열 손가락 안에 꼽힐 정도는 되었다.

자크르와 어깨를 견줄 만한 곳으로는 야스퍼 전사탑이나 고요의 사원, 그리고 시돈의 네크로맨서들이 있는데, 이 한 곳 한 곳이 모레툼 교단과 충분히 맞서 싸울 만한 전력들을 보유했다.

이탄은 가만히 팔짱을 끼었다.

'흐으음. 그러고 보니 자크르 녀석들에게 뭔가 걸리는 점이 있네. 얼마 전 프레야를 돕기 위해서 그레브 시를 방문했을 때는 이 점을 간과했는데 말이지, 사실 자크르는 아인종 몬스터들이나 수인족들이 모여서 만들어진 단체 아냐?'

이탄의 머릿속에서 연쇄적인 단서들이 꼬리에 꼬리를 물고 한 줄로 연결되었다.

자크르 =〉 대륙의 유명 흑 세력 =〉 수인족이나 몬스터가 주력 =〉 그레브 시에서 활동 =〉 그레브 시에서 발생했던 비앙카 납치 시도 =〉 북명 코이오스 가문의 늑대족 수도자들이 난동을 피움 =〉 코이오스의 늑대족들이 숨어 지내기에 자크르만 한 곳도 없음 여기까지 생각이 연결되자 이탄이 마음속으로 무릎을 쳤다.

'아하, 그렇구나! 내가 왜 진작 이 생각을 못 했지?'

확실히 코이오스 가문의 늑대족은 자크르와 연결되어 있을 가능성이 다분했다. 두 세력 모두 수인족에 뿌리를 두고 있기 때문이었다.

'그렇다면 혹시 자크르도 코이오스 가문과 동맹을 맺어 어둠의 무리에 끼어들었을까? 아무래도 그럴 가능성이 높지?'

이탄의 머리가 팽팽 돌아갔다.

그러는 사이 17호는 수움에게 질문을 계속했다.

"수움 신관. 그렇다면 혹시 자크르의 수인족들이 아직도 솔노크 시에 머물고 있나?"

"그렇습니다. 저희 솔노크 지부에서는 자크르 녀석들이 도시에 들어올 때부터 감시의 눈을 붙여놓았습니다. 녀석들은 사건 발생 9일 전에 솔노크 시에 들어왔고, 현재도 솔노크의 남쪽 시가지에 똬리를 틀고 있습니다."

수움이 자신 있게 대답했다.

17호가 또 물었다.

"사건 발생 직후에 도시를 벗어난 것이 아니고?"

"저희 지부에서는 미유 지부장님의 피살을 인지하자마

자 솔노크 시 외곽을 철저하게 봉쇄했습니다. 다행히 저희 솔노크 시는 물의 도시라 뱃길만 막으면 도시 밖으로 빠져 나가기 어렵습니다."

수움은 막힘없이 척척 대답했다.

17호는 만족스러운 듯 고개를 주억거렸다.

"좋아. 그렇다면 솔노크 시에 침투한 자크르 녀석들은 총 몇 명인가?"

"지부에서 파악한 바로는 18명입니다."

이번에도 수움은 지체 없이 대답했다.

"18명!"

18명이면 생각보다 많은 숫자였다. 17호는 눈에서 번쩍 광채를 토했다. 17호뿐 아니라 다른 요원들도 모두 긴장했다.

만약 상대가 자크르의 상위 서열들로 18명이라면 결코 만만치 않은 전력이었다. 은화 반 닢 기사단의 전투요원 5명을 모두 투입하더라도 그들을 상대로 승리를 자신하기는 힘들었다.

만약 상대가 하위 서열들이라면?

그럼 자크르 녀석들을 제압하는 데 별 문제는 없을 것이다. 하지만 17호는 그럴 가능성은 낮다고 판단했다.

"이곳 솔노크 시는 우리 모레툼 교단의 주요 거점 가운데 하나다. 자크르 녀석들도 이 사실을 잘 알고 있을 텐데 어중이떠중이를 보냈을 리 있겠나? 속이 시커먼 그 몬스터 녀석들이 무슨 이유 때문에 솔노크 시를 방문한 것인지는 모르겠으나, 분명히 녀석들 가운데는 자크르의 상위 서열들도 포함되었을 게다. 우리 모레툼 교단과 부딪쳐도 충분히 몸을 뺄 자신이 있으니까 적진인 이곳에 당당하게 진입했겠지.”

이것이 17호의 분석이었다.

다들 이 분석이 일리가 있다고 생각했다.

“17호님, 이제 어떻게 하면 좋겠습니까? 아무래도 자크르부터 족쳐보는 것이 맞지 않겠습니까?”

28호가 조심스레 17호의 의견을 물었다.

17호는 곧바로 팀을 나눴다.

“크게 세 방향으로 나눠서 조사를 시작한다. 우선 이번 미유 주교의 피살사건은 5년 전 아나톨 주교의 사건과 연계가 되었을 가능성이 높다. 따라서 내 보조요원들을 여기에 투입하여 용의자를 추적할 생각이다.”

17호가 베테랑 중의 베테랑인 만큼, 그녀와 오랜 세월 손발을 맞춰온 전담 보조요원들도 모두 다 노련했다.

17호는 이들 전원을 용의자 추적에 투입했다.

이어서 17호는 28호와 이탄, 56호와 61호에게도 지원을 요청했다.

"28호, 49호, 56호, 61호."

"말씀하십시오."

28호가 대표로 대답했다.

"너희들을 따르는 보조요원들 좀 빌려 쓰자. 그들로 하여금 남색 무복을 입은 사내, 즉 미유 주교가 죽기 전에 만났다는 사내를 추적하도록 명해라."

28호가 자신의 보조요원들을 돌아보았다.

"명을 따르겠습니다."

보조요원들 가운데 한 명이 대표로 대답했다.

이탄을 돕는 333호도 묵묵히 고개를 끄덕였다.

17호가 말을 이었다.

"보조요원들이 추적에 나서는 동안, 나를 포함한 전투요원 5명은 자크르 녀석들을 급습할 것이다."

"자크르를 범인으로 판단하신 겁니까?"

28호의 질문에 17호는 고개를 가로저었다.

"아니. 아직까지 자크르가 미유 주교를 죽였다는 증거는 없다. 다만 녀석들이 솔노크 시를 벗어나기 전에 제압하여 추궁을 해볼 필요는 있다고 본다. 어쩌면 그놈들이 범인은 아닐지 몰라도 피살사건과 관련이 있을 수는 있겠지."

"알겠습니다."

28호가 주먹을 꾹 움켜쥐었다.

Chapter 9

"후훗."

56호도 전투가 애타게 기다려지는 모양이었다. 그는 가면 속에서 혀를 내밀어 붉은 입술을 싹 핥았다.

61호는 눈빛에 변화가 없어 무슨 생각을 하는지 파악하기 힘들었다.

이탄도 눈빛에 변화가 없기는 마찬가지였다. 이탄은 17호가 아나톨 주교의 죽음을 입에 담았을 때에도 전혀 감정의 동료를 보이지 않았다. 17호가 추심 기사단을 언급했을 때에도 눈빛이 달라지지 않았다.

56호가 그런 이탄을 힐끗 돌아보았다. 이탄을 응시하는 56호의 동공 속에 순간적으로 기괴한 빛이 번뜩였다가 다시 사라졌다.

이탄은 이 사실을 아는지 모르는지 그냥 무표정하게 서 있었다.

하지만 사실 이탄은 이미 56호의 반응을 포착했다. 사람들의 입에서 아나톨이라는 이름이 회자될 때부터 이탄은 모든 감각을 총동원했다.

이탄은 그것만으로도 부족하여 무한시의 권능, 즉 언령의 힘까지 동원하여 시간을 중간 중간 스톱시킨 다음, 모든 신관들과 요원들의 심장박동의 변화와 땀을 흘리는 정도, 낯빛의 전환 등을 세심하게 살폈다.

아나톨의 이름이 언급되자 몇몇 신관들의 표정에 동요가 발생했다. 이 가운데는 수움 신관도 포함되었다.

어쩌면 이것은 당연한 반응이었다. 어쨌거나 아나톨은 이 자리에 모인 신관들의 예전 상관이었다.

'그러니 당연히 감정의 기복이 생기겠지. 감정의 변화가 전혀 없으면 그게 오히려 이상한 일이지.'

그렇게 신관들을 살피던 중, 이탄은 묘한 점을 하나 발견했다. 17호가 아나톨의 피살을 언급한 찰나, 56호의 눈동자 속에 얼핏 희열의 빛이 스쳐 지나갔다.

워낙 빠른 시간 안에 벌어진 일이라 세상 그 누구도 56호의 감정 변화를 살필 수는 없었다. 만약 이탄도 무한시의 권능이 없었더라면 56호의 눈동자 속에 스쳐 지나간 감정의 편린을 엿보지 못했을 것이다.

56호의 반응은 단 한 번만 드러난 게 아니었다. 다른 사람들의 입에서 아나톨의 피살이 언급될 때마다 56호는 미세하게 반응했다.

예를 들어서 56호의 눈동자에 희열이 스쳐 지나간다든가, 아니면 가면 아래 입꼬리가 순간적으로 팽팽하게 당겨진다든가.

이런 것들이 56호의 반응이었다.

게다가 조금 전 56호는 이탄을 힐끗 보았다.

마침 이탄은 다른 곳을 쳐다보느라 56호의 반응을 놓친 것처럼 보였다.

사실은 놓치지 않았다. 바로 그 순간에 이탄은 시간 잠시 멈춰놓고서 지부장실 안에 모인 모든 사람들의 변화를 자세하게 뜯어보았다. 당연히 이탄은 56호가 자신을 곁눈질한 사실도 파악했다.

'56호가 나를 살폈어. 아나톨의 죽음 이야기가 언급되는 순간에 내가 어떤 반응을 보이는지 살폈다고. 혹시 56호는 내 정체를 알고 있나? 내가 아나톨 주교 살해사건의 용의자인 이탄이라는 사실을 그가 알고 있단 말인가?'

멈춰진 시간 속에서 이탄의 두 눈이 무시무시한 살기를 내뿜었다. 그 살기가 오롯하게 56호에게 집중되었다.

마침 시간이 멈춰 있는 터라 56호는 이탄의 분노를 느끼지 못하였다. 그 분노가 자신에게 집중되고 있다는 사실도 알지 못했다.

이탄이 56호에게 시선을 떼고 다시 시간을 정상으로 되

돌렸다. 56호의 눈에 비친 이탄은 여전히 다른 곳만 쳐다
보는 중이었다.

'풉!'

56호가 이탄의 옆모습을 향해 의미 모를 실소를 흘렸다.

이탄은 상대의 이 짧은 비웃음마저 놓치지 않고 낱낱이
파악했다.

17호는 상당히 과감한 성격이었다. 그녀는 '계획이 서면
그 즉시 행동에 나선다.'라는 글귀를 자신의 일기장 맨 앞
쪽에 적어놓고 철칙처럼 지켰다.

17호는 자크르를 공격할 때 솔노크 지부의 신관들은 단
한 명도 동원하지 않았다.

"정예요원이 아닌 일반 신관들을 데리고 갔다가 괜히 작
전만 망칠 가능성이 높지. 그들은 모두 빼."

17호는 판단도 과감하게 했다.

대신 28호를 비롯한 전투요원들이 길잡이 역할을 했다.

17호가 이야기를 하지 않아도 전투요원들은 이미 솔노
크 시의 지도를 머릿속에 숙지하고 있었다. 이탄도 솔노크
의 각 구역 사이에 거미줄처럼 복잡하게 연결된 수로도 모
두 파악한 상태였다.

하긴, 이 정도 능력도 없었다면 은화 반 닢 기사단의 요

원 노릇도 못했을 것이다.

불과 한 시간 뒤.

17호가 이끄는 은화 반 닢 기사단의 전투요원들이 솔노크 남쪽 시가지의 어느 한 구역을 포위했다.

수변도시답게 솔노크 시의 각 구역, 혹은 블록들은 바둑판 모양의 물길로 둘러싸여 있었다. 그리고 이 구역들은 동서남북으로 각각 2개씩 총 8개의 아치형 다리를 통해서 다른 구역들과 연결되었다.

다리 밑으로는 황토색 강물이 굼실굼실 흘렀다. 햇살을 받아 강물 표면이 은빛으로 뒤채였다.

28호가 손가락을 들어 건물 하나를 지목했다.

"17호님, 저기 보이는 건물이 121—2번지입니다. 저 건물 안에 자크르의 수인족들이 머물고 있다고 합니다. 솔노크 지부에서 파악한 바에 따르면 자크르 무리는 건물 23층과 24층을 사용 중이랍니다."

"음."

17호가 가볍게 고개를 끄덕였다.

28호가 지목한 121—2번지에는 고급스런 숙박업소가 위치했다. 30층 높이의 꽤 큰 업소였다.

손님들의 편의를 위해서 숙박업소의 옆쪽에는 전용부두가 설치되었다. 그 부두를 통해서 다수의 손님들이 숙박업소를 원활하게 드나들었다. 지금 부두에 정박된 선박들은 수십 척이 훌쩍 넘었다.

은화 반 닢 기사단에서 벌이는 이번 작전은 솔노크 시로부터 공식 허가를 받은 것은 아니었다. 솔노크 치안대는 이번 작전에 대해서 알지 못했다. 당연히 이 구역에 대한 봉쇄도 이루어지지 않았다.

아무것도 모르는 백성들은 숙박업소 주변을 자유롭게 활보했다.

17호는 이들 보행자들의 안전에 대해서는 전혀 신경 쓰지 않았다. 그녀의 목적은 오로지 퀘스트의 달성뿐이었다.

제4화
은화 반 닢 기사단 . VS. 자크르 I

Chapter 1

"작전을 시작하지."

17호가 손가락으로 지시를 내렸다.

28호는 간단한 손짓만 보고도 내용을 알아들었다.

"넵."

28호는 즉각 동쪽 다리로 몸을 날렸다.

구역의 동쪽에는 2개의 아치형 돌다리가 나란히 뻗었는데, 28호는 그 가운데 왼쪽 다리에 자리를 잡았다.

28호가 쾌속의 가호를 펼친 덕분에 동체시력이 빠르지 못한 일반인들은 28호가 움직이는 모습도 제대로 보지 못했다.

17호가 또다시 손가락을 까딱였다.

"네."

이번에는 이탄이 고개를 끄덕였다. 이탄은 구역 서편의 돌다리로 향했다. 물론 그는 몸에 은신의 가호를 두른 상태에서 움직였다.

한편 56호는 남쪽 위치를 배정받았다.

61호는 북쪽이었다.

두 요원들 모두 각자 위치로 이동한 뒤, 17호로부터 전투 명령이 떨어지기만을 기다렸다.

56호는 모레툼으로부터 분신의 가호를 하사받았는데, 이 가호의 하위 호환이 바로 은신의 가호였다. 따라서 56호도 전신의 투명화가 가능했다.

또한 북쪽 다리를 막아선 61호도 은신의 가호가 특기 중 하나였다.

그러고 보니 이번 작전에 동원된 전투요원들은 대부분 신체를 투명하게 만드는 특성을 지녔다.

오직 28호만이 은신의 가호가 없었으나, 28호 또한 쾌속의 가호를 잘만 활용하면 일반인들이 포착하지 못할 만큼 빠른 이동이 가능했다.

전투요원들의 배치를 모두 마친 뒤, 비로소 17호가 움직였다. 17호는 다른 전투요원들에게 동서남북의 통로를 봉쇄하도록 지시한 다음, 허공으로 훌훌 날아올라 목표지점으로 접근했다.

이때 이미 17호는 은신의 가호를 펼쳐서 몸을 투명하게 만든 상태였다.

17호는 이탄을 비롯한 전투요원들에게 세세한 지시를 내리지는 않았다. 일단 동서남북에 요원들을 배치한 다음, 전투는 요원들 각자에게 일임했다.

"알아서 능력껏 싸워라."

이것이 17호의 지시였다.

한편 이탄은 17호가 은신의 가호를 펼치기 전, 길고 가느다란 철사를 손에 둘둘 감는 장면을 놓치지 않았다.

'철사가 주특기인가?'

이탄의 상념은 오래가지 않고 끊겼다.

17호가 본격적으로 나서자 28호도 다리를 건너기 시작했다. 동시에 56호와 61호도 자크르 일당이 머무는 곳을 향해 한 발 한 발 접근했다.

이제 이탄도 나설 차례였다.

"어디 한번 나도 날뛰어 볼까?"

이탄이 웅얼거리듯이 뇌까렸다.

이탄의 말투에서는 피냄새가 진득하게 풍겼다. 이탄은 몸을 투명화한 상태에서 발을 옮기기 시작했다.

처음에는 천천히 턱, 턱, 턱.

갈수록 빠르게 타닥, 타닥, 타닥.

이탄이 움직이자 허공에 물방울이 지나가는 것처럼 희미하게 흔적이 남았다. 유심히 보지 않으면 눈에 잘 띄지 않는 흔적이었다. 덕분에 다리 위를 지나다니는 사람들 가운데 이상함을 느낀 자는 없었다.

이탄은 그렇고 조금씩 걷는 속도를 높여가면서 왼팔을 머리 위로 뻗었다. 그런 다음 오른손으로 자신의 왼쪽 팔꿈치를 잡아 쭉 잡아당겼다. 이어서 이탄은 왼손으로 오른쪽 팔꿈치를 잡아 동일한 스트레칭 동작을 반복했다.

가볍게 상체를 푼 뒤에는 하체도 풀어줄 차례였다. 이탄이 돌다리 위에서 통통통 제자리 뛰기를 세 번 했다.

이제 출전 준비는 끝났다. 한바탕 거하게 피를 볼 일만 남았다. 이탄은 하얀 무복의 깃을 바짝 세워서 목 부위를 감췄다.

"어, 춥다."

이탄의 입에서는 피를 볼 때마다 습관적으로 내뱉는 말이 튀어나왔다.

"으응? 뭐라고?"

이탄의 옆을 스쳐 지나가던 행인이 춥다는 말을 듣고는 고개를 돌렸다.

이탄은 이미 그곳에 없었다. 다리 위로 후웅— 질풍이 분다 싶더니, 어느새 이탄은 자크르 무리가 머물고 있다는 숙박업소에 도달했다.

"이상하다? 내가 잘못 들었나?"

지나가던 행인이 손가락으로 귓구멍을 후볐다.

그 시점, 이탄은 숙박업소의 벽을 박차고 점프하여 24층까지 뛰어올랐다. 이탄이 착용한 신발형 비행 법보가 이탄을 단숨에 90여 미터 높이까지 상승시켜 주었다.

이탄은 높은 허공에 부유한 상태에서 건물 내부를 쭉 스캔했다.

물고기 비늘을 닮은 건물 외벽은 반투명하게 채색된 유리 재질이었다. 남다른 시력을 가진 이탄이 이 정도 반투명한 유리를 꿰뚫어 보지 못할 이유가 없었다. 이탄은 눈으로 한 번 훑은 것만으로도 24층의 내부 구조를 파악했다.

이탄이 위치한 방향으로 룸이 14개.

그리고 반대편인 동쪽에도 14개의 룸이 있는 것 같았다.

서쪽의 룸 14개 가운데 지금 손님이 차 있는 곳은 9개였다.

다시 이 9개의 룸 가운데 일반 손님이 머무는 곳이 4개. 그런데 나머지 5개의 룸에서는 심상치 않은 기운이 뭉클뭉클 풍겼다.

"찾았다."

이탄은 나란히 붙어 있는 5개의 룸을 눈으로 확인한 즉시 앞뒤 가리지 않고 몸을 날렸다. 5개의 룸 가운데 중앙 룸으로 돌진한 것이다.

와장창!

A급 태풍이 불어 닥쳐도 끄떡없던 두꺼운 강화유리창이 이탄의 육탄돌격 한 방에 산산조각 났다.

화려한 룸 안쪽, 푹신한 침대에 엎드려 비치 족 여성에게 안마를 받고 있던 사내가 반사적으로 벌떡 일어났다.

[웬 놈이냣?]

구리빛 피부의 사내는 비치 족 여성을 뒤쪽 벽으로 휙 집어던지고는, 그대로 침대를 박차고 뛰어올라 이탄을 덮쳤다.

Chapter 2

사내의 양손에는 어느새 시커먼 기운이 몰려들었다. 그 시커먼 기운으로부터 벌떼가 나는 듯한 소리가 울렸다.

"흥."

이탄이 콧방귀를 끼었다. 이탄은 창문을 깨고 룸에 들이

닥친 것과 동시에 오른손을 뻗었다. 이탄의 손이 적의 왼주먹을 감쌌다.

[크흣. 미친놈. 다크 스웜(Dark Swarm: 검은 벌레떼)을 맨손으로 잡다니.]

구리빛 사내가 이탄의 행동을 비웃었다.

곧이어 사내의 입가에서 웃음기가 싹 가셨다. 이탄의 손 안에서 다크 스웜이 무참하게 바스러졌기 때문이었다.

아니, 그게 문제가 아니었다. 다크 스웜뿐 아니라 사내의 왼손도 함께 으스러졌다. 이탄이 살짝 감싸 쥐었을 뿐인데 사내의 왼손 뼈는 자잘한 가루로 박살 났다. 으스러진 뼛조각들이 사내의 왼손 근육에 박혀서 신경을 찢었다.

[끄아악, 내 손!]

사내가 자지러졌다.

이탄은 그제야 상대의 손을 놓아주었다.

표현이 조금 잘못되었다. 사실은 이탄이 놓아주었다기보다는 상대의 손이 사라졌다는 표현이 더 옳았다.

이탄에게 잠깐 붙잡혔던 것뿐인데 사내의 왼손은 손목 아래쪽이 뜯겨나간 듯 사라져 버렸다. 뚝 끊어진 사내의 손목 부위에서 시뻘건 피가 분수처럼 뿜어졌다.

단숨에 왼손이 사라져버린 충격 때문인지 구릿빛 사내는 어느새 인간의 모습을 저버리고 본체를 드러내었다.

[크와아악.]

사내의 근육이 울룩불룩 부풀었다. 근육 사이로 핏줄들이 지렁이처럼 튀어나왔다. 사내의 코는 말의 그것처럼 뭉툭하게 커졌다. 사내의 아래턱에서는 송곳니가 길게 솟구쳐서 콧방울보다 더 위로 자라났다. 사내의 이마에서는 뾰족한 외뿔이 50 센티미터가 넘는 길이로 힘차게 치솟았다.

무엇보다 사내의 얼굴이 말처럼 길게 늘어났다.

인간의 몸에 말의 머리가 달린 수인족, 슈발리의 등장이었다.

[쿵!]

구리빛 슈발리는 콧김을 한 번 세차게 뿜은 뒤, 이탄을 향해 오른 주먹을 휘둘렀다. 슈발리의 오른손 주변에도 시커먼 기운이 벌떼 우는 소리를 내면서 뭉쳐 다녔다.

이 검은 기운의 정체는 다크 스웜.

생명체는 물론이고 금속이나 돌도 씹어 먹는다는 무서운 벌레떼였다.

물론 이탄의 눈에는 가소롭게만 보일 뿐이었다. 이탄은 오른손을 다시 뻗어 구릿빛 슈발리의 목을 측면에서 움켜잡았다. 그러면서 이탄은 상대의 공격은 신경도 쓰지 않고 내버려 두었다.

구릿빛 슈발리도 방어 대신 공격을 선택했다. 그는 다크 스웜이 응집된 오른손을 휘둘러 이탄의 왼쪽 어깨를 강타했다.

[너, 잘 걸렸다.]

슈발리가 뇌파로 으르렁거렸다.

슈발리는 자신이 소환한 다크 스웜이 이탄의 어깨를 단숨에 뜯어먹은 뒤, 몸속으로 파고들어 이탄의 내장마저 싹 발라먹을 것이라고 믿었다.

어림도 없는 생각이었다. 슈발리의 검은 벌레들이 주둥이를 쫙 벌려 이탄의 피부에 이빨을 박아 넣는 순간, 그 이빨들이 100배의 반탄력에 의해 터져나갔다. 이빨의 파편에 찢겨서 다크 스웜 무리가 한 방에 떼몰살을 당했다.

이게 끝이 아니었다.

뻥!

고무풍선 터지는 듯한 소리와 함께 슈발리의 오른 주먹이 피떡이 되어 날아갔다.

[끄악!]

슈발리가 고통에 입을 쩍 벌렸다.

그보다 한발 앞서 이탄의 오른손이 슈발리의 목의 측면을 비틀어 잡았다. 그 상태에서 이탄은 슈발리의 머리통을 무기처럼 휘둘러서 룸의 벽면을 그대로 때려 부쉈다.

[크헉.]

머리로 벽을 뚫고 들어가는 충격은 어마어마했다. 슈발리는 순간적으로 뇌진탕 증상을 느꼈다. 하늘이 캄캄해지고 눈앞에서 별똥별이 번쩍번쩍 뛰놀았다.

구릿빛 슈발리가 머물던 룸의 넘버가 2407이었다. 이탄은 슈발리의 머리를 짱돌처럼 휘둘러서 벽을 부순 뒤, 옆방인 2406호로 뛰어들었다.

2406호에서도 기다렸다는 듯이 반응이 튀어나왔다.

짐승이 울부짖는 듯한 괴성과 함께 말의 머리에 사람의 몸을 가진 수인족이 이탄을 덮친 것이다.

2406호의 슈발리는 3미터가 넘는 커다란 핼버드(Halberd: 창날에 도끼나 대형 칼날이 붙어 있는 무기의 일종, 미늘창)를 휘둘러서 이탄의 머리통을 내리찍었다. 핼버드의 묵직한 날에는 시뻘건 오러가 일렁거렸다.

이탄은 2407호 슈발리의 목을 들어 방패로 삼았다.

[아, 안 돼!]

2407호의 구릿빛 슈발리가 비명을 질렀다.

[헉?]

2406호의 슈발리도 갑자기 동료의 얼굴이 튀어나오자 깜짝 놀랐다.

2406호 슈발리는 황급히 핼버드의 방향을 꺾으려고 들었다. 하지만 무기 휘두르는 속도가 너무 빨라서 불가능했다.

Chapter 3

퍼석!

핼버드에 실린 오러가 2407호 슈발리의 머리통을 3분의
1쯤 자르며 파고들었다. 두개골이 쪼개지면서 허연 뇌수와
함께 핏물이 촤 튀었다.

[끄어—.]

2407호의 슈발리는 그렇게 동료에 손에 죽음을 당했다.

[이런 쳐죽일 놈.]

2406호의 슈발리가 이탄에게 분노를 쏟아부었다. 그는
육중한 핼버드를 뒤로 회수했다가 이탄을 향해 재차 휘둘
렀다.

핼버드의 날에서 붉은 오러가 초승달 모양으로 일어나
이탄을 횡으로 그었다. 그 오러에 의해 룸의 벽이 가로로
길게 쪼개졌다.

이탄은 적의 공격을 피하지 않았다. 이탄이 왼손을 들어
팔뚝으로 상대의 오러를 받아내었다.

터엉!

이탄이 연마한 금강체의 술법이 저절로 발동하여 적의 오러를 튕겨내었다. 이탄의 피부와 부딪친 순간 붉은 오러가 그대로 와해되었다. 이어서 핼버드의 육중한 날이 이탄의 왼손 팔뚝을 후려쳤다.

그 순간 100배의 반탄력이 발생했다. 무지막지한 힘으로 튕겨 나간 핼버드가 2406호의 유리창을 산산이 박살 냈다. 단지 유리창뿐만 아니라 핼버드 자체도 수천 조각의 파편으로 쪼개졌다.

[크왁.]

2406호의 슈발리도 비명을 터뜨렸다. 핼버드가 박살 날 때 그의 두 손도 모두 피떡으로 짓뭉개진 탓이었다.

이탄은 오른손으로 상대의 머리끄덩이를 붙잡았다. 이어서 왼손으로 상대의 기다란 목덜미 부위, 즉 말갈기가 부숭부숭 나 있는 부분을 붙잡고는 그대로 점프했다.

콰앙!

이탄은 이번에도 똑같은 일을 반복했다. 2406호 슈발리의 몸을 도구로 삼아 2405호의 벽을 깨부순 것이다.

마침 2405호의 슈발리도 옆방에서 들리는 소음에 단단히 마음의 준비를 한 상태였다. 2405호의 슈발리는 벽에 충격이 가해지고, 방사형으로 금이 쩍쩍 가며, 이어서 그 벽이 허물어지자마자 그 즉시 도망쳤다.

"으응? 싸우지 않고 도망을 쳐?"

이탄은 문을 부수며 달아나는 2405호의 슈발리를 보면서 어이가 없었다.

이탄은 일단 2406호 슈발리의 목뼈부터 반으로 접었다. 뒷목에서 앞목 쪽으로 접은 것이 아니라 반대 방향으로, 즉 목의 앞쪽을 뒤로 젖혀서 완전히 뒤로 접어버렸다.

덕분에 2406호 슈발리의 뒤통수가 등에 닿았다. 목뼈가 우두둑 꺾였다. 목의 앞부분이 터지면서 핏물이 사방으로 비산했다.

[크어어어. 사, 살려줘.]

2406호의 슈발리는 그렇게 목이 반쯤 찢긴 채 방 안을 돌아다녔다. 눈깔이 홱 돌아가서 흰자위를 희번덕거리는 채로, 목에서 피를 철철 흘리면서 허우적거리는 슈발리의 모습이 섬뜩하도록 처참했다.

이탄은 2406호의 슈발리는 이미 잊어버렸다. 그는 도망친 2405호 슈발리를 뒤쫓아서 복도로 뛰쳐나왔다.

24층 복도에는 이미 자크르의 슈발리들이 포진을 마쳤다. 그 수가 무려 7명에 달했다.

24층에 숙박하던 슈발리들이 총 10명이었다. 이 가운데 2407호의 슈발리는 동료의 핼버드에 머리가 쪼개져서 즉사했다. 2406호의 슈발리도 목이 반쯤 찢어져서 피를 철철 흘리며 죽어가는 중이었다.

이제 24층의 슈발리 가운데 남은 숫자는 8명.

이 가운데 한 명을 제외한 나머지가 모두 무기를 움켜쥐고 복도로 나온 것이다.

7명의 슈발리들이 동시에 뇌파를 내질렀다.

[놈을 쳐라.]

[다 함께 공격해.]

[우와아아아—.]

슈발리들이 연합하여 무기를 휘두르자 복도에 핏빛 오러가 태양광처럼 환하게 작열했다. 날카로운 오러들이 건물 복도를 갈기갈기 찢으며 이탄에게 달려들었다.

동시에 다크 스웜도 우르르 일어나 이탄을 공격했다.

쏴아아아—.

다크 스웜은 복도 바닥에 쫙 깔려서 이탄을 급습했다.

핏빛 오러가 복도를 꽉 채우면서 날아들고, 바닥에서는 시커먼 벌레떼가 우르르 몰려들고.

남들이 보기에는 무시무시한 광경일지도 모르겠다. 하지만 그동안 이탄이 겪은 전투에 비하면 이것은 애들 장난 수준이었다.

동차원에서 이탄은 피사노교의 녹마병들 수천을 피보라로 만들었다. 그릇된 차원에서 이탄은 수억 마리에 달하는 스피네 거미족을 짓뭉개 죽였다. 그때에 비하면 이 정도 공격쯤은 간에 기별도 가지 않았다.

"흥."

이탄은 코웃음을 한 번 치고는 그대로 적진에 뛰어들었다.

터엉! 텅! 텅! 텅!

붉은 오러가 이탄의 피부 위에서 마구 튕겨 나갔다. 이어서 슈발리들이 휘두른 무기가 귀청을 찢는 폭음과 함께 폭발했다.

[끄아악.]

무기의 파편이 반대 방향으로 쏟아져서 슈발리들의 몸에 구멍을 숭숭 내었다. 폭우처럼 쏟아지는 파편에 몸이 뚫려서 슈발리들은 한 줌의 피 모래로 스러졌다.

다크 스웜들도 마찬가지였다. 세상 무서울 것 없다는 벌레떼들이 이탄의 발에 이빨을 박아 넣는 순간 그대로 폭발했다.

이탄의 발밑에는 새까만 벌레 파편들이 수북하게 쌓였다. 이탄을 공격했던 7명의 슈발리들 가운데는 오직 한 명만 살아남았다.

이 슈발리는 운이 좋아서 살아남은 것이 아니었다. 거꾸로 운이 지독히도 나빠서 살아남은 것이었다.

이탄은 반탄력으로 적의 무기를 튕겨낼 때, 일부러 방향을 조종해서 6명의 슈발리들에게만 파편이 집중되도록 유도했다.

"한 명은 살려둬야지. 그래야 고문을 하든 무슨 짓을 하든 뒤를 캐지."

이것이 이탄의 의도였다.

[으으으읏.]

홀로 살아남은 슈발리가 뒷걸음질을 쳤다.

엉망으로 훼손된 복도에는 곱게 갈린 살점과 진득한 피가 범벅이 되어 벽면과 천장, 그리고 바닥에 덕지덕지 달라붙었다.

이건 마치 지옥의 한 장면을 연출한 듯한 광경이었다.

Chapter 4

피가 뚝뚝 떨어지는 복도를 가로질러 이탄이 뚜벅뚜벅 다가왔다.

그런 이탄의 모습이 어찌나 무서웠던지 슈발리는 오금이 저렸다. 허벅지의 힘이 저절로 풀렸다.

[으으윽. 오지 마. 다가오지 말라고.]

비틀거리다가 엉덩방아를 찧은 슈발리가 엉덩이를 질질 끌면서 뒤로 후퇴했다.

물론 이탄이 상대의 말을 들어줄 리 없었다. 느긋하게 다가온 이탄이 슈발리의 머리를 우악스럽게 붙잡았다.

이탄의 악력이 어찌나 세었던지 머리를 잡힌 순간 슈발리의 고개가 옆으로 홱 꺾였다.

[케엑.]

목이 비틀릴 때 슈발리의 몸도 기괴하게 뒤틀렸다.

이탄은 그렇게 상대의 머리채를 붙잡고는 질질 끌었다. 그런 다음 복도 맞은편 굳게 닫힌 방문을 발로 걷어찼다.

자크르의 슈발리들은 이 건물 24층에 총 10개의 룸을 잡고 각자 하나씩 사용 중이었다. 이 가운데 2407호와 2406호의 슈발리가 이탄의 손에 의해 방 안에서 죽었다.

나머지 8명의 슈발리들 중 7명이 방문을 박차고 뛰어나와 복도에서 이탄을 급습했다. 그리곤 그중 6명이 이탄의 가공할 반탄력에 의해 한 줌의 피모래로 스러졌다. 남은 한 명은 이탄에게 머리채를 붙잡혀 질질 끌려 다니는 중이었다.

이렇게 7명의 슈발리가 복도에서 이탄을 공격하다 보니, 방문 7개는 활짝 열려 있을 수밖에 없었다.

다만 2407호의 맞은편 룸, 즉 2422호는 아직까지도 문이 꽉 닫힌 상태였다.

이탄은 이 2422호의 방문을 발로 걷어찼다.

쾅앙!

폭음과 함께 두꺼운 문이 단숨에 반으로 쪼개져서 멀리 튕겨 나갔다.

한데 2422호 안에선 이미 치열한 전투가 한창 전개 중이었다.

말의 머리에 인간의 몸을 가진 슈발리 한 명이 플레일(Flail: 도리깨)을 머리 위에서 붕붕 휘둘렀다가 세차게 내리쳤다. 플레일로부터 붉은색 오러가 화염처럼 이글이글 쏟아져 나와 스치는 모든 것을 으깨버렸다.

이 슈발리는 다른 슈발리들보다 머리 하나는 더 컸다. 이마에 돋은 외뿔도 길이가 80 센티미터에 가까워 무척 위협적이었다. 또한 이 슈발리의 귀에는 금색 귀걸이가 무려 8개나 매달려 딸랑딸랑 흔들렸다.

'아무래도 이 녀석이 24층의 대장인가 보네.'

이탄이 눈을 반짝였다.

8개의 귀걸이를 매단 슈발리가 플레일을 휘두를 때마다 룸 안의 집기들이 와장창 박살 났다. 유리창은 물론이고 가구도 남아나는 것이 없었다.

이 슈발리에 맞서서 싸우는 상대는 다름 아닌 28호였다.

이탄이 숙박업소의 서쪽 창문을 부수며 2407호로 뛰어든 것처럼, 28호도 건물의 동쪽 측면에서 24층까지 기어 올라와서 2422호로 뛰어들었다.

28호는 나름 뛰어난 실력자였다. 28호는 한때 아울 검탑의 도제생이었으며, 두 자루의 검을 귀신처럼 쓰는 것으로 명성이 자자했다.

모레툼 교단에 몸을 의탁한 이후로 28호는 모레툼으로부터 철익의 가호와 쾌속의 가호를 하사받았다.

이 가운데 몸을 엄청나게 가속할 수 있는 쾌속의 가호도 쓸 만하지만, 그보다는 철익의 가호가 위력이 뛰어났다. 철익의 가호는 무려 주교급의 가호인 것이다.

그 철익의 가호가 28호의 손에서 화려하게 빛을 발했다. 28호의 등 뒤에는 철로 만들어진 날개가 환영처럼 솟구쳤다. 날개의 깃털 하나하나가 철편이자 곧 철검이었다.

28호는 새가 날개를 활짝 편 것처럼 수백 자루의 철검을 허공에 띄워놓고는 검무를 추었다. 28호의 양손에 들린 쌍검이 허공에 수를 놓았다. 그의 손짓에 따라 28호의 등 뒤에 펼쳐진 수백 자루의 철검이 공격과 방어를 병행했다.

콰콰쾅!

슈발리의 플레일이 주변을 때려 부쉈다.

28호의 철익이 플레일의 공격을 부드럽게 받아내고, 이어서 매서운 반격을 퍼부었다. 슈발리는 타고난 괴력으로 플레이의 방향을 틀어서 28호의 반격을 막아냈다.

둘의 싸움은 대등해 보였으나, 미세하게 슈발리가 우세했다. 슈발리의 플레일과 부딪칠 때마다 28호가 펼친 철익의 가호가 조금씩 부서졌다.

'이런 제기랄.'

28호도 이 사실을 눈치채고는 안색이 어둡게 변했다.

반면 슈발리는 더욱 신이 나서 28호를 몰아붙였다.

28호와 슈발리의 싸움이 진행될수록 방 안은 점점 더 엉망이 되었다. 벽도 허물어져 2421호와 2423호까지 싸움의 여파가 미쳤다.

바로 그때 이탄이 문을 박차고 뛰어들었다.

"49호!"

28호가 반색했다.

[네놈은 또 뭐냣?]

8개의 귀걸이를 찬 슈발리가 이탄을 향해 으르렁거렸다. 그는 28호와 치열한 접전을 벌이느라 복도에서 울린 폭음을 제대로 듣지 못했다. 부하들이 피범벅이 되어 쓰러졌다는 사실도 알지 못하였다.

슈발리는 플레일을 수평으로 크게 휘둘러 28호의 철검들을 뒤로 물린 다음, 갑자기 방향을 틀어 플레일을 위에서 아래로 내리찍었다.

그것도 28호가 아닌 이탄에게 공격했다.

쿠콰콰콰―.

붉은 오러에 휩싸인 플레일이 2422호 천장을 뚫고 위로 솟구쳤다가 이탄에게 떨어졌다.

이탄이 왼손 손바닥으로 상대의 플레일을 붙잡았다.

슈발리의 플레일은 손잡이에 굵은 쇠사슬이 매달려 있고, 다시 그 쇠사슬의 끝에 가시가 뾰족하게 돋은 쇠공이 이어진 형태였다.

이탄은 붉은 오러가 넘실거리는 뾰족뾰족한 쇠공에 맨손을 가져다 대었다.

[푸훗. 미친놈.]

슈발리가 이탄을 비웃었다. 그는 이탄의 손이 단숨에 박살 날 것이라고 믿어 의심치 않았다.

결과는 정반대였다.

붉은 오러는 이탄의 손바닥에 닿자마자 그대로 튕겨 나갔다. 슈발리가 무서운 속도로 내리찍은 쇠공은 이탄의 손바닥에 잡힌 즉시 쩌엉! 소리를 내면서 깨졌다. 쇠공이 붕괴하기 전에 뾰족한 가시들이 먼저 박살 났다.

이탄은 그렇게 손아귀 안에서 박살 난 플레일의 파편들을 적에게 확 뿌렸다. 그와 동시에 이탄이 허공을 갈랐다.

이탄의 발밑에서 짙은 안개가 피어오른다 싶었다. 이탄이 완전히 수라군림의 술법을 발휘한 것은 아니지만, 기운을 약간 끌어올린 것만으로도 이탄의 몸 전체가 폭풍이 되어 슈발리에게 휘몰아쳤다.

돌파하는 위력이 어찌나 빠르고 파괴적이었던지 플레일의 파편이 슈발리를 뚫어버리기도 전에 이탄의 몸이 먼저 들이닥쳤다.

Chapter 5

뻐엉!

이탄과 충돌한 순간, 슈발리의 온몸이 그대로 터져버렸다. 무참하게 폭발한 슈발리의 잔해가 자잘한 피보라에 섞여서 룸 전체를 시뻘겋게 물들였다.

룸 천장에 달라붙었던 진득한 핏물이 살점 파편과 함께 후두둑 떨어졌다. 이탄은 그 피를 흠뻑 뒤집어썼다.

육탄돌격으로 단숨에 적을 터뜨려 죽인 뒤, 이탄이 28호를 돌아보았다. 이탄을 바라보는 28호의 동공은 폭풍 앞의 촛불처럼 와르르 흔들렸다.

"어, 어떻게?"

어찌나 기함을 했던지 28호는 자신도 모르게 말을 더듬었다.

이탄의 행동은 여기서 그치지 않았다.

콰앙!

이탄이 발을 구르기 무섭게 룸 바닥에 푹 꺼졌다. 이탄은 허물어지는 잔해와 함께 아래층, 즉 23층 룸으로 낙하했다. 이탄의 손에 머리채가 붙잡힌 슈발리도 당연히 함께 끌려 내려왔다.

24층의 미션은 올 클리어.

그러니 이제 23층의 미션을 처리할 차례였다.

'솔노크 시에 진입한 자크르 무리가 18명이라고 했지? 이 가운데 9명은 내 손에 박살 났고, 한 명은 포로로 잡혔으니 이제 남은 상대는 8명인가?'

이탄은 이 8명도 다 부숴버릴 작정이었다.

이탄이 떨어져 내린 룸의 번호는 2322번이었다. 아쉽게도 룸은 텅 비어 있었다. 대신 룸의 문짝이 크게 부서져 덜렁거리는 장면이 이탄의 눈에 들어왔다. 문 밖 복도에서는 기물이 난폭하게 부서지는 소리가 들렸다.

그 소리는 복도를 따라 옆으로 이동하더니 옆 방, 즉 2321번 룸으로 이어졌다.

이탄은 먹이를 노리는 매처럼 소리가 들리는 방향으로

시선을 이동하더니, 느닷없이 온몸으로 벽을 뚫고 들어가 2321번 룸을 덮쳤다.

그 무렵, 슈발리 2명이 치열한 접전 끝에 61호를 몰아붙여 2321번 룸으로 몰아넣었다. 61호의 양손에서 쾅! 쾅! 폭발이 터졌다. 그와 함께 시뻘건 불길이 일어나 주변을 훑고 지나갔다.

61호는 두 주먹에 불꽃을 머금고는 2명의 강적들을 맞아 폭발적으로 싸웠다.

한데 상성이 좋지 않았다. 61호와 맞서 싸우는 두 슈발리 가운데 한 명이 2미터가 넘는 커다란 무쇠방패로 61호의 폭염을 막아내는 까닭이었다. 무쇠방패의 표면에는 붉은 오러가 한 겹 둘러쳐져 있었는데, 안타깝게도 61호의 장기인 폭염의 가호는 이 오러를 뚫지 못하고 계속해서 막혔다.

그렇게 슈발리 한 명이 방어를 전담하는 사이, 또 다른 슈발리가 다크 스웜을 마구 뿌리고 채찍을 휘두르면서 61호를 몰아쳤다.

61호도 지둔의 가호로 채찍을 막고 다크 스웜을 밀쳐냈다.

61호가 방어로 전환하자 적들도 그에 맞춰서 대응했다. 무쇠방패를 든 슈발리가 방패로 61호를 밀어붙여서 좁은 룸 안으로 몰아넣은 것이다.

"젠장."

좁은 지역으로 몰리자 61호의 행동에 더욱 제약이 걸렸다. 61호는 불꽃에 휩싸인 두 주먹을 마음껏 휘두르지도 못하고 연신 뒷걸음질 쳤다.

다크 스웜은 웅웅웅 소리를 내면서 우회하여 61호의 뒤를 노렸다.

61호가 황급히 지둔의 가호로 후방을 막았다.

그러자 기다렸다는 듯이 무쇠방패가 날아와 61호의 전면을 후려쳤다.

61호는 점점 더 뒤로 밀려 창가로 접근했다.

이제는 막다른 골목이었다. 61호도 더는 물러날 곳이 없었다.

"크윽."

61호가 이빨을 꽉 물었다.

[크흐흐, 이제 네놈은 끝이다.]

[킬킬킬.]

승리를 예감한 슈발리들이 두 눈을 희번덕거렸다.

그때였다. 갑자기 벽이 쾅 터졌다. 이탄이 벽을 허물어뜨리면서 룸 안으로 날아 들어와 슈발리 한 명의 팔뚝을 붙잡았다.

손으로 붙잡기만 했을 뿐인데 슈발리의 굵은 팔뚝이 신

체에서 뚝 끊어졌다. 마치 진흙 인형의 팔이 망가지는 것과 비슷했다.

거칠게 뜯겨나간 팔뚝이 룸 바닥에 떨어져 펄떡펄떡 뛰었다. 그 팔뚝에는 채찍이 하나 들린 상태였다.

이탄은 그렇게 상대의 팔을 한 짝 뜯어낸 다음, 바로 이어서 상대의 머리 측면을 손바닥으로 강타했다.

쾅!

슈발리의 기다란 머리통이 수박 터지듯이 폭발했다. 시뻘건 피와 뇌수가 옆으로 날아가 동료 슈발리의 몸을 흠뻑 적셨다.

[으헉!]

무쇠방패를 든 슈발리가 기겁했다.

이탄이 새로운 상대에게 손을 뻗었다.

[이이익. 어림없다.]

슈발리는 커다란 무쇠방패를 휘둘러 이탄의 손을 후려쳤다. 방패 표면에서 붉은 오러가 넘실거렸다.

다 소용없었다. 이탄의 손은 오러든 무쇠든 개의치 않았다. 그저 무자비하게 뚫고 들어가 슈발리의 손목을 덥석 잡을 뿐이었다.

[으허헉.]

슈발리가 깜짝 놀라 손을 뒤로 뺐다.

이탄의 악력이 어찌나 강했던지 손목이 뚝 끊겼다. 잘린 손목 부위로부터 피가 폭포수처럼 터졌다.

이탄은 거추장스러운 무쇠방패도 종이 찢듯이 쫘악 찢어 버렸다. 그 다음 찢어진 방패를 타넘어 슈발리의 목을 붙잡았다.

콰득!

이탄이 상대의 목살을 한 움큼 뜯어냈다.

슈발리는 꺽꺽 소리를 내면서 한 손으로 자신의 목을 붙잡더니, 앞으로 푹 고꾸라졌다. 쓰러진 슈발리의 목에서 선혈이 낭자하게 흘렀다. 그 피가 카펫을 흠뻑 적셨다.

이탄이 61호를 무심하게 돌아보았다.

다리가 풀린 61호가 제자리에 철퍽 주저앉았다.

"으어어어."

61호가 지금 보이는 반응은 조금 전 바로 위층에서 28호가 보인 반응과 다르지 않았다. 61호의 동공이 파르르 흔들렸다.

Chapter 6

이탄은 61호에게는 더 이상 신경을 쓰지 않았다. 이탄의 눈이 벽을 따라 옆으로 촤라락 이동했다.

그러던 한순간이었다.

"여기구나."

이탄이 벼락처럼 몸을 날렸다. 이탄은 젖은 종이를 뚫는 것처럼 벽 3개를 연달아 뚫고 들어가더니, 2317호로 우당탕 굴러들어온 슈발리의 뒤통수를 걷어찼다.

쾅!

난폭한 소리와 함께 슈발리의 머리통이 폭발했다.

이 슈발리는 복도에서 17호와 싸우다가 밀려서 문을 부수고 2317호로 내동댕이쳐진 상태였다.

화가 난 슈발리는 벌떡 일어나 다시 복도로 뛰쳐나가고 했다. 그 전에 이탄이 벽을 뚫고 뛰어나와 슈발리의 뒤통수를 냅다 차버렸다. 머리를 잃고 몸통만 남은 슈발리가 비틀비틀 일어섰다가 다시 옆으로 푹 쓰러졌다.

이탄은 머리가 터진 슈발리의 몸을 밟고 복도로 뛰쳐나갔다.

복도 바깥쪽에서는 어지러운 싸움이 진행 중이었다. 눈에 보이지도 않는 철사가 복도를 싸악 훑으며 지나갔다.

복도 전체가 수평으로 날카롭게 잘렸다.

이것은 17호의 공격이었다.

[이크.]

슈발리들은 철사의 궤적을 피해서 몸을 납죽하게 엎드렸다.

이번에는 56호가 공격했다. 56호의 몸이 촤라락 늘어난다 싶더니, 눈 깜짝할 사이에 10명의 56호가 생겨났다.

이것은 분신의 가호.

56호가 만들어낸 10명의 분신들이 5명의 슈발리들을 동시에 공격했다.

5명의 슈발리들이 각자의 방법으로 56호의 공격을 받아쳤다.

어떤 슈발리는 다크 스웜을 잔뜩 소환했다. 어떤 슈발리는 창을 휘저어 56호의 분신을 찔렀다. 또 다른 슈발리는 건물의 기둥을 양손으로 끌어안고는 있는 힘껏 힘을 주어 건물을 통째로 붕괴시키려고 들었다.

그렇게 슈발리들이 56호에게 정신이 팔린 동안, 투명 상태의 17호가 철사를 길게 휘둘렀다.

싸악!

둥글게 허공을 가르며 날아든 철사는 앞을 가로막는 모든 물체를 베었다. 건물 벽도, 전등도, 가구도, 심지어 무고한 투숙객들마저도 그대로 양단하면서 날아와 5명의 슈발리들을 공격했다.

이 은밀한 공격에 슈발리 한 명이 당했다.

[아악, 크으읍.]

철사에 어깨가 베인 슈발리가 창을 손에서 놓쳤다.

56호는 그 기회를 놓치지 않았다. 10명으로 나뉘어 있던 56호가 다시 하나로 좌르르 합쳐지더니, 창을 놓친 적에게 달려들었다.

56호의 손에 들린 단검이 상대의 복부에 콱 쑤셔 박혔다.

[컥!]

단검에 배를 찔린 슈발리가 두 눈을 부릅떴다. 그의 복부에서는 피가 쏟아졌다.

한데 피의 색깔이 붉지 않고 검었다.

독 때문이었다. 56호의 특기 가운데 하나인 맹독의 가호가 발휘된 것이다. 그러고 보니 56호의 등 뒤에는 환영처럼 독전갈의 모습이 떠올랐다.

"후훗, 한 놈 해치웠지롱."

56호는 공격을 성공시킨 뒤, 혀를 쏙 내밀고는 백스텝으로 후퇴했다.

17호가 기다렸다는 듯이 56호의 자리로 파고들어 철사를 길게 휘둘렀다.

휘익— 소리와 함께 건물 벽이 잘렸다. 눈에 보이지도 않는 철사가 날아들어 슈발리들을 공격했다.

다른 슈발리들은 반사적으로 자세를 낮춰서 17호의 공격을 피했다. 하지만 건물의 붕괴를 시도했던 슈발리는 일부러 피하지 않았다.

기둥을 끌어안고 끝까지 버틴 슈발리의 허리가 철사에 의해 썽둥 잘렸다.

[끄아아아아.]

자신을 희생하면서도 슈발리는 끝까지 힘을 풀지 않았다. 오히려 어금니를 질끈 물고는 있는 힘을 다해 팔뚝을 조였다.

기둥이 퍽 소리와 함께 부서질 때, 자신의 임무를 성공적으로 끝마친 슈발리도 허리에서 피를 뿜으며 함께 쓰러졌다.

[크하하하하. 모레툼의 개새끼들아, 다 함께 죽자.]

이 슈발리는 죽음을 눈앞에 두고도 기가 죽지 않았다. 오히려 호탕하게 웃어젖혔다. 그가 이번에 부순 기둥이 네 번째였다. 은화 반 닢 기사단과 자크르가 정면으로 맞붙은 이곳 건물은 8개의 기둥이 전체의 하중을 나눠 받는 구조였다. 그런데 버팀목 역할을 하는 기둥 가운데 절반이 부서졌다.

그 여파가 곧 나타났다.

끼기기깅.

철근 휘어지는 소리와 함께 숙박업소 전체가 한쪽으로 기우뚱 기울기 시작했다. 건물 천장에서는 돌가루들이 푸스스 떨어졌다. 벽을 타고 균열이 쩍쩍 전파했다.

"이런."

56호가 낭패한 듯 입술을 질겅 씹었다.

무려 23층 높이였다. 이 높은 건물이 쓰러질 때 그 안에 갇혀버리면 제 아무리 은화 반 닢 기사단의 전투요원이라고 하여도 크게 다칠 수밖에 없었다.

특히 56호는 부패의 가호나 맹독의 가호와 같이 생명체를 죽이는데 특화된 요원이었다. 이렇게 건물이 붕괴할 때는 방패의 가호나 지둔의 가호가 필요한데, 56호에게는 방어용 스킬이 없었다.

"치잇. 안 되겠다."

56호가 기울어진 반대편으로 몸을 날렸다. 56호는 이대로 창문을 뚫고 건물 밖으로 뛰쳐나갈 생각이었다.

끼기기기기기깅—.

한 번 기울기 시작한 건물은 점차 가속도가 붙었다.

"쳇."

17호도 슈발리들에 대한 공격을 멈추고 탈출을 결정했다. 기울어가는 건물 복도에서 17호의 투명한 몸이 얼음 미끄러지듯 스르륵 움직여 탈출로를 뚫었다.

비교적 상태가 멀쩡한 3명의 슈발리들도 각기 다른 방향으로 흩어졌다.

바로 그 타이밍에 이탄이 23층 복도로 튀어나왔다. 이탄은 은신의 가호로 몸을 투명하게 만든 상태에서 곧바로 바닥을 박찼다.

이탄이 신고 있는 비행 법보가 이탄의 발밑에 강한 추진력을 실어주었다. 이탄은 그 힘을 이용하여 단숨에 방향을 잡았다.

이탄이 추격한 대상은 슈발리들이 아니었다. 56호였다.

'자크르 녀석들과 싸워서 퀘스트를 완수하는 것도 중요하지만, 그보다는 5년 전 그 사건을 파헤치는 일이 더 중요하지.'

이탄은 이런 생각으로 56호를 뒤쫓았다.

은화 반 닢 기사단 . VS . 자크르 II

Chapter 1

이탄은 한 손으로 슈발리의 머리끄덩이를 잡은 채 56호를 추격했다.

마침 56호는 기울어가는 건물의 벽을 박차고 뛰어올라 유리창을 깨뜨리는 중이었다.

쨍그랑!

유리창 파편이 폭발하듯이 위로 터져 올랐다. 그 파편을 뚫고 56호가 뛰쳐나와 태양이 내리쬐는 상공으로 높이 점프했다.

세찬 강풍이 56호의 귓가를 쓸고 지나갔다. 파란 하늘이 56호의 눈앞으로 확 다가왔다. 반으로 접은 56호의 다리

아래엔 지상의 풍경이 아득하게 스쳐 지나갔다. 순간적으로 56호는 세상이 우뚝 정지했다는 느낌을 받았다.

56호는 그렇게 포물선의 정점에서 발밑의 풍경을 유유히 즐긴 다음, 양팔을 활짝 펼치고 활공하듯이 지상으로 낙하하려 들었다.

바로 그 순간 56호의 등 뒤에서 이탄이 불쑥 나타났다.

유령처럼 불쑥!

이탄은 등장과 동시에 무서운 악력으로 56호의 목덜미를 낚아채더니, 더 높은 상공으로 확 솟구쳤다. 이탄이 56호를 낚아채는 동작이 어찌나 신속했던지 그 장면을 목격한 자가 아무도 없었다.

하긴, 지금 누가 한가하게 하늘이나 보고 있겠는가. 멀쩡하던 건물 상층부에서 폭음이 쾅쾅 터지고 유리창 파편이 우수수 떨어지는 판국이었다. 잠시 후에는 건물 전체가 기우뚱 기울면서 넘어갈 기미를 보였다.

"으아아아악."

"건물이 쓰러진다아―."

거리를 지나다니는 행인들이 기겁을 하며 도망쳤다. 사람들은 두 손으로 자신의 머리를 감싼 채 혼비백산하여 뛰었다.

수로를 오가던 배들도 황급히 방향을 틀었다.

때는 이미 늦었다. 30층 건물은 처음에는 천천히 기울어지는 듯했으나, 어느 순간 무시무시한 굉음과 함께 붕괴했다. 높은 건물이 쓰러지면서 연쇄적으로 2개의 건물이 추가로 붕괴했다.

사람들의 비명.

뿌옇게 날리는 흙먼지.

건물 잔해가 텀벙 빠지면서 수십 미터 높이로 솟구친 강물.

해일처럼 일어난 강물에 강타당해 연달아 붕괴하는 다리들.

이 모든 파괴 행위가 연쇄적으로 일어났다. 피투성이가 된 사람들이 붕괴의 현장으로부터 간신히 기어 나왔다.

이들은 행운아들이었다. 대부분의 사람들은 기어 나오지도 못하고 그 자리에서 즉사했다.

몇몇 사람들은 붕괴하는 건물로부터 점프하여 강물로 뛰어들었다가, 이어서 쓰러진 건물 잔해에 깔려 사망했다.

이 엄청난 붕괴사고에 사람들은 입만 쩍 벌렸다.

그렇게 사람들의 시선이 붕괴현장에 쏠린 사이, 이탄은 독수리가 참새를 낚아채는 것처럼 56호를 붙잡아 구름 위로 치솟았다. 이탄의 다른 손에는 슈발리 한 명이 대롱대롱 매달렸다.

"뭐얏?"

56호가 기겁했다.

그 와중에도 56호는 독이 발린 단검으로 자신의 목덜미를 움켜쥔 괴한(이탄)을 푹푹 찔렀다.

56호의 주무기 가운데 하나인 맹독의 가호가 저절로 발동했다. 56호의 머리 위로 시커먼 독전갈의 환영이 으스스하게 떠올랐다.

물론 이탄에게는 통하지 않았다. 제아무리 날카로운 칼날이라고 할지라도 어마어마하게 코팅 층이 깔린 이탄의 피부를 뚫을 수는 없었다.

이탄은 맨손으로 56호의 단검을 붙잡아 뚝 부러뜨렸다. 그리곤 단검의 날로 56호의 어깻죽지를 찔렀다.

"끄악."

56호가 자지러졌다.

이탄이 한 손으로 56호의 턱을 붙잡아 옆으로 홱 돌렸다.

우두둑, 뼈 으스러지는 소리와 함께 56호의 고개가 축 늘어졌다. 56호는 자신이 가진 최강 무기인 부패의 가호를 제대로 써먹어 보지도 못하고 기절했다.

이탄의 손가락 사이에서 조그만 나무 구슬이 툭 튀어나왔다. 나무 구슬은 이내 알블―롭 일족의 탈것인 날개 달린 늑대로 변신하여 긴 뇌파를 토했다.

이탄이 날개 달린 늑대의 머리를 슥슥 쓰다듬었다.

끼잉. 낑낑낑.

늑대는 이탄이 불러준 것이 기쁜 듯 이탄의 손에 머리를 비비며 애교를 피웠다.

이탄은 56호의 무복을 찢어서 슈발리와 함께 칭칭 동여맨 다음, 그 끝을 날개 달린 늑대에게 물려주었다.

[이걸 물고 구름 위에 숨어 있거라. 내가 다시 부를 때까지 잘 지키고 있어야 한다.]

이탄의 뇌파를 알아들은 모양이었다. 날개 달린 늑대는 56호와 슈발리를 묶은 천을 입에 단단히 물고선 까마득한 높이로 상승했다.

이탄은 방향을 반대로 틀어 지상으로 낙하했다.

마침 지상에서는 은화 반 닢 기사단과 자크르 사이에 전투가 재개된 상태였다.

17호는 고층 건물이 쓰러져 수많은 사람들이 죽었건 말았건 신경도 쓰지 않았다. 그녀에게 우선 과제는 퀘스트를 달성하는 것이었다.

그게 아니더라도 17호는 자크르 무리를 이대로 놓아줄 마음이 없었다.

이것은 자크르 무리도 마찬가지였다. 특히 슈발리 일족

은 자크르를 구성하는 4대 종족들 가운데 가장 포악하다고 알려진 수인족이었다. 그들은 은화 반 닢 기사단의 기습을 받아 피해를 잔뜩 입은 터라 잔뜩 흥분했다.

화가 난 슈발리들이 은화 반 닢 기사단 앞에 하나둘 모습을 드러내었다.

이탄에게 포로로 잡힌 슈발리 한 명을 제외하면, 무사히 건물에서 탈출한 슈발리는 오직 3명뿐이어야 정상이었다.

한데 폐허 속에서 툭툭 튀어나온 슈발리는 셋이 아니라 4명이었다.

"쯧쯧쯧. 정보가 잘못되었네. 애초부터 열여덟이 아니라 열아홉이었어. 쯧쯧쯧쯧."

17호가 혀를 찼다.

그러면서 17호는 눈에 보이지도 않는 가느다란 철사를 휘둘러 반경 60 미터 영역을 수평으로 갈라버렸다.

Chapter 2

피유우웅—.

철사가 무시무시한 소리를 내면서 날아갔다.

한데 건물도 단숨에 베어버리는 날카로운 공격이 중간에

뚝 막혔다. 4명의 슈발리들 가운데 한 명이 팔꿈치에 돋은 기다란 낫 모양의 뿔로 17호의 철사를 차단한 탓이었다.

"뭐야?"

가면 속에서 17호의 눈썹이 꿈틀했다.

17호의 공격을 막아낸 슈발리는 다른 동료들과 생김새부터가 달랐다.

녀석의 키는 3미터가 훌쩍 넘었다. 이마에 돋은 외뿔은 거의 1미터에 육박하는 크기였다. 녀석의 팔꿈치에는 낫처럼 생긴 뿔이 길게 자랐는데, 놀랍게도 이 뿔 주변에 붉은 오러가 화염처럼 이글거리면서 타올랐다.

한편 슈발리의 정강이에도 둥글게 휜 칼날을 닮은 뿔이 하나씩 돋아 있었다. 당연히 그곳에서도 붉은 오러가 이글거렸다. 거기에 더해서 이 슈발리는 등에도 가시 같은 뿔들이 툭툭 돋은 상태였다.

그의 이름은 시캄.

슈발리 일족을 이끄는 대족장이 그의 진정한 신분이었다.

말(馬)형 수인족인 슈발리들은 각성을 통해서 강해지는 것이 특기였다.

슈발리가 1차 각성을 통해 이마에 외뿔이 우뚝하게 돋아나면, 그는 비로소 성인 취급을 받았다.

이렇게 성인만 되어도 어지간한 아인종들보다는 훨씬 더 강한 것이 슈발리의 특징이었다. 오늘 은화 반 닢 기사단과 맞서 싸웠던 슈발리 18명은 모두 다 1차 각성자였다.

그런데 성인 슈발리가 2차 각성을 통해서 팔꿈치에 낫 모양의 뿔까지 돋으면, 그는 일족으로부터 장로의 대접을 받았다.

장로급 슈발리는 아울 검탑의 99검인 피요르드 후작과 너끈히 맞서 싸울 만큼 강력했다. 대륙 남부의 유력 흑 세력인 자크르에서도 장로급 슈발리는 몇 손가락 안에 꼽힐 정도로 극소수였다.

한데 장로를 뛰어넘어 3차 각성에 도달한 슈발리도 존재했다. 3차 각성자는 팔꿈치뿐 아니라 정강이에도 둥글게 흰 칼날 형태의 뿔이 돋았다. 또한 등짝에도 여러 개의 뿔들이 생성되곤 했다.

3차 각성을 이룬 슈발리가 거의 없다시피 하는 터라, 일단 3차 각성을 이루기만 하면 그는 동족들의 지배자 위치에 올라서곤 했다.

지금 세대의 슈발리들 가운데 3차 각성자는 오직 한 명뿐.

그가 바로 시캄이었다.

슈발리 종족의 대족장이자 자크르를 지배하는 4명의 총

통 가운데 한 명인 시캄 말이다.

17호는 초강자의 등장에도 흔들리지 않았다.

"보아하니 네가 대장인가 보구나."

17호가 철사를 뒤로 팽 당겼다가 손에 둘둘 말아 쥐었다.

무덤덤한 태도와 달리 17호의 등에는 식은땀이 맺혔다.

시캄이 17호를 향해 성큼 발을 내디뎠다.

[이런 시건방진 연놈들. 애들 코 묻은 돈이나 갈취하여 고리대금업이나 하는 잡것들이 감히 내 새끼들을 해쳐?]

단지 발을 한 걸음 내디뎠을 뿐인데 시캄의 온몸에서 타오르듯이 오러가 뿜어졌다. 시캄이 뿜어낸 기세가 어찌나 강렬했던지 하늘마저 색이 변했다.

상처투성이인 28호가 재빨리 17호의 곁으로 다가섰다.

"17호님, 저자는 시캄입니다. 자크르의 네 총통 가운데 한 명인 시캄이 대륙 중부까지 직접 북상했을 줄을 몰랐는데, 이거 보통 일이 아닙니다. 현재 저희의 전력으로 시캄과 직접 맞서 싸우는 것은 불가능합니다. 철수하시는 것이 좋겠습니다."

28호가 다급히 철수를 주장했다.

28호는 온몸 여기저기에는 긁힌 자국이 많았다. 팔도 하나가 부러져서 덜렁거렸다. 고층 건물이 붕괴할 때 28호는 가까스로 탈출에 성공하였으나, 그 과정에서 만만치 않은 부상을 입은 탓이었다.

옆에서 61호가 거들었다.

"17호님, 28호의 말이 맞습니다. 잘 판단해 주십시오."

61호도 무복이 잔뜩 찢어진 채 17호의 곁으로 다가왔다. 61호 또한 탈출 도중에 제법 많은 상처를 입었다. 가면도 어디론가 날아가고 없어서 61호는 맨얼굴을 그냥 드러내었다. 커다란 덩치와 달리 61호의 얼굴은 순박해 보였다.

한편 49호(이탄)와 56호의 모습은 어디에도 보이지 않았다.

17호도 지금 49호와 56호의 행방을 찾아볼 겨를은 없었다. 17호가 날카로운 눈빛으로 적들을 살폈다.

먼지가 자욱한 폐허로부터 4명의 슈발리들이 저벅저벅 걸어 나오는 중이었다.

17호가 판단키에, 이 4명 가운데 3명은 28호와 비슷한 정도로 부상을 입었다. 한데 시캄이 문제였다. 시캄은 눈곱만큼의 부상도 입지 않았다.

'빌어먹을. 남부에 머물러야 할 저 괴물이 왜 여기서 튀어나와? 솔노크 지부의 보고서에는 이런 이야기가 없었잖아. 제기랄.'

17호가 마음속으로 솔노크 지부의 신관들을 욕했다.

조금 전 17호는 시캄을 상대로 조금도 동요하지 않고서 당당히 맞섰다.

하지만 그것은 연기일 뿐, 실제로 17호의 마음속에서는 폭풍이 몰아쳤다.

팔꿈치에 돋은 기다란 낫 모양의 뿔.

정강이 옆쪽에 돋은 칼날 모양의 뿔.

이 두 가지 특징만 보고도 17호는 가슴이 철렁했다.

만약 모르툼 총단에서 적의 전력을 정확하게 파악했더라면, 그리하여 자크르의 총통이 솔노크 시에 진입했다는 사실을 미리 알았더라면 고작 전투요원 5명만 현장에 투입했을 리 없었다.

시캄을 본격적으로 상대하려면 은화 반 닢 기사단의 요원들이 아니라 최소한 추기경급 거물들이 3, 4명은 달려들어야 했다.

일부러 모르는 척했을 뿐, 사실 17호는 시캄이 등장한 순간부터 그의 정체를 알아차렸다. 은화 반 닢 기사단의 현역 요원들 가운데 가장 노련한 17호가 흑 진영의 거물인 시캄을 알아보지 못할 리 없었다.

솔직히 17호는 눈앞이 캄캄했다.

하지만 적 앞에서 당황한 기색을 드러낼 수는 없는 일. 17호는 쿵딱거리는 심장을 꾹 눌러 참은 뒤, 최대한 아무렇지도 않은 척 연기했다.

그러면서 17호가 나직하게 속삭였다.

"28호."

"네, 17호 님."

28호가 냉큼 귀를 가져다 대었다.

"잠시 후 내가 공격을 시작하면 61호와 함께 즉각 이곳을 빠져나가라."

"17호 님!"

17호의 명령은 의외였다. 28호가 눈을 동그랗게 떴다.

Chapter 3

17호가 단호하게 명을 반복했다.

"내 능력으로 저 괴물을 얼마나 오래 막을 수 있을지 모르겠다. 그러니까 너와 61호는 즉각 솔노크 시를 벗어나서 은화 반 닢 기사단의 어르신들에게 시캄의 북상 소식을 전해야 한다. 어쩌면 이것은 미유 주교의 피살보다 더 중요한 일일 수도 있어. 백 진영과 흑 진영의 대전쟁이 다시 발발할 징조일 수도 있다고. 아니면 미유 주교도 저 괴물의 손에 죽었을지도 모르지.”

17호의 주장이 옳았다. 이 상황에서는 단 한 명의 요원이라도 탈출하여 은화 반 닢 기사단에 시캄의 등장을 알려야 했다.

“크윽. 알겠습니다. 명을 따르겠습니다.”

28호가 어금니를 꽉 깨물었다.

시캄이 그 모습을 보고는 피식 비웃었다.

[뭐냐? 피라미 같은 것들이 탈출 작전이라도 짜는 게냐? 네놈들이 감히 내 손에서 벗어날 수 있다고 보느냐?]

시캄의 뇌파가 끝나기도 전, 쾅! 소리와 함께 시캄의 모습이 그 자리에서 사라졌다. 시캄의 거구가 어느새 17호의 코앞에서 나타나 오른쪽 팔꿈치를 수평으로 휘둘렀다.

화르르륵!

시캄의 팔꿈치에 돋은 낫 모양의 뿔이 오러를 길게 일으켰다. 무려 수십 미터가 넘는 붉은 오러가 17호와 28호, 61호를 한꺼번에 잘랐다.

17호가 철사를 손가락 사이사이에 끼워서 네 겹을 만들었다. 17호는 그렇게 겹친 철사를 수직으로 세워서 시캄의 공격을 막았다.

까앙!

네 겹의 철사와 오러가 부딪쳐 불똥이 튀었다.

"큽!"

순간적으로 17호의 코에서 피가 뿜어졌다. 17호는 귀가 먹먹하고 눈앞이 새하얗게 물드는 것을 느꼈다.

자크르의 총통인 시캄의 일격은 감히 17호가 감당하지 못할 수준이었다.

한편 시캄도 흠칫했다.

'이 조그만 인간족 계집이 감히 내 공격을 막아?'

시캄이 멈칫한 사이, 28호와 61호는 전력을 다해 후퇴했다.

시캄이 입꼬리를 잔뜩 비틀었다.

[감히 도망치려고?]

콰앙!

시캄이 발을 구르자 땅거죽이 뒤집혔다. 마치 땅속에서 괴생명체가 등장하여 28호와 61호를 뒤쫓기라도 하는 것처럼 일렬로 땅거죽이 투루룩 터져나갔다.

"흩어지자."

28호가 소리쳤다.

그 즉시 28호와 61호는 서로 다른 방향으로 몸을 날렸다.

28호는 쾌속의 가호를 사용하여 바람보다도 더 빠르게 질주했다. 61호도 은신의 가호로 몸을 투명하게 만들었다.

그러자 땅거죽 속에서 추격하던 것들도 지면 밖으로 튀어나왔다. 놀랍게도 추격자들의 정체는 시캄의 정강이에 돋아난 칼날 모양의 뿔들이었다.

둥글게 휜 칼과 같은 것들이 붉은 오러를 머금은 채 음속을 돌파했다.

빠앙—.

음속 돌파와 함께 소닉 붐(Sonic Boon)이 발생하여 충격파가 원뿔 모양으로 퍼졌다. 허공에 붉은 빔 두 줄기가 생성되었다.

칼날 모양의 빔은 눈 깜짝할 사이에 61호의 등판에 작열했다.

"젠장."

61호가 황급히 지둔의 가호를 불러일으켰다. 61호의 등 뒤에 빛이 모여들면서 반투명한 방패의 모습을 이루었다.

콰창!

눈부시게 불똥이 튀었다. 시캄이 날린 뿔이 지둔의 가호와 정면으로 충돌하면서 발생한 불똥이었다.

철벽도 단숨에 갈라버릴 만한 시캄의 오러도 지둔의 가호를 완전히 쪼개지는 못했다. 뒤로 튕겨 나간 시캄의 뿔이 팽그르르 회전하면서 시캄의 오른쪽 정강이에 다시 안착했다.

당연히 61호도 무사하지는 못했다. 시캄의 공격에 의해 지둔의 가호가 강제로 깨지면서 그 충격이 61호에게 고스란히 전달되었다.

"크헉!"

61호는 등에 엄청난 충격을 받아 피를 뿜었다.

61호의 몸이 활처럼 둥글게 휘었다. 61호의 몸뚱어리는 배를 앞으로 내밀고 머리와 팔다리를 뒤로 젖힌 채 무려 수십 미터를 날아가 바닥에 거칠게 내팽개쳐졌다.

"끄으으윽. 젠장. 끄윽 끅."

61호가 비틀거리며 일어서려다가 다시 엎어졌다. 61호의 등짝은 보기 끔찍할 정도로 피투성이가 되었다. 벌어진 살점 사이로 하얗게 척추가 드러났다. 61호의 입에서도 연신 검붉은 선혈이 흘러내렸다.

한편 28호도 무사하지 못했다.

28호가 발휘한 쾌속의 가호는 일반인의 동체시력으로는 쫓지도 못할 만큼 빨랐다. 한데 시캄이 날린 뿔은 쾌속의 가호보다도 더 빨랐다.

"안 돼애—."

28호가 황급히 철익의 가호를 펼쳤다. 28호의 등 뒤로 철검들이 촤라락 나타났다. 28호는 이 철검들을 둥그렇게 이어 붙여 방어막을 만들었다.

그 위에 시캄의 뿔이 날아들었다.

꽝!

강한 충격파가 터졌다. 철익의 가호가 단숨에 깨졌다.

28호는 땅바닥에 우당탕탕 나뒹굴었다. 비록 28호가 전력을 다해서 방어에 전념했다고 하나, 자크르의 총통인 시캄의 공격을 막기에는 역부족이었다.

"크허억. 크허어억."

28호가 바닥에 드러누워 숨을 헐떡였다.

다행히 시캄은 28호에게 추가공격을 퍼붓지 않았다. 17호의 철사가 은밀하게 날아들어 시캄을 공격했기 때문이었다.

[푸훙!]

시캄은 콧김을 세게 내뿜고는 양쪽 팔꿈치를 훙훙 휘둘렀다. 그때마다 붉은 오러가 수십 미터 길이로 일어나 17호의 철사를 튕겨내고 17호의 몸에 상처를 남겼다.

"큭."

17호가 짧은 신음을 토했다.

17호는 팔이 잘리는 부상을 입고도 신음 한 마디 흘리지 않을 만큼 인내심이 깊은 사람이었다.

그런데 시캄의 오러는 예외였다.

붉은 화염처럼 일렁거리는 이 독특한 오러는 상대방의

상처 속으로 파고들어 신경을 헤집어 놓고 근육을 불태우는 악랄한 효과를 지녔다.

Chapter 4

시캄의 오러에 살짝 스치기만 해도 상처 부위에 강한 열감이 작열했다. 마치 불개미들이 상처 속으로 파고들어 신경을 갉아먹는 느낌이라고나 할까? 거기에 더해서 상처 부위를 인두로 확 지져버리는 듯한 고통도 병행되었다.

지독한 고통이 17호를 괴롭혔다.

17호는 상처를 제대로 돌볼 틈도 없었다. 시캄의 공격이 어찌나 빠르고 공격 범위가 넓었던지, 17호는 적의 공격을 다 피하지도 못했다.

비록 17호가 노련함과 타고난 감각에 의존하여 이리저리 몸을 회피하고는 있으나, 그녀의 피부 위에는 점점 더 상처가 늘어갔다.

촤악!

이번에도 붉은 오러가 17호의 뺨을 스치고 지나갔다. 17호의 가면이 썽둥 잘렸다. 그녀의 뺨에도 기다란 상처가 그어졌다.

뺨에서 흐른 피는 강한 열기에 증발하면서 부글부글 끓었다. 상처가 저절로 벌어지면서 근육이 뒤틀렸다.

"크윽, 빌어먹을."

17호의 안색이 한층 더 어두워졌다.

17호는 싸우면 싸울수록 확실하게 느꼈다. 시캄은 도저히 그녀가 감당할 수 없는 괴물이었다.

지금 17호가 할 수 있는 일이라고는 최대한 오래 시캄을 붙잡아두면서 28호와 61호가 도망갈 시간을 벌어주는 것뿐이었다.

한데 그것도 쉽지 않을 듯했다.

61호가 시캄의 정강이 뿔에 가격을 당해 바닥에 쓰러졌다. 28호도 마찬가지로 땅바닥에 나뒹굴었다.

"제기랄. 제기랄."

17호가 철사를 소용돌이처럼 휘둘러 공격과 방어를 한꺼번에 해내었다. 그러면서 17호는 연신 욕을 퍼부었다.

이 욕이 시캄을 겨눈 것인지, 아니면 무기력한 자기 자신에게 퍼붓는 것인지, 그것도 아니라면 시캄이라는 거물급의 북상 소식을 놓쳐버린 솔노크 지부의 신관들에게 내뱉는 것인지는 17호 본인도 알지 못하였다.

[저 잡것들은 너희들이 처리해라.]

시캄이 부하들에게 턱짓을 보냈다.

3명의 슈발리들이 즉각 명을 받들었다.

[넵. 총통님.]

[저희에게 맡겨주십시오.]

[명을 따르겠습니다.]

3명의 슈발리들은 17호의 공격 범위를 우회하여 28호와 61호에게 달려들었다.

"어림도 없다. 이이익."

17호가 철사를 크게 회전시켜 3명의 슈발리들을 막으려고 했다.

그 전에 시캄이 나섰다. 시캄의 팔꿈치에 돋아난 뿔이 곡식을 추수하는 낫처럼 반원을 그렸다. 뿔에 어린 오러가 거의 100미터에 육박할 정도로 늘어나 17호의 철사를 모두 튕겨내었다.

17호의 철사가 특수하게 제작된 것이 아니었다면, 그리고 그 철사에 '초진동의 가호'와 '절삭의 가호'가 실려 있지 않았더라면 철사는 이미 여러 토막으로 끊어졌을 것이다. 17호의 무기는 엄청나게 높은 주파수로 진동을 하고, 철벽도 단숨에 베어낼 정도로 뛰어난 절삭력을 지니고 있었기에 시캄의 오러와 맞부딪치고도 파손되지 않았다.

하지만 딱 거기까지였다.

이것이 17호의 한계인 것이다.

조금 전 17호는 공격 범위를 크게 넓혀서 3명의 슈발리들의 발길을 잠시 동안 묶어두었다. 덕분에 28호와 61호는 다시 정신을 차리고 일어나서 도주를 시작했다.

대신 17호의 방어 밀도는 눈에 띄게 약화되었다. 28호와 61호를 구하기 위해서 철사의 공격 범위를 넓힌 탓이었다.

시캄과 같은 거물이 이런 빈틈을 놓칠 리 없었다.

[훗. 웃기는군, 이 시캄을 앞에 두고서 감히 다른 곳에 한눈을 팔 여유가 있단 말이지?]

한 줄기 비웃음과 함께 시캄의 육중한 몸이 땅을 박찼다. 허공으로 부웅 떠오른 시캄은 어느새 17호의 20미터 앞쪽까지 접근했다.

쏴! 쏴앙—!

낫 모양의 뿔 2개가 미친 듯한 광채를 뿌리며 17호의 상반신을 쓸었다.

그와 동시에 초승달을 닮은 칼날 모양의 뿔이 땅속으로 두두둑 파고들어 17호의 하반신을 노렸다.

마지막으로 시캄의 외뿔에서도 붉은 빔이 뿜어졌다. 이 빔은 두 갈래로 갈라지더니 도주 중인 28호와 61호를 동시에 노렸다.

"앗!"

깜짝 놀란 17호가 철사의 범위를 바짝 좁혔다.

하지만 이미 때는 늦었다. 17호가 시캄의 일격을 막아내려면 철사를 네 겹 이상 중첩시켜야 겨우 방어가 가능했다. 한데 지금은 철사의 공격 범위를 넓혔던 탓에 고작 두 겹만 중첩시킬 수밖에 없었다.

쾅창!

17호의 철사가 붉은 오러에 얻어맞아 크게 출렁거렸다. 시캄의 오러는 철사를 넘어서 17호의 상체를 직접 타격했다.

한 줄기의 오러는 17호의 오른쪽 어깨부터 출발하여 허리 왼쪽까지 비스듬히.

두 번째 오러는 17호의 왼쪽 어깨에서 시작하여 오른쪽 허리까지 사선으로 쫘악!

허공에 X자가 크게 그려졌다.

"으이잇!"

17호는 자신도 모르게 이빨을 질끈 물었다. 자신의 몸이 X자로 쪼개지는 장면이 17호의 뇌리에 불도장처럼 확 틀어박혔다.

목숨이 날아갈 위기의 순간, 이탄이 하늘에서 뚝 떨어져 내렸다.

이탄은 까마득한 상공으로부터 일직선으로 낙하한 뒤,

17호의 바로 앞에 콰앙! 작열했다. 시캄이 날린 붉은 오러 두 줄기가 17호 대신 이탄의 몸을 때렸다.

써걱, 써걱.

이탄의 옷이 단숨에 X자로 잘렸다.

이어서 이탄의 피부 위에서 파츠츠츠! 빛이 번졌다. X자 형태의 붉은 기운은 이탄의 살갗에서 잠시 맴돌다가 소멸했다.

그 뒤를 이어서 땅을 뚫고 붉은 오러 두 줄기가 또 튀어 나왔다. 이 붉은 오러들은 이탄의 바지를 X자로 찢으며 날아들었다.

파츠츠츠츠!

이번에도 이탄의 허벅지 부위에 붉은 기운이 맴돌다가 자취를 감추었다.

놀랍게도 이탄은 시캄의 오러를 맨몸으로 받아낸 뒤, 사뿐하게 발을 굴렀다.

토옹!

중력 열 배 증가!

[큼.]

시캄이 움찔했다.

Chapter 5

물론 시캄이 경직된 것은 잠시뿐일 뿐, 그는 몸을 한 번 부르르 떠는 것만으로 열 배의 중력을 해소해버렸다.

'제법인데?'

이탄이 빙그레 웃었다.

역시 시캄은 자크르를 지배하는 총통다운 실력을 갖추었다. 사실 이탄도 중력 컨트롤만으로 시캄을 무릎 꿇릴 것이라고는 생각하지 않았다. 중력 공격은 그저 시캄의 신경을 분산시킬 용도였다.

시캄이 머리를 부르르 털면서 열 배의 중력으로부터 벗어나는 동안, 이탄은 몸을 앞으로 내던지다시피 하면서 땅에 낮게 깔려 날아갔다. 사냥을 나선 물뱀처럼 슈우욱—

출격한 이탄이 어느새 시캄의 코앞에 불쑥 나타났다.

[흐읍? 뭐냣?]

깜짝 놀란 시캄이 반사적으로 상체를 옆으로 틀었다.

시캄은 그렇게 회피동작을 펼치면서 동시에 팔꿈치를 짧게 짧게 휘둘러 두 방의 공격을 연달아 날렸다.

화르륵, 화르륵.

시캄의 팔뚝에서 붉은 오러가 무섭게 일어나 이탄을 찢어발겼다.

이탄이 오러 속으로 맨손을 쑥 집어넣었다.

쾅!

오러와 손이 부딪쳤는데 팔 잘리는 소리는 들리지 않았다. 대신 귀청을 찢는 폭음이 터졌다.

시캄의 붉은 오러는 이탄의 팔뚝에 미세한 흔적 하나 남기지 못했다. 시캄의 입장에서는 참으로 불행한 일이었다.

반면 이탄의 손은 멀쩡히 앞으로 뻗어나갔다. 그렇게 전진한 이탄의 손이 시캄의 팔꿈치에 돋아난 뿔을 덥석 붙잡았다.

와지끈!

시캄의 뿔이 얇은 이쑤시개 부러지듯이 허무하게 꺾였다.

[끄왁! 이, 이게 대체 뭐야?]

놀란 시캄이 황급히 거리를 벌리려고 들었다.

뜻대로 되지 않았다. 어느새 이탄이 그림자처럼 시캄을 따라잡은 탓이었다. 이탄은 시캄에게 바짝 달라붙은 다음, 상대의 허리에 오른쪽 주먹을 푹 꽂아 넣었다.

시캄은 팔꿈치로 이탄의 공격을 막으려 했다.

어림도 없는 생각이었다. 이탄의 주먹은 낫처럼 생긴 시캄의 뿔을 와장창 깨뜨린 다음 계속해서 파고들더니, 결국 시캄의 허리에 20센티미터 깊이로 파묻혔다.

말이 20 센티미터지, 이 정도면 주먹 2개 분량만큼 움푹 파고든 셈이었다.

[꺼헉!]

이탄의 주먹에 얻어맞은 순간, 시캄은 눈알이 튀어나올 뻔했다. 체내의 압력이 갑자기 높아지면서 벌어진 일이었다.

시캄은 단지 눈알만 뽑힐 뻔한 것이 아니었다. 순간적으로 시캄의 거구가 바닥에서 10 센티미터 높이로 붕 떠올랐다가 다시 내려앉았다.

[크와악—.]

시캄이 허리에서 피를 철철 흘리면서도 사이드 스텝을 밟아 옆으로 피했다.

"그냥 가려고?"

이탄이 반원을 그리며 시캄을 따라잡았다. 이탄은 집요하게 상대를 물고 늘어지면서 오른손으로 시캄의 허리를 한 번 더 후려치는 척했다.

시캄이 기겁을 하며 몸을 비틀었다.

한데 이것은 이탄의 페인트 모션(Feint Motion: 속임수 동작)이었다. 이탄은 오른손을 날리는 척하면서 왼손 중지를 뻗어 상대의 무릎에 꽂아 넣었다.

마치 뭉툭한 막대기로 찌른 것처럼 푹!

[끄왁.]

시캄이 또다시 비명을 질렀다. 이탄의 왼손 중지가 그의 무릎 바로 위쪽 연골을 부수고 끝까지 파고들었는데, 그 고통이 장난이 아니었다.

더 무서운 일은 그 다음에 벌어졌다. 이탄은 중지를 상대의 무릎 연골에 박은 상태에서 나머지 네 손가락으로 무릎 뼈 전체를 감싸 잡았다. 그런 다음 상대의 정강이를 뼈째로 우두둑 뽑아내었다.

마치 삶은 닭의 다리뼈를 뽑아내는 것처럼 우두둑!

정강이뼈가 통째로 발골되는 고통에 시캄이 입을 쩍 벌렸다. 어찌나 고통스러웠던지 시캄은 비명도 제대로 지르지 못했다. 물 밖으로 나온 물고기처럼 그냥 입만 벙긋거렸다.

그렇게 몸부림을 치는 바람에 시캄의 상체가 앞으로 수그려졌다. 지상으로부터 3 미터가 높이에 있던 시캄의 머리가 이제 이탄과 같은 눈높이까지 내려왔다.

이탄은 기다렸다는 듯이 오른손을 날렸다.

쾅!

시캄이 황급히 손을 들어 가드를 올렸으나, 이건 지푸라기로 해머를 막으려는 것과 다를 바가 없었다. 이탄의 손은 시캄의 팔뚝을 단숨에 부순 다음, 안으로 파고들어 시캄의 턱을 후려쳤다.

빠각 소리가 둔탁하게 울렸다. 시캄의 머리는 정면에서 보았을 때 90도 각도까지 회전했다. 순간적으로 목이 삐끗하면서 시캄의 눈이 풀렸다.

턱을 얻어맞아 뇌진탕이 일어난 것이다.

[크우우.]

시캄의 거구가 앞으로 고꾸라졌다.

이탄은 쓰러지는 시캄의 머리채를 오른손으로 꽉 잡고는 가볍게 말아 쥔 왼손으로 상대의 뒤통수를 내리찍었다.

빠악!

뼈 부러지는 소음과 함께 시캄의 뒤통수가 함몰되었다.

[꾸르륵.]

시캄은 뼈가 없는 연체동물처럼 축 늘어졌다. 다만 이탄에게 붙잡힌 그의 머리만이 허공에 대롱대롱 들려있을 뿐이었다.

이탄이 갑자기 하늘에서 뛰어내려 17호의 앞을 불쑥 가로막고, 시캄과 툭탁 툭탁 다툼을 벌이고, 그 와중에 시캄의 뿔을 2개나 부러뜨리고, 결국 시캄의 턱과 뒤통수에 연타를 날려서 기절을 시키기까지 걸린 시간은 불과 몇 초도 지나지 않았다.

"이런 미친!"

17호는 너무나 놀라서 말을 잇지 못했다. 그녀가 애써 침착한 척을 하려고 했으나, 손가락이 바르르 떨리는 것까지 막지는 못했다.

Chapter 6

안타깝게도 이탄의 무력을 목격한 사람은 오직 17호밖에 없었다. 28호와 61호는 슈발리 3명에게 따라잡혀서 중상을 입었다. 2명의 요원들 모두 기력이 빠지고 정신이 가물가물한 판국이라 이탄과 시캄의 전투 장면을 보지 못했다.

3명의 슈발리들의 신세는 더욱 처참했다.

시캄을 제압한 뒤, 이탄은 손바닥 사이에서 빛의 씨앗, 즉 광정을 키워냈다.

번쩍!

작은 한 점에 응집되고 또 응집된 광정이 이탄의 손바닥을 떠나 허공을 휙 갈랐다. 광정은 이탄의 지시에 따라 둥근 궤적을 그리며 날아갔다.

퍼버버벅!

연달아 관통당하는 소리가 울렸다. 이탄이 날린 광정이

슈발리 3명의 머리통을 차례로 꿰뚫는 소리었다.

[꺽.]

그나마 가장 마지막으로 머리가 뚫린 슈발리만이 외마디 비명을 남겼다. 그보다 앞서서 죽은 2명의 슈발리는 비명 한 마디도 남기지 못하고 뇌에 구멍이 뚫려서 즉사했다.

이제 이탄의 무력을 목격한 목격자들은 다 죽었다. 생존자는 17호 단 한 명뿐이었다.

이탄이 17호에게 다가섰다.

"으읏."

반쯤 부서진 가면 속에서 17호의 눈동자가 바르르 흔들렸다. 세상 그 어떤 일에도 담담하게 맞설 것 같은 노련한 여전사가 이탄에게 겁을 집어먹은 상황이었다. 17호는 자신도 모르게 한 발짝 뒷걸음질 쳤다.

"나를…… 어찌할 셈이냐?"

17호가 용기를 쥐어짜서 물었다.

17호가 판단컨대 조금 전 이탄이 보여준 무력은 모레툼 교단의 그 어떤 추기경도 감당할 수 없을 만큼 압도적이었다. 심지어 비크 교황도 자크르의 총통인 시캄을 어린아이 다루듯이 이렇게 쉽게 때려잡을 수는 없었다.

17호는 심장이 철렁 내려앉았다.

'비크 교황도 이 49호에 비하면 아무것도 아니구나.'

17호가 부지런히 머리를 굴렸다.

'나의 짧은 지식으로 보았을 때, 49호는 백 진영의 삼대 세력에서도 쉽게 찾아볼 수 없는 수준의 강자다. 시시퍼 마탑이나 아울 검탑, 혹은 마르쿠제 술탑에서도 이 정도 수준의 강자라면 최상위급의 대접을 받을 게 분명해. 그런데 대륙을 발칵 뒤집어 놓을 만한 초강자가 은화 반 닢 기사단이라는 목줄을 차고 묵묵히 사냥개 노릇만 한다? 뭐가 아쉬워서? 만약 49호가 일부러 목줄을 차고 사냥개 노릇을 한다면 그럴 만한 사연이 있겠지.'

17호는 이탄에게 숨겨진 바가 있을 것이라고 판단했다. 그리고 대게 이런 경우, 사연이 있는 초강자의 비밀을 알게 된 목격자들은 강제로 입막음을 당하게 마련이었다. 17호는 이탄이 자신을 살해하여 입을 막을 것이라 짐작했다.

'네놈이 나를 죽일 수 있을지는 몰라도 내게서 우리 모레툼 교단의 비밀을 캐내지는 못할 것이니라. 네게 포로로 잡히느니 차라리 죽겠다.'

17호가 결연한 표정을 지었다. 17호는 이빨 사이에 혀를 끼워 넣은 뒤, 언제라도 깨물 준비를 마쳤다.

"아얏!"

17호는 실제로 혀를 깨물었다.

죽기 위해서 혀를 깨문 것이 아니었다. 17호는 귓가에

들리는 이탄의 속삭임이 너무 놀라워서 실수로 혀끝을 물
어버렸다.

"추심 기사단의 선배님이시죠? 정식으로 인사드리겠습
니다. 저는 추심 기사단의 별동대인 더 데이의 별동대장 이
탄이라고 합니다."

이탄은 17호를 향해 정중하게 인사했다.

"뭐, 뭣?"

17호의 귀에는 이탄의 속삭임이 마른하늘에 날벼락 떨
어지는 소리처럼 들렸다. 17호의 동공이 더할 나위 없이
크게 확대되었다.

사건의 전말은 이러했다.

이탄이 솔노크 시의 모레툼 지부 앞에 막 도착했을 때,
길거리를 우르르 달리던 어린아이들 가운데 한 명이 실수
로 이탄과 툭 부딪쳤다.

이탄은 어린아이의 의도적인 접근을 알면서도 그냥 부딪
치도록 내버려 두었다. 그런 다음 그는 쓰러진 아이를 일으
키고, 바지에 묻은 흙도 툭툭 털어주었다.

이때 이미 이탄의 손에는 종이쪽지 하나가 들어와 있었
다. 어린아이를 이용하여 메시지를 전달하는 것은 추심 기
사단 특유의 수법이었다. 또한 이탄에게 종이쪽지를 보낸

장본인은 추심 기사단의 부단장인 나바리아였다.

나바리아는 철저하게 베일에 싸여 있는 여인으로, 사실은 수의 사원에 소속된 몽크였다. 그런데 오래 전 슈로크 추기경이 그녀와 인연을 맺고 손녀인 레오니를 부탁했다.

그때부터 나바리아는 레오니의 후견인이 되어서 세상의 온갖 풍파로부터 레오니를 지켜주었다.

아주 극소수만이 아는 사실이지만, 레오니 추기경은 나바리아를 유모라고 부르며 세상에서 가장 믿고 의지했다.

추심 기사단의 대장과 조장들도 나바리아를 '장막 속의 대모님'이라 부르며 존경했다. 특히 레오니 추기경의 오른팔인 애꾸눈 하비에르는 나바리아의 친아들이었다.

이탄은 예전에 다람쥐 배송 퀘스트를 수행할 당시에 레오니 추기경과 하비에르를 도와준 적이 있었다. 이것이 계기가 되어 이탄은 추심 기사단에 가입했고, 그 후로도 하비에르와 한두 차례 연락을 주고받았다.

이번에 이탄과 나바리아 사이에 교량 역할을 한 사람도 하비에르였다. 나바리아는 친아들인 하비에르를 통해서 이탄에게 긴급연락을 취했다.

어린아이가 전달한 종이쪽지 안에는 나바리아가 이탄에게 보낸 메시지가 간략하게 요약되어 있었다.

1. 현재 비쿄 교황이 은거 중임.

2. 교황이 자리를 비운 사이에 세본 추기경이 교황의 대행역을 맡아서 교황청을 좌지우지하는 상황임.

3. 역사적으로 보았을 때 1인자가 자리를 비우고 2인자가 그 권력을 대신 휘두를 때가 가장 위험한 순간이며, 이때 1인자와 2인자의 사이가 멀어지는 경우가 태반임.

4. 이 기회에 세본과 비쿄의 사이를 벌려놓아야 그 날의 진실을 파헤칠 수 있을 것임.

5. 세본의 친아들인 미유 주교가 전임자인 아나톨 주교의 자리를 물려받아 솔노쿄 시의 지부장으로 봉직 중임.

6. 우리 추심 기사단에서는 오래 전부터 미유를 이용하여 비쿄와 세본 사이를 벌려 놓으려는 공작을 준비하고 있었음.

7. 최근 윗선으로부터 이번 공작에 대한 결재가 떨어졌음.

여기까지 읽은 뒤, 이탄이 중얼거렸다.

"이 쪽지에 적힌 윗선이란, 추심 기사단의 단장인 레오니 추기경을 가리키는 것이겠지?"

이탄은 예전에 뉴부로도 시에서 만났던 레오니를 잠시 떠올렸다.

Chapter 7

이탄이 종이쪽지를 계속해서 읽어내려갔다.

8. 추심 기사단에서 미유 주교에 대한 처리를 마치면, 세본 추기경은 반드시 아들의 죽음을 파헤치기 위해서 은화 반 닢 기사단을 움직일 것임.

9. 은화 반 닢 기사단의 성기사들 가운데 미유 주교 피살사건에 누가 투입될지는 미리 예측하기 어려움.

10. 다행히 은화 반 닢 기사단의 고참급에 아군이 침투해 있으며, 우리는 그 고참급 아군이 이번 작전에 투입되어 상황을 주도할 수 있도록 계획하였음.

11. 그런데 예상 밖으로 더 데이의 별동대장인 이탄 신관도 이번 작전에 투입되었음.

12. 이번 사건은 이탄 신관과 관련성이 높으므로, 작전의 성공을 위해서 더 데이의 별동대장인 이탄 신관의 적극적인 협조를 요망함.

쪽지를 읽으면서 이탄은 가슴이 두근두근 뛰었다.

'드디어 때가 왔구나.'

이탄은 다 읽은 쪽지를 모두 외운 다음 즉각 파기했다. 종이쪽지에 적힌 내용 가운데 특히 10번 항목이 이탄의 뇌리에서 잊히지가 않았다.

'역시 추심 기사단은 만만한 곳이 아니로구나. 어느 틈에 은화 반 닢 기사단 속에 이중첩자를 심어놓았을까? 게다가 평범한 요원이 아니라 고참급 성기사라지? 대체 그 고참 성기사가 누굴까?'

이탄은 은화 반 닢 기사단에 침투한 첩자가 누구인지 내심 궁금했다.

그러는 가운데 솔노크 지부장실에서 회의가 시작되었다. 28호와 56호, 61호가 차례로 이탄과 인사를 나눴다.

이탄은 인사를 나누면서 상대 요원들을 세심히 살폈다. 이탄이 판단하기에 56호와 61호는 고참 성기사라고 불릴 만하지 않았다.

'그렇다면 혹시 28호가 추심 기사단인가?'

이탄은 은근히 28호를 물망에 올려놓았다. 이탄은 28호에게 접근해서 슬쩍 찔러보려는 시도도 하였다.

하필 그때 지부장실 문이 벌컥 열렸다. 새로 등장한 요원은 다름 아닌 17호였다.

'이거구나!'

17호를 대한 순간, 이탄의 뇌리에 번쩍하고 불똥이 튀었다.

'17호였어. 그녀가 바로 레오니 추기경과 나바리아의 명을 받아 은화 반 닢 기사단에 침투한 고참 요원이었다고.'

물론 아직까지 이탄이 사실관계를 명확하게 확인한 것은 아니었다. 17호가 이중첩자인지 아닌지는 아직 모르는 일이었다.

그러니까 이것은 이탄의 개인적인 직감일 뿐이었다. 하지만 이탄은 자신의 직감이 틀림없을 것이라고 확신했다.

그게 불과 몇 시간 전의 일이었다.

"뭐? 추심 기사단의 선배? 그게 대체 무슨 소리지?"

17호는 애써 시치미를 떼었다.

말은 이렇게 하였으나 17호의 얼굴에는 당황한 기색이 역력했다.

이탄이 다시 한번 했던 말을 반복했다.

"선배님이 맞지 않습니까. 저는 추심 기사단 휘하 더 데이의 별동대를 맡고 있는 이탄이라고 합니다. 나바리아 님으로부터 연락을 받았습니다."

"음!"

나바리아라는 이름에 17호의 눈빛이 달라졌다.

세상에 나바리아의 본명을 알고 있는 사람은 거의 없었다. 수의 사원 소속 몽크인 나바리아는 슈로크 추기경의 숨겨진 패였다. 5년 전 슈로크가 급작스럽게 죽은 이후, 나바리아는 슈로크의 손녀인 레오니를 도와서 후견인이 되어주었다.

죽은 슈로크 추기경도, 그리고 레오니 추기경도 나바리아를 양지에 드러내지 않았다. 나바리아도 자신의 이름이 세상에 드러나는 것을 원치 않았다. 심지어 추심 기사단의 대장이나 조장들도 나바리아에 대해서는 거의 알지 못했다.

한데 이탄이 나바리아라는 숨겨진 이름을 입에 담았다. 17호는 미심쩍어하면서도 짐짓 목청을 높였다.

"나바리아? 그게 누군데? 대체 지금 무슨 소리를 하는 게야? 도대체 너의 정체는 무엇이냐?"

17호가 오히려 이탄을 추궁했다.

이게 실수였다. 17호가 뚝 잡아떼자 이탄의 표정이 차갑게 돌변했다.

"이런! 당신은 추심 기사단의 선배가 아니었군. 그렇다면 내가 조금 전에 괜히 입을 잘못 놀렸네? 이걸 어쩌나? 내가 실토한 이야기가 은화 반 닢 기사단의 늙탱이들에게 들어가면 곤란한데 말이야."

"뭐라고? 늙탱이라고?"

이탄의 저급한 단어 선택에 17호가 당황했다.

그때 이미 이탄의 손은 17호의 멱살을 붙잡은 상태였다. 이탄의 손이 얼마나 빨랐던지 17호는 자신의 목이 언제 상대에게 붙잡혔는지 파악도 못 했다.

이것은 무한시의 권능 덕분이었다. 조금 전 이탄은 시간을 거의 0으로 멈춰놓은 상태에서 17호의 멱살을 붙잡았다.

"케엑!"

17호는 그대로 심장이 멈추는 줄 알았다. 아무런 낌새도 느끼지 못한 채 상대방에게 멱살을 잡힌 것도 놀랄 일인데, 이탄의 악력도 상상을 초월했다. 이탄에게 멱살을 잡힌 순간, 17호는 '여기서 도저히 빠져나갈 수 없겠구나.' 라는 절망감을 느껴야 했다. 이탄의 손에 붙잡힌 것이 마치 그녀에게는 산맥과 산맥 사이에 꽉 끼어버린 듯한 압박감을 안겨주었다. 17호의 등에 식은땀이 주륵 흘렀다.

이탄은 오른손으로 17호의 멱살을 잡은 뒤, 그녀의 머리에 자신의 왼손을 얹었다. 병뚜껑을 돌려서 따듯이 이대로 상대의 머리를 따버리겠다는 것이 이탄의 생각이었다.

17호도 이탄의 의도를 읽었다.

"잠깐만!"

17호가 재빨리 악을 썼다.

아슬아슬한 타이밍이었다. 17호의 반응이 조금만 늦었더라면 이미 그녀의 목은 360도 회전하여 끊어졌을 뻔했다. 이탄은 사람의 생명을 앗아가는 데 망설임이 전혀 없는 타입이었다. 마음에 내키지 않으면 일단 죽이고 보는 것이 이탄이었다.

어쨌거나 17호가 타이밍을 잘 잡은 덕분에 이탄은 그녀의 머리로부터 손을 떼었다.

"잠깐만. 조금 전에 내게 무슨 짓을 하려고 했지? 어엉?"

17호가 이탄에게 바락바락 따져 물었다.

Chapter 8

이탄은 시큰둥하게 대꾸했다.

"무슨 짓이라니? 나는 그저 그쪽이 추심 기사단 선배가 아니라기에 입을 막으려고 했을 뿐이야. 내 비밀을 은화 반 닢 기사단의 늙탱이들 귀에 들어가도록 그냥 내버려 둘 수는 없잖아? 안 그래?"

막 나가기로 작정을 했는지 이탄은 존칭도 생략했다.

"뭐랏? 네, 네놈……."

17호는 말문이 턱 막혔다.

"입막음은 당연한 것 아냐? 그쪽이 한번 내 입장이 되어서 생각해 보라고. 그쪽이 나라면 어떻게 행동했겠어?"

"그건!"

"이제 말귀를 좀 알아들었겠지? 그러니까 그만 죽어주쇼."

이탄이 다시금 손을 뻗어 17호의 머리에 왼손을 얹었다. 이대로 닭 모가지 비틀 듯이 17호의 목을 돌려버리겠다는 뜻이었다.

17호가 다급히 외쳤다.

"잠깐. 잠깐만. 뭐가 이렇게 성미가 급해? 엉?"

"하아. 이 할망구가 자꾸 왜 이렇게 질척거린대? 그쪽은 추심 기사단의 선배가 아니라며? 그런데 왜 자꾸 맥을 끊어 놔? 그쪽이 한 번 내 입장이 되어보라고. 나는 어떻게든 할망구의 입을 막아야 할 형편이라고. 그러니 곱게 멱을 따게 나 좀 방해하지 마."

이탄은 섬뜩한 막말을 아무렇지도 않게 내뱉었다. 그러면서 왼손에 살짝 힘을 주었다.

"끄앗."

이탄의 손가락이 어찌나 단단했던지 17호는 커다란 쇠집게로 머리를 꽉 조이는 듯한 충격을 맛보았다. 이탄의 괴력이 얼마나 무서웠던지 17호의 목뼈가 단숨에 비틀리면서 우두둑 소리를 내었다.

사람이 목뼈가 으스러지고 척수에 손상이 가면 온몸의 근육도 풀리게 마련이었다. 그 즉시 17호는 항문이 열리고 내장 속에 들어 있는 내용물들을 쭉쭉 싸면서 더럽게 죽어갈 것이 뻔했다.

'안 돼!'

17호는 그런 상상을 하는 것만으로도 모골이 송연했다. 어찌나 다급했던지 17호는 조금 전 이탄이 그녀를 할망구라고 불렀다는 사실마저도 깨닫지 못했다.

"잠깐만. 케엑켁켁. 케엑켁. 잠깐만 멈춰."

17호가 또다시 이탄을 불러 세웠다.

이탄이 버럭 짜증을 내었다.

"거 참, 이 할망구 참 말귀를 못 알아듣네. 그렇게 자꾸 맥을 끊으면 어떻게 해? 아프지 않게 머리통을 뽑아줄 테니까 잠시만 좀 참아보고."

"그러지 마. 켁켁. 머리통 같은 거 마구 뽑지 마. 켁켁. 나는 추심 기사단이 맞다. 케엑 켁. 추심 기사단의 성기사가 내 정체라고."

17호가 필사적으로 자신의 정체를 밝혔다.

이탄은 미심쩍은 듯 17호를 빤히 살폈다.

"진짜?"

이탄은 이런 질문과 함께 90도쯤 돌아갔던 17호의 머리를 슬그머니 제자리로 돌려놓았다.

17호가 계속해서 켁켁거렸다.

"케엑. 켁. 켁켁. 진짜다. 진짜야. 돌아가신 슈로크 님과 레오니 님의 명예를 걸고 맹세한다. 켁켁켁."

17호의 눈에서는 의도하지도 않은 눈물이 줄줄 흘렀다.

이것은 서러워서 터져 나온 눈물은 아니었다. 17호의 목과 얼굴 근육이 뒤틀리면서 발생한 생리현상이었다.

이탄이 고개를 갸우뚱했다.

"내가 할망구의 말을 어찌 믿지?"

"켁켁. 믿어. 제발 좀 믿으라고. 케엑, 켁켁. 나를 정 믿지 못하겠으면 나바리아 님과 삼자대면이라도 하자."

어찌나 다급했던지 17호는 나바리아까지 들먹였다.

17호의 생각에 이탄은 정신상태가 좀 이상했다. 비록 그의 무력은 상상을 초월할 정도로 막강하고, 머리도 영민하게 잘 돌아가는 것 같지만, 그래도 정상적인 사람 같지는 않았다. 이탄은 어딘지 모르게 비인간적이었다.

생명을 앗아가는 것을 너무나 쉽게 생각한다고나 할까? 아니면 무언가가 결여되어 있다고나 할까?

여하튼 이탄은 17호가 난생 처음 겪어보는 섬뜩한 타입이었다.

만약에 17호가 이탄에게 믿음을 주지 못한다면?

'그러면 이 녀석은 그대로 내 머리통을 뽑아버릴 게야. 대체 나바리아 님은 어디서 이런 괴물 같은 놈을 키웠지? 아니, 그것보다는 어떻게 이런 녀석이 은화 반 닢 기사단에 들어갔을꼬? 비크 교황은 말을 잘 들을 만한 사냥개들만 은화 반 닢 기사단에 넣어두는데, 이탄이라는 녀석은 그 틀에 맞지가 않잖아?'

17호의 머릿속에는 의문이 한가득이었다.

이탄이 그런 17호를 향해서 씨익 웃었다.

사실 이탄은 17호를 진짜로 죽일 마음이 없었다. 이탄은 솔노크 지부에서 17호를 처음 만났을 때부터 그녀가 추심 기사단 소속이라고 확신했다. 그리고 그 확신은 지금도 변함이 없었다.

그러니까 조금 전 이탄이 17호의 목을 비틀어 버리려고 한 것은 연기였다. 17호를 제대로 압박하기 위한 연기.

이탄과 17호는 인적이 없는 곳으로 자리를 옮겼다.

자리를 뜨기 전, 이탄은 시캄을 들쳐 업었다.

시캄의 육중한 몸뚱어리도 이탄에게는 솜털처럼 가벼웠다. 이탄은 오른쪽 어깨에 시캄을, 왼손으로는 28호와 61호를 들었다. 이들 3명 모두 정신을 잃은 상태로 이탄에 의해 대롱대롱 운반되었다.

조금 전까지 치열하게 전투가 벌어졌던 구역은 슬슬 봉쇄될 기미가 보였다. 전투 소식을 듣고 달려온 솔노크 시의 치안대가 폐허로 변한 시가지의 모습에 깜짝 놀라 병력을 증원 배치했다. 인근 수로에도 치안대의 쾌속정들이 쫙 깔렸다.

이탄과 17호는 치안대원들의 날카로운 눈을 피해서 적당한 다리 밑으로 들어갔다. 둘 다 은신의 가호가 가능하고 신속했기에 치원대원들을 속이는 것은 일도 아니었다.

아치형 다리 밑 둔치의 앞쪽에는 강물이 빠르게 흘렀다. 조금 전 전투 때문인지 인적은 전혀 없었다.

이탄은 시캄과 28호, 61호를 둔치 바닥에 눕혀놓았다. 그런 다음 17호와 나란히 난간에 기대어 대화에 돌입했다.

"선배는 이번 일에 어디까지 개입되었습니까?"

이탄이 17호를 다시 선배로 대접해주었다.

"허."

17호는 상대의 뻔뻔함에 혀를 내둘렀다. 그녀는 이탄의
태도가 어이가 없었으나, 그래도 이것을 가지고 이탄과 실
랑이를 벌일 마음은 없었다.

제6화

이간질과 오해

Chapter 1

잠시 후, 17호의 입에서 놀라운 비밀이 흘러나왔다.

"내가 어디까지 개입되었는지 알려줄 수는 없다. 하지만 추심 기사단에서 미유 주교를 처리한 것은 사실이다."

귀로 직접 들으니 놀랍기는 했으되, 미유의 죽음에 추심 기사단이 개입했다는 점은 이탄도 어느 정도 짐작했던 바였다.

"역시 그랬군요."

이탄은 순순히 수긍했다.

17호는 한숨과 함께 손으로 자신의 얼굴을 쓸어내렸다.

"휴우우우. 참으로 불행한 일이야. 추심 기사관과 은화 반 닢 기사단은 다 같이 모레툼 님을 섬기는 형제자매들이건만 우리의 손으로 서로를 해치게 되다니. 참으로 불행한 일이 벌어졌어."

"……."

17호의 나약한 소리에 이탄은 어이가 없었다.

다행히 17호의 한탄은 오래 가지 않았다.

"그래도 어쩌겠는가. 미유 주교를 건드려야 세본 추기경을 날뛰게 만들 수 있고, 세본이 날뛰어 주어야 비로소 비크 교황의 약점이 드러날 테니까 어쩔 도리가 없지."

"그래서 일부러 유척으로 미유의 뒤통수를 깨트렸군요. 세본 추기경으로 하여금 5년 전 아나톨 주교의 피살 사건을 연상케 만들려고 말입니다."

"그렇지. 분명히 그런 의도가 있었지."

17호는 순순히 시인했다.

그러자 이탄은 나름 추측한 바를 17호 앞에서 풀어놓았다.

"아들이 죽었으니 세본 추기경은 눈이 홱 돌아갔을 테고, 아들을 죽인 범인을 파헤치기 위해서 그가 은화 반 닢 기사단을 움직일 것은 뻔한 수순이었을 테지요. 내 추측이 맞습니까?"

"맞다. 우리는 일부러 타이밍을 이때로 잡았다. 은화 반

님 기사단의 다른 고참 성기사들이 모두 작전에 투입되어 바쁠 때, 그러면서도 나는 시간이 허락될 때. 딱 그 타이밍을 맞춰서 미유 주교를 해치운 게다. 그런데 우리가 한 가지를 계산하지 못했더구나. 나뿐만이 아니라 네 녀석까지도 작전에 투입될 줄은 나바리아 님도 몰랐던 모양이다. 세상에 그걸 누가 알았겠어. 푸우우."

17호가 이탄을 가리키면서 푸념 섞인 말을 내뱉었다.

이탄이 손가락을 좌우로 까딱여 17호의 푸념을 끊었다.

"선배. 중간에 내 이야기로 새지 말고 본론에만 집중합시다. 그래서, 선배는 이번 사건을 어떤 방향으로 끌고 갈 생각이었습니까? 남부의 자크르 무리들까지 끌어들여서 흑진영의 소행으로 꾸미려고 했나요? 그래 봤자 추심 기사단에게 어떤 이익이 있을까요? 레오니 추기경님에게도 딱히 이득이 없을 텐데요."

이탄의 지적은 날카로웠다.

17호가 곧바로 반박했다.

"자크르는 우리가 끌어들인 게 아니야."

"으잉?"

이탄이 눈을 동그랗게 떴다.

17호는 하나하나 상황을 설명했다.

"우리는 슈로크 추기경님의 죽음에 비크 교황이 개입했

다고 의심하는 중이다. 비록 5년 전에는 슈로크 추기경님의 죽음이 흑 진영의 짓이라고 결론이 났으나, 우리는 그 결론을 믿지 않는다. 레오니 님도 당연히 믿지 않으시지."

"그건 나도요."

이탄이 맞장구를 쳐준 다음, 집요하게 질문을 던졌다.

"그렇다면 선배는 미유의 피살사건을 누구의 짓으로 몰아갈 생각이었습니까? 혹시 은화 반 닢 기사단에게 덮어씌울 생각이었습니까? 세본 추기경이 머리 꼭대기까지 화가 치밀어 은화 반 닢 기사단을 해체할 것을 바라면서?"

세본이 실제로 은화 반 닢 기사단을 해체한다면?

그럼 비크 교황의 가장 강력한 무기가 사라지는 셈이었다.

하지만 세본이 미치지 않고서야 그런 일을 저지를 리 없었다. 설령 세본이 원한다고 하더라도 비크가 은화 반 닢 기사단의 해체를 용인할 가능성은 제로였다.

17호가 대놓고 코웃음을 쳤다.

"하! 미유 주교의 죽음을 은화 반 닢 기사단에게 덮어씌운다고? 네 생각에는 그게 가능할 것 같으냐?"

이탄은 대뜸 머리를 가로저었다.

"아뇨. 당연히 불가능할 것 같은데요. 그걸 잘 알면서도 왜 추심 기사단은 미유 주교를 죽인 겁니까? 그의 죽음을 통해서 은화 반 닢 기사단을 분열시키기도 힘들뿐더러, 비크 교황에게 직접적인 타격을 줄 수도 없잖습니까."

이탄의 질문에 17호가 손가락을 하나 들었다.

"힌트를 하나 주지."

"힌트요?"

"우리는 5년 전 아나톨 주교를 죽인 자가 은화 반 닢 기사단의 요원일 것이라 의심하는 중이다. 그것도 보조요원이 아니라 전투요원 중 한 명이 범인일 것이라 추측하고 있다. 최소한 전투요원 급은 되어야 아나톨 주교를 죽일 수 있었을 테니까."

"오!"

이탄이 눈을 반짝 빛냈다.

17호가 씁쓸하게 입맛을 다셨다.

"솔직히 말해서 나바리아 님의 가장 큰 의도는 그 요원을 찾아내는 것이었다. 한데 작전 중에 자크르 무리와 부딪치면서 일이 꼬였지. 그 와중에 너 같은 괴물도 만나게 되었고. 쯧쯧쯧쯧."

"그렇다면 세본 추기경을 자극하려고 아나톨의 죽음을 흉내 내었던 것이 아니었네요. 그보다는 5년 전 아나톨 주교를 죽인 진범을 자극하려고 과거의 살인사건을 흉내 내었군요."

이탄이 예리하게 정곡을 찔렀다.

17호는 머리를 절레절레 내저었다.

"휴우우. 정말 식견이 날카롭군. 그래. 네 말이 맞다. 우리는 일부러 미유 주교를 아나톨 주교와 같은 방식으로 해치웠지. 5년 전 아나톨을 죽인 진범이 이 사실을 알게 되면 어떤 행동을 할 것인지를 예측하면서 말이야."

"흐음. 확실히 내가 진범이라면 궁금할 것 같긴 하군요. 누가 자신의 행동을 흉내 내어 미유 주교를 죽였는지 궁금해서라도 현장에 와 볼 것 같아요."

이탄은 범인에게 감정이입을 해본 다음, 천천히 고개를 주억거렸다.

Chapter 2

그러다 이탄이 갑자기 무릎을 탁 쳤다.

"선배. 나바리아 님의 계획이 성공했다고 칩시다. 그렇다면 이번에 솔노크 시로 집결한 전투요원들 가운데 진범이 있을 확률이 높겠네요? 어디 보자. 누가 5년 전 사건의 진범일까? 전투요원 5명 가운데 선배와 나를 제외하면 남는 것은 3명. 28호, 56호, 그리고 61호네요. 선배는 이 3

명 중에 진범이 있다고 보는 거죠?"

"아마도."

17호가 짧게 고개를 끄덕였다.

그 순간 이탄의 입가에는 몸서리가 쳐질 정도로 새하얀 미소가 걸렸다. 그 미소가 이내 커다란 웃음으로 변했다.

"후후하하하하."

5년 전 사건의 용의자가 3명으로 압축되었다.

한데 이탄의 마음속에는 용의자가 3명이 아니라 한 명이었다. 이탄은 어느새 한 명을 특정 지어놓았다.

'28호나 61호는 범인과는 거리가 멀어. 역시 56호였어. 그 자식이 5년 전 사건의 진범이었다고. 감히 나에게 누명을 뒤집어씌우고 트루게이스 지부를 내 손에서 빼앗아간 장본인 말이야. 후후훗.'

이탄은 모레툼 지부장실에서 56호를 만났을 때부터 그를 수상하게 여겼다.

당시 56호는 유독 이탄을 비웃는 듯이 보였다. 이탄의 눈에는 56호가 이탄을 향해서 "이 바보 같은 녀석아. 5년 전 나에게 뒤통수를 거하게 얻어맞은 기분이 어떠냐?"라고 놀리는 것처럼 비쳐졌다.

그 56호가 지금 기절을 한 채 이탄의 손아귀에 떨어졌다.

'56호, 그 개자식이 내 인생, 아니 언데드생을 꼬이게 만들었으렷다? 물론 56호의 배후에는 비크 교황과 세본 추기경도 있지. 하지만 일단 네놈부터 지옥의 맛을 보여주고, 비크와 세본도 차례로 처단해주마. 감히 나를 엿 먹인 대가를 아주 톡톡히 치르도록 만들어 줄 것이야.'

이탄은 무릎 사이로 깍지를 끼고 손가락에서 우두둑 우두둑 소리를 내었다. 이탄의 어금니 사이에서도 뿌드득 소리가 울렸다.

지금 이탄의 표정이나 행동이 어찌나 섬뜩했던지 17호는 부르르 몸서리를 쳤다.

잠시 후, 17호가 이탄의 의견을 물었다.

"그래서 이제 뒤처리를 어떻게 하면 좋겠나?"

"일단 28호와 61호, 그리고 56호를 추심 기사단으로 옮겨야 하지 않겠습니까? 그 셋 중에 진범이 있을 확률이 높으니까요."

"56호는 실종되었어. 어쩌면 건물이 붕괴했을 때 그 밑에 깔렸을 수도 있지. 게다가 그 셋이 모두 사라지면 은화반 닢 기사단에서 수상하게 여길 게다."

이탄이 피식 웃었다.

"하하하. 선배. 뭐 하러 그런 걱정을 합니까? 우리는 무려 19명의 자크르 일당과 전투를 벌였습니다. 치열한 전투의 와중에 요원 셋쯤은 잃을 수도 있는 것 아닙니까?"

딴에는 그러했다.

현장에는 목격자들도 많았고 자크르 일당의 시체도 있으니 전투요원 3명이 실종되었다고 해서 원로기사들에게 의심을 살 이유는 없었다.

17호가 바닥에 축 늘어진 시캄을 가리켰다.

"그럼 시캄은 어떻게 설명할 게냐? 네가 흑 진영의 거물을 잡았노라고 원로기사들에게 보고할 생각이냐?"

"내가 미쳤습니까? 그랬다가는 당장 그 노친네들에게 의심을 받게?"

이탄이 펄쩍 뛰었다.

17호는 이탄의 이러한 점이 이해가 되지 않았다.

'정말 이해하기 어렵네. 이 이탄이라는 녀석은 저 무시무시한 시캄을 어린아이 가지고 놀듯이 두드려 팼잖아? 그런 괴물이 왜 은화 반 닢 기사단의 원로기사들에게 의심을 받는 것을 꺼려 하지? 솔직히 원로기사 12명이 힘을 합쳐 덤벼야 시캄 한 명을 겨우 감당할까 말까인데?'

17호의 관점에서 이 의문은 앞으로도 두고두고 풀리지 않을 수수께끼였다.

사실 이런 모순이 생기는 원인은 간단했다.

17호는 이탄을 한 사람의 어엿한 무사라고 여겼다. 모든 문제를 힘으로 해결하는 것은 무사 계급의 특징이었으며, 17호 본인도 이러한 성향을 지녔다.

만약 이탄이 무사의 성향이었다면, 자신보다 약한 원로기사들에게 질질 끌려다닐 일은 없었다. 아마도 이탄은 단숨에 원로기사들의 모가지를 따버렸을 것이다.

아니, 원로기사들만이 아니었다. 이탄은 비크 교황도 단숨에 해치운 뒤, 자유를 되찾았을 것이다.

하지만 이탄의 가치관은 무력에 있지 않았다.

이탄은 무력보다는 돈에 집착하였다.

자고로 돈을 가장 좋아하는 계급은 상인들이었다. 한데 이탄의 정체성은 정상적인 상인이라기보다는 음지에서 활동하는 고리대금업자에 가까웠다.

이탄의 이러한 정체성은 그가 어린 시절을 제대로 보내지 못한 탓에 잔뜩 뒤틀려서 형성된 바가 컸다.

솔직히 말해서 이탄의 어린 시절은 새카만 흑색이었다. 앞날이 전혀 보이지 않는 캄캄한 흑색 말이다.

그런 이탄이 트루게이스 시의 모레툼 신관이 되면서부터 조금씩 세상에 눈을 떴다.

어쩌면 그 전까지의 이탄은 깜깜한 알 속에 갇혀 있었고, 트루게이스의 신관이 되면서 비로소 알을 깨고 세상에 나온 것일지도 몰랐다.

그런 이탄에게는 돈 자체도 중요하지만, 그보다는 '절대로 내 돈을 잃지 않겠다는 의지'가 더 중요했다.

예를 들어서 어떤 신도 한 명이 이탄에게 은화 한 닢을 빚을 진 뒤 갈림길에서 서쪽으로 도망쳤다고 치자. 그런데 이탄이 그 갈림길에서 동쪽으로 가면 은화 한 꾸러미를 얻을 수 있다고 가정하자.

정상적인 상인이라면 당연히 동쪽으로 가서 금화 한 꾸러미를 차지할 것이다. 빚쟁이를 쫓아서 은화 한 닢을 회수하려다가 그 사이에 귀중한 금화 꾸러미를 다른 사람에게 빼앗기느니 은화 한 닢쯤은 과감하게 포기하는 것이 상인의 지혜였다.

이탄은 달랐다.

"금화 꾸러미라고? 그게 뭐가 중요하지? 나 같으면 악착같이 빚쟁이를 쫓아가서 붙잡은 다음, 은화 한 닢에 이자까지 톡톡히 붙여서 회수하는 것이 금화 꾸러미를 차지하는 것보다 훨씬 더 중요해 보이네. 여차하면 빚쟁이를 죽을 때까지 부려먹어서 금화 꾸러미만큼을 만회하면 되는 거 아냐?"

이탄은 서슴없이 이런 주장할 성향이었다.

오로지 추심을 통한 부의 축적.

이것이 곧 이탄의 이정표였다. 이탄에게는 오직 이것만

이 모레툼 신의 뜻을 따르는 길이었다.

'힘으로 깽판을 쳐서 은화 반 닢 기사단을 해체시키고, 비크 교황의 두 눈알을 뽑아버리는 행위는 얼마든지 할 수 있지. 여차하면 모레툼 교단도 다 때려 부술 수 있어. 하지만 그러면 트루게이스 시에 세운 내 지부는 어쩔 건데? 내가 깽판을 치는 바람에 금이야 옥이야 키워온 금쪽같은 내 지부가 훼손되면 어떻게 해?'

이탄의 성격상 이것은 도저히 있을 수 없는 일이었다.

Chapter 3

'나는 반드시 누명을 벗을 거야. 그리곤 신관으로 돌아가서 정정당당하게 내 지부를 되찾을 거라고. 후후훗. 그런 다음엔 트루게이스의 신도들 가운데 은화를 내지 않고 버텼던 자들에게 밀린 빚을 꼬박꼬박 다 받아내야지. 후훗.'

이탄은 평소에도 이런 상상을 하면서 혼자 웃곤 했다.

물론 이탄의 상상은 여기서 끝나지 않았다.

'어디 그뿐이겠는가. 그동안 나로 하여금 트루게이스 지부를 번창시킬 기회를 앗아간 자들이여, 이를 테면 비크 교황, 그리고 원로기사들이여. 너희들 또한 내게 밀린 이자를

내야 할 것이니라. 우하하하하.'

이탄의 상상은 단순히 머릿속에만 머물지 않았다. 지난 5년간 이탄은 외상장부를 하나 마련한 다음, 그 안에 그가 비크로부터 받아내야 할 이자를 꼬박꼬박 적어놓았다.

이탄의 장부에 따르면, 비크 교황이 이탄에게 내야 할 이자는 나날이 복리에 복리를 더하여 늘어간 탓에 지금은 모레툼 교단을 통째로 넘겨야 겨우 균형이 맞을 정도로 불어났다. 물론 쿠퍼 가문도 포함해서 말이다.

한편 은화 반 닢 기사단의 원로기사들이 이탄에게 치러야 할 이자도 만만치 않아서, 나중에 원로기사들이 이탄으로부터 이 청구서를 받으면 입에서 거품을 물고 쓰러지게 될 판국이었다.

17호와 대화를 나누던 와중, 이탄은 불현듯 외상장부의 존재를 떠올렸다.

'언젠가 비크 교황과 그 일당들, 그리고 은화 반 닢 기사단의 원로 영감탱이들로부터 이자를 반드시 받아내고야 말 테다. 후훗.'

이런 생각과 함께 이탄은 헤벌쭉 웃었다.

'뭐, 뭐야? 이놈.'

순간 17호의 온몸에 전기가 감전된 것처럼 소름이 쫙 돋았다. 이유는 잘 모르겠으나 17호는 이탄이 무력으로 시캄을 때려잡을 때보다 지금 헤벌쭉 웃는 웃음이 몇 배는 더 소름이 끼친다고 느꼈다.

이탄과 17호는 그 후로도 한동안 의논을 계속했다.

이번 까마귀 깃털 고르기 퀘스트의 현장 책임자는 어디까지나 17호였다. 은화 반 닢 기사단의 원로기사들은 물론이고, 추심 기사단을 진두지휘하는 장막 속의 대모 나바리아도 17호에게 전권을 위임했다.

이탄도 17호의 의견을 존중해 주었다.

17호가 다음과 같은 주장을 펼쳤다.

"일단 현재까지 벌어진 상황을 최대한 활용해야겠지. 이를테면 우리가 자크라와 맞붙었던 점을 써먹어서 미유 주교의 죽음도 자크라의 짓으로 몰아가자꾸나. 5년 전, 비크가 슈로크 추기경 님의 죽음을 흑 진영의 짓으로 몰아갔던 것처럼 말이다."

"5년 전과 지금을 똑같이 전개하자는 말이죠? 범행 수법도 5년 전과 비슷하고, 흑 진영의 짓으로 결론이 나는 것도 비슷하게 말입니다."

"우리가 그렇게 몰아가면 최소한 세본 추기경은 의심을 품을 게다. 그는 5년 전 사건이 흑 진영의 짓이 아니라는 점을 알고 있을 테니까 어쩌면 비크 교황을 의심할 수도 있겠지."

바로 이 대목에서 이탄은 중요한 점을 지적했다.

"5년 전 비크 교황의 목적은 라이벌인 슈로크 추기경님을 제거하는 것이었습니다. 그 와중에 비크는 비정하게도 자신의 오른팔이었던 아나톨 주교도 함께 버렸죠. 사람들의 의심을 피하기 위해서요. 그런데 지금은 비크 교황이 미유 주교를 버릴 이유가 없지 않습니까? 5년 전과는 상황이 다른 거죠."

"미유 주교를 버릴 이유야 가져다 붙이기 나름이겠지. 예를 들어서 세본 추기경이 최근에 모레툼 교단의 2인자로 급부상하지 않았더냐? 그러니까 비크가 세본이 부담스러워서 견제한 것일 수도 있고, 아니면 백과 흑 사이의 대전쟁을 유도하기 위한 희생일 수도 있고. 어차피 세세한 정황까지 완벽하게 짜 맞추기는 힘들다. 나바리아 님이 바라는 것은 그저 비크와 세본 사이에 조그만 불씨를 피워놓는 것이었느니라. 그러면 머리가 비상한 세본이 알아서 스스로 헛발질을 할 게다. 세본과 같은 자들은 의혹과 의심 때문에 동료를 믿지 못하고 스스로 파멸하는 경우가 종종 있으니까."

지금 17호의 입에서 나온 이야기는 결국 나바리아가 계획한 큰 그림 안에 들어 있었다. 다만 17호는 여기에 자크르와의 전쟁을 더했을 뿐이었다.

이탄도 나바리아의 계획이 그럴듯하다고 생각했다.

'어차피 내가 손해 볼 일은 없잖아? 비크와 세본에게 여러 가지 변수를 던져놓아서 나쁠 것은 없지.'

이탄이 17호에게 물었다.

"이제부터 제가 무엇을 하면 좋겠습니까?"

"일단 사건 현장으로 가서 자크르 무리의 시체부터 확보해야겠지. 은화 반 닢 기사단에 증거로 제시해야 하니까."

"더불어서 56호의 행방도 찾아야겠군요?"

이탄이 의뭉을 떨었다. 사실 56호는 이미 이탄이 확보해 놓은 상태였다.

17호의 눈동자 속에 차가운 기운이 스쳐 지나갔다.

"물론이다. 56호는 반드시 찾아서 추심 기사단으로 데려가야 해. 저기 누워 있는 28호, 61호와 함께. 3명 가운데 누가 과연 5년 전 사건의 진범인지 찾아야지."

이만하면 의논은 충분했다. 이탄이 자리를 털고 일어섰다.

"28호와 61호는 선배가 챙기십시오. 저는 사건 현장으로 가서 56호를 찾아보고, 또 자크르 녀석들의 시체를 최대한 확보하겠습니다."

이런 말과 함께 이탄은 시캄을 옆구리에 끼었다.

17호가 아쉬움에 입맛을 다셨다.

'시캄과 같은 거물을 포로로 잡으면 추심 기사단에게도 큰 도움이 될 텐데.'

하지만 17호는 이탄에게 시캄을 내어달라고 요구하지는 못했다. 이탄이 들어줄 것 같지 않아서였다.

17호가 머뭇거리는 사이, 이탄은 어느새 그녀의 눈앞에서 사라져버렸다.

"후우."

홀로 남은 17호는 머리를 절레절레 가로저었다.

한편 이탄은 은신의 가호로 몸을 투명화한 상태에서 전투가 벌어졌던 장소로 돌아왔다. 허물어진 건물 주변엔 솔노크 시의 치안대원들이 쫙 깔려 있었다.

이탄이 손가락을 튕기자 무한시의 권능이 발휘되었다.

째깍, 째깍, 째애깍, 째애애―애깍.

시계바늘 느려지는 소리가 이탄의 머릿속에 은은하게 울리는 듯했다.

잠시 후, 시간은 거의 0에 가깝게 느려졌다. 이탄은 멈춰진 시간 속에서 홀로 움직여 쓰러진 건물 속으로 들어갔다.

Chapter 4

건물 잔해 속에서 짓이겨진 슈발리 시체 몇 구를 꺼내는 일 따위는 이탄에게는 식은 수프 마시기나 다름없었다.

이탄은 대략 시체 10구만 발굴하여 밖으로 끄집어내었다. 나머지 시체들은 그냥 폐허 속에 내버려두었다.

이어서 이탄은 신발형 비행 법보를 구동하여 단숨에 구름 위로 올라갔다. 그곳에는 날개 달린 늑대가 56호와 슈발리 전사 한 명을 입에 물고 있었다. 당연히 이 늑대도 멈춰진 시간의 영향을 받았다.

이탄은 조각상처럼 우뚝 멈춰버린 늑대의 아가리를 벌려 56호를 빼냈다. 슈발리 포로도 끄집어내었다.

대신 이탄은 날개 달린 늑대의 입에 시캄의 옷가지를 물려주었다.

"56호는 추심 기사단에게 던져 줘야지. 슈발리 족의 포로는 은화 반 닢 기사단에 넘겨주면 될 거야. 하지만 시캄은 내가 직접 챙겨야지."

이것이 이탄의 의중이었다. 이탄은 56호와 슈발리 포로를 지상으로 데려왔다.

"이제 다 되었나?"

지상에 발을 디딘 뒤, 이탄이 손가락을 튕겼다.

째애애애애—애깍, 째애애깍, 째애깍, 째깍.

느려졌던 시간이 다시 정상으로 돌아왔다. 돌조각처럼 굳어있던 사람들이 다시 아무렇지 않게 활동했다.

이탄은 한 번 더 독백했다.

"미유 주교의 타살. 살짝 드러난 추심 기사단의 흔적. 56호의 실종. 자크르 무리의 북상. 과연 이 네 가지만으로 충분할까? 양념을 조금 더 치는 게 좋지 않을까?"

이탄은 곰곰이 생각을 하다가 아공간을 뒤져서 마법구슬을 하나 꺼냈다. 이 구슬은 시시퍼 마탑의 마법사들이 사용하는 통신 아이템이었다.

이탄은 마법구슬에 마나를 주입했다.

통신이 연결되자 마법구슬 표면에 아름다운 여인이 등장했다.

"앗. 이탄 신관님. 오랜만이에요."

구슬 속의 여인은 활짝 웃는 낯으로 이탄을 반겼다.

"씨에나 님, 잘 지내셨지요?"

"그럼요. 신관님도 무탈하셨고요?"

씨에나는 시시퍼 마탑 소속 마법사로, 지파장인 쎄숨의 제자였다. 공식적으로는 이탄도 쎄숨의 제자이므로 이탄과 씨에나는 서로 사형제간인 셈이었다.

"그나저나 신관님께서 어쩐 일이세요?"

"제가 도움을 받을 일이 좀 생겼습니다. 대륙 남부의 흑세력인 자크르 때문인데요…….."

이탄은 씨에나에게 간략하게 상황을 설명한 다음, 몇 가지 부탁을 했다.

마법구슬 속에서 씨에나가 선뜻 고개를 끄덕였다.

"알았어요. 자크르 소속 슈발리 일족의 시체를 시시퍼 마탑으로 가져와서 연구해보라는 말이죠? 시시퍼 마탑의 입장에서도 나쁠 건 없네요. 우선 스승님께 보고를 드린 다음, 허락을 해주시면 곧바로 마법진을 열어서 달려갈게요."

"네. 부탁드립니다."

이탄이 마법구슬을 향해 공손히 목례를 보냈다.

그로부터 한 시간쯤 뒤.

솔노크 시의 빈 공간이 꿀렁꿀렁 일그러졌다. 하늘에서는 마른벼락들이 콰르릉! 콰르릉! 연속해서 내리쳤다.

잠시 후, 공간의 뒤틀림 속에서 하늘색 로브를 입은 마법사 몇 명이 우르르 등장했다. 마법사들의 중심에는 씨에나가 서 있었다.

난데없는 시시퍼 마법사들의 등장에 솔노크 시의 치안대원들이 웅성거렸다.

"헉! 시시퍼 마탑이다."

"저 하늘색 로브는 시시퍼 마탑 마법사들의 징표라고."

"평소 마탑 밖으로 출입을 삼간다는 시시퍼 마탑이 솔노크 시까지 무슨 일이지? 혹시 조금 전 건물이 붕괴하고 치열한 전투가 발발했던 것과 관계가 있을까?"

"아마도 그럴 거야. 틀림없어."

은화 반 닢 기사단의 보조요원들도 시시퍼 마탑 마법사들의 등장에 깜짝 놀랐다.

시시퍼 마탑의 마법사들은 사람들의 이목을 신경 쓰지 않았다. 그들은 치안대원들이 둘러놓은 출입금지 표시도 무시한 채 은화 반 닢 기사단과 자크르 무리 사이에 전투가 벌어졌던 구역으로 진입했다.

솔노크의 치안대원들은 시시퍼 마탑이라는 명성에 짓눌렸기에 마법사들의 행동을 제지하지 못했다.

얼마 후, 하늘색 로브의 마법사들이 허물어진 건물 잔해 속에서 무언가를 찾아 밖으로 나왔다. 마법사들이 안고 있는 것은 흑 세력인 자크르의 4대 무력부대 가운데 하나인 슈발리 종족의 시체들이었다.

시시퍼 마탑의 마법사들은 그 시체들을 안고는 다시금 공간이동 마법진을 구현했다.

솔노크의 치안대원들은 시시퍼 마탑의 마법사들이 사라

지는 모습을 그냥 지켜볼 수밖에 없었다.

이것은 은화 반 닢 기사단의 보조요원들도 마찬가지였다. 333호가 안타까움에 발을 동동 굴렀다.

"저 시체들을 우리가 챙겨야 했는데. 이럴 때 49호 님은 대체 어디에 계신 거야?"

"그러게 말이에요."

412호도 분한 듯 발로 땅을 굴렀다. 412호는 56호를 섬기는 보조요원이었다.

그때 이탄이 피곤한 기색으로 나타났다.

눈처럼 새하얗던 이탄의 무복은 X자로 찢어진 상태였다. 가면도 반쯤 뜯어져 있었는데, 그 사이로 피가 묻은 이탄의 입가가 보였다.

"앗! 49호 님, 괜찮으세요?"

333호가 기겁을 했다. 333호는 진심으로 이탄을 걱정하는 눈치였다.

이탄이 손을 슬쩍 들었다.

"나는 괜찮다. 그나저나 이것들 좀 받아."

이탄이 줄을 잡아끌어 333호에게 내밀었다.

이탄이 건넨 줄에는 슈발리의 시체 열 구가 굴비처럼 엮여서 질질 끌려왔다. 더불어서 슈발리 생존자 한 명도 줄의 끝에 포박되어 있었다.

"아니, 49호 님, 이게 다 무업니까?"

333호의 눈이 휘둥그레졌다.

이탄은 어깨를 으쓱했다.

"다 봤을 텐데 뭘 물어? 조금 전 17호 님을 비롯한 우리 전투요원들이 자크르 무리와 정면으로 맞붙었잖아. 그 싸움의 여파로 저 구역 전체가 폐허가 되었고 말이야."

이탄은 턱으로 솔노크 치안대가 봉쇄 중인 구역을 가리켰다.

333호가 놀란 눈으로 되물었다.

"49호 님, 그렇다면 이 시체들과 포로는……?"

"그래. 내가 때려잡은 실적들이다. 총 10명의 적을 해치웠고, 한 명은 간신히 포로로 잡았지."

이탄이 자랑스럽게 가슴을 폈다.

Chapter 5

그때 412호가 불쑥 끼어들었다.

"49호 님, 하면 다른 분들은요? 저희 56호 님은요?"

이탄은 고개를 절레절레 저었다.

"그들은 나도 보지 못했구나. 전투의 여파로 건물이 쓰러질 때 17호 님께서 탈출하는 모습은 얼핏 보았는데, 다른 아군은 미처 살피지 못했어. 게다가 갑자기 시시퍼 마탑의 마법사들이 들이닥치는 바람에……."

이탄이 말꼬리를 흐렸다.

보조요원들도 시시퍼 마탑의 등장을 똑똑히 목격했다. 그들은 시시퍼 마탑의 마법사들이 공간이동 마법진을 펼쳐서 사라지는 모습도 두 눈에 담았다.

'시시퍼 마탑의 마법사들이 누군가를 데려가는 것 같던데?'

'맞아요. 거리가 멀어서 확실하지는 않았지만요.'

333호와 412호가 시시퍼 마법사들의 행동에 의문을 품었다.

그 날 56호는 끝끝내 모레툼 교단 솔노크 지부로 복귀하지 못했다. 이것은 28호와 61호도 마찬가지였다.

전투요원들 가운데는 오직 17호와 49호만이 살아서 돌아왔다. 둘 다 옷이 잔뜩 찢기고 무척 피곤해 보였다.

다음 날인 7월 7일 아침.

까마귀 깃털 고르기 퀘스트는 아직 종료되지 않았다.

은화 반 닢 기사단의 요원들은 미유 주교의 피살사건을 아직 명쾌하게 파헤치지 못한 상태였다. 그러니 퀘스트가 종료될 수가 없는 것이다.

다만 몇 가지 단서들이 보조요원들의 보고서를 통해 은화 반 닢 기사단의 어르신들에게 올라갔다.

원로기사들은 이 보고서를 다시 교황청으로 송부했다.

교황의 대리 역할을 맡은 세본 추기경이 시뻘겋게 충혈된 눈으로 보고서를 읽었다.

샅샅이 읽고, 또 읽고.

세본 추기경은 무려 다섯 번이나 통독한 끝에 보고서를 벽에 집어던졌다. 세본의 잇새로 짐승이 우는 듯한 소리가 새어나왔다.

"크흑. 크흑. 크흐으윽."

세본 추기경은 집무실 탁자에 양 팔꿈치를 얹고 10개의 손가락을 자신의 머리카락 속에 콱 박아 넣었다.

고개를 푹 숙인 세본의 두 눈동자가 핏빛으로 번들거렸다.

1. 기다란 막대기에 얻어맞아 뒤통수가 함몰된 친아들.

2. 추심 기사단의 등장.

3. 대륙 남부의 유명 흑 세력인 자크르 무리의 등장.

4. 은화 반 닢 기사단 56호의 실종.

5. 시시퍼 마탑의 등장.

이상 다섯 가지 단서들이 세본의 머릿속에서 뱅글뱅글 맴돌았다.

'어쩜 이렇게 닮았을꼬? 5년 전과 어쩜 이렇게.'

세본의 턱이 푸들푸들 떨렸다.

지금으로부터 5년 전, 아나톨 주교는 솔노크 시의 배 위에서 유척에 뒤통수를 얻어맞은 채 시체로 발견되었다. 그즈음 흑 세력 가운데 하나인 야스퍼 전사탑의 전사들이 솔노크 시를 다녀갔다.

당시 모레툼 교단에서는 야스퍼의 악마들이 집단으로 달려들어 아나톨 주교를 죽였을 것이라고 결론을 내렸다. 그리곤 야스퍼 전사탑이 자신들의 범행을 이탄이라는 시골구석의 신관에게 덮어씌웠다고 판정했다.

또한 교단에서 파견한 조사단은 슈로크 추기경의 죽음도 흑 세력의 소행이라고 최종보고서를 작성했다.

하지만 이것이 진실은 아니었다.

다른 사람들은 몰라도 비크 교황과 세본 추기경은 아나톨의 죽음과 관련된 추악한 비밀을 알고 있었다.

사실 아나톨을 죽인 장본인은 세본이었다.

5년 전, 세본이 비크에게 직접 건의했다.

"비크 추기경님, 슈로크를 암살한 뒤, 추기경님께서 의심을 받지 않을 방법은 하나뿐입니다. 추기경님께서 가장

아끼시는 오른팔을 함께 내치셔야 비로소 의심의 화살을
피할 수 있습니다."

이것이 세본이 비크에게 건의한 내용이었다.

그때만 해도 아나톨이 비크 추기경의 오른팔이었다. 세
본은 비크의 왼팔이었다.

비크는 긴 침묵 끝에 세본에게 모호한 답을 주었다.

"임자가 알아서 하게."

비크의 말은 모호하였으나, 세본은 그 말뜻 속에 "슈로
크와 함께 아나톨도 저세상으로 보내주게."라는 의미가 포
함되어 있음을 알아들었다.

결국 비크는 왼팔을 휘둘러 오른팔을 쳐낸 셈이었다. 팔
을 하나 내준 대가로 비크는 라이벌인 슈로크의 목을 따고
교황의 성좌에 앉았다.

비크의 허락을 받은 세본은 은화 반 닢 기사단의 요원들
가운데 가장 암살에 능한 자를 2명 선발했다.

그가 바로 18호와 56호였다.

세본의 명을 받아 2명의 요원이 움직였다.

18호는 슈로크에게.

56호는 아나톨에게.

얼마 후, 한 명의 추기경과 한 명의 주교가 피살을 당했
다. 모레툼 교단에서는 이 사건을 흑 세력, 즉 야스퍼 전사

탑의 소행으로 결론을 내렸다.

세상에는 밝혀지지 않은 사실이지만, 모레툼 교단의 조사단과 원로 추기경들이 이와 같은 결론을 도출할 때 결정적인 도움을 준 인물이 바로 쎄숨이었다. 시시퍼 마탑의 지파장인 쎄숨 말이다.

5년 전 쎄숨은 놀라운 마법의 힘으로 슈로크 추기경과 아나톨 주교가 살해를 당하는 장면을 재현해 내었다.

쎄숨이 만들어낸 환영 속에서 슈로크와 아나톨은 각각 자크르 무리와 야스퍼 전사탑의 전사들에게 죽임을 당했다.

사실은 이 환영 마법이 거짓이었다. 5년 전, 비크와 세본은 18호와 56호를 부려서 슈로크 추기경과 아나톨 주교를 살해했다. 그리곤 피살자들이 유척에 얻어맞은 척 위장을 해놓았다.

세본은 사건이 터지기 전 남색 무복을 입은 자들 한두 명을 거리에 풀어놓아 추심 기사단의 짓인 척 꾸며놓기도 했다.

세본이 이런 짓을 벌인 이유는 간단했다. 사건이 터진 뒤, 조사에 혼선을 주기 위함이었다.

Chapter 6

비크도 세본에게만 일을 맡겨놓지 않았다. 그도 나름 손을 썼다. 어떻게 끈이 닿았는지 비크는 야스퍼 전사탑과 자크르를 끌어들였다.

그런 다음 시시퍼 마탑의 쎄숨이 등장하여 범인을 흑 세력으로 몰아갔다.

쎄숨이 등장하기 전까지 슈로크 추기경 파벌에서는 은화 반 닢 기사단을 범인으로 의심했다.

반면 비크 추기경 파벌에서는 추심 기사단이 아나톨 주교를 살해했노라고 끈질기게 주장했다.

두 주장이 맞부딪치면서 모레툼 교단이 둘로 쪼개질 뻔했다.

바로 그 순간에 시시퍼 마탑이 나타났다.

"이 모든 사건의 배후에는 간악한 흑 세력이 있도다. 그들이 모레툼 교단을 분열시키기 위해서 음모를 구상했다."

쎄숨은 이렇게 주장했다.

이런 결론이 내려지자 슈로크 추기경 파벌도 더 이상 은화 반 닢 기사단이나 비크를 공격할 명분을 잃었다. 그들이 함부로 비크를 공격했다가는 '흑 세력의 계략에 놀아나서 모레툼 교단을 분열시키는 자'라고 낙인찍힐 것이 뻔했다.

물론 비크 파벌도 더 이상 추심 기사단을 공격하지 않았다.

흑 세력에게 모든 죄를 떠넘긴 뒤, 모레툼 교단의 분열은 다시 봉합되었다. 그리고 다수의 추기경들의 추대를 받아 비크가 교황의 성좌에 앉았다.

이상이 5년 전 벌어진 사건의 전말이었다.

5년 전의 일들을 머릿속에 끄집어놓은 뒤, 세본은 툴툴 웃었다.

"으허허. 어쩜 그리 닮았을꼬? 5년 전 사건과 어쩜 그리 닮았어?"

미유 주교를 누가 죽였는지는 알 길이 없었다.

어쩌면 추심 기사단의 레오니 추기경이 슈로크의 죽음에 앙심을 품고 세본에게 복수를 한 것일지도 몰랐다.

"하지만 말이지, 레오니는 추심 기사단을 움직일 수는 있겠지만 자크르 무리를 불러들일 능력은 없거든. 시시퍼 마탑은 더욱이 말이 안 되고."

세본이 웅얼웅얼 독백했다.

세본은 머리가 좋은 사람이었다.

그 좋은 머리로 아무리 따져보아도 레오니 추기경이 자크르와 시시퍼 마탑을 동시에 움직였다는 것은 말이 되지 않았다.

만약 사건 현장에 자크르만 등장했다면 혹시나 싶었을지도 모르겠다.

하지만 시시퍼 마탑의 마법사들이 나타나서 무언가를 수거해갔다는 보고를 들은 이상 세본의 머릿속에는 비크 교황에 대한 의혹이 강하게 자라났다.

"게다가 56호는 왜 갑자기 실종되었는데? 명령만 받으면 아무나 다 물어 죽이는 그 사나운 사냥개는 어디로 사라졌어? 엉? 혹시 시시퍼 마탑에서 56호를 데려갔나? 증인을 감춰주기 위해서? 어엉?"

의심이 꼬리에 꼬리를 물었다. 세본이 아무리 생각해도 결론은 하나였다. 모든 정황들이 한 곳만을 가리켰다.

이번 사건의 배후에 비크 교황이 있다는 결론 말이다.

"왜? 교황 성하께서 왜 나에게 이런 시련을 내리신단 말인가? 그동안 내가 교황 성하를 얼마나 깍듯하게 모셨는데? 그분을 교황으로 올리기 위해서 내가 이 두 손으로 무슨 짓까지 벌였는데? 어엉?"

세본이 상처 입은 짐승처럼 거칠게 으르렁거렸다.

모레툼 교단의 신관이 되기 이전부터 아나톨과 세본은 불알친구 사이였다. 두 사람은 비크 교황의 오른팔과 왼팔이 되어 의기를 투합했다.

아나톨이 세본보다 늘 반 발자국 앞서 나갔다. 모든 면에서 아나톨이 반 수 위였다.

그래도 아나톨과 세본의 사이를 의심하는 사람은 없었다. 심지어 비크 교황도 이들 둘을 친한 친구로 여겼다.

세본이 사냥개를 부려서 아나톨을 죽이기 전까지는 말이다.

"크크크큭. 그런데 이제는 내가 사냥개 신세란 말이지? 교황 성하의 눈에는 내가 솥에 삶아야 할 사냥개로 비쳐진단 말이지? 크크크큭. 아니면 교황 성하께서 내 아들을 죽여서 내게 경고를 보낸 것일까? 권력에 욕심 부리지 말고 평생을 말 잘 듣는 사냥개로 살라고 말이야? 제 자식이 눈앞에서 죽더라도 주인에게 짖지 말고 꼬리나 열심히 흔들면서? 씨발! 씨바알! 씨바아아아알!"

세본이 허공에다 대고 고래고래 욕을 퍼부었다.

그것만으로도 분이 풀리지 않자 세본은 주변에 잡히는 물건들을 벽에다 마구 집어던졌다. 그는 책상 위의 집기들도 한 번에 와르르 쓸어서 깨뜨렸다.

와장창 소리가 쉴 새 없이 들렸다. 세본 추기경의 집무실은 이내 엉망진창이 되었다. 집무실 밖의 시녀와 시동들은 겁이 나서 부들부들 눈치만 살폈다.

이제 비크 교황과 세본 추기경 사이에는 뚜렷한 균열이

생겼다. 이탄이 시시퍼 마탑의 씨에나를 끌어들인 것이 신의 한 수였다.

물론 이탄은 5년 전 쎄숨이 벌인 짓에 대해서 알지 못했다. 쎄숨이 환영 마법을 조작하여 비크 교황의 편을 들어주었단 사실도 이탄은 전혀 알 수가 없었다. 쎄숨에 대한 것은 오로지 비크와 세본만 아는 비밀이었다.

그런데도 이탄이 씨에나를 끌어들인 이유는 단순했다.

예전에 이탄은 시시퍼 마탑에 도제생 후보로 들어간 적이 있었다. 3개의 달 퀘스트를 수행하기 위해서였다.

'그때 보니까 비크 교황과 쎄숨 스승님이 꽤 친한 것 같더라고. 그러니까 시시퍼 마탑을 끌어들이면 세본 추기경이 비크 교황을 의심할지도 몰라.'

이탄은 '에라 모르겠다. 아니면 말고.'라는 심정으로 씨에나에게 연락을 취했다. 이렇게 이탄이 친 양념이 결정타가 되어 세본 추기경의 마음을 뒤흔들었다.

그로부터 하루가 더 흘러 7월 8일이 되었다. 은화 반 님 기사단의 보조요원들은 오늘도 증거 수집을 위해 솔노크 시 구석구석을 헤맸다.

— 추심 기사단의 흔적? X표.

— 자크르 무리? X표.

— 실종된 28호, 56호, 61호의 행방? X표

보조요원들의 노트에는 계속해서 X표만 기입되었다. 시간이 흐를수록 보조요원들은 심장이 옥 죄어 오는 느낌이었다.

반면 17호와 이탄은 느긋했다.

솔노크 시에 파병을 나온 첫 날을 제외하면, 17호와 이탄과 같은 전투요원들은 할 일이 없었다. 적과 싸우는 것은 전투요원의 임무, 그리고 정보를 수집하는 것은 보조요원들의 업무인 덕분이었다.

제7화
다시 간씨 세가로

Chapter 1

은화 반 닢 기사단의 전투요원들이 한가하게 지내는 사이, 보조요원들은 하루하루 피가 말랐다.

"망했다. 우린 완전히 망했어."

333호가 한탄하듯 외쳤다.

"맞아요. 이번 퀘스트는 쫄딱 망했어요. 어쩜 좋아요?"

412호도 손톱으로 머리카락을 벅벅 긁었다.

이들 두 사람뿐 아니라 다른 보조요원들도 얼굴이 하얗게 질렸다.

412호가 그나마 위안이 되는 이야기를 꺼냈다.

"그래도 49호 님께서 자크르 녀석들을 잔뜩 때려잡아서 다행이에요. 49호 님 덕분에 시체도 열 구나 얻었고, 포로도 한 명 확보했잖아요. 이제 우리가 살 길은 하나뿐이에요. 어떻게든 그 포로의 입을 열어서 배후를 캐내는 수밖에 없겠다고요."

412호의 말이 맞았다. 은화 반 닢 기사단의 보조요원들은 기절해 있는 포로에게 모든 희망을 걸었다.

보조요원들 가운데 한 명이 나직하게 중얼거렸다.

"이전 과이올라 시의 퀘스트에서도 그러시더니, 이번에도 49호 님께서 우리들을 살려주시네."

"오! 그 말이 맞네."

"고마우신 49호 님."

다들 새삼스러운 눈빛으로 이탄이 머무는 방향을 돌아보았다.

동료들의 반응에 333호는 자신도 모르게 뿌듯한 마음이 들었다.

'호호호. 역시 49호 님이 최고야. 그런 분을 모시다니, 역시 나는 행운아라니까. 한데 말이지, 원로기사님들 가운데 일부가 그 고마운 49호 님께 나쁜 짓을 하려고 들거든. 이건 아무리 원로기사님이라고 해도 용납할 수 없어. 내가 꼭 막을 거야.'

333호가 남몰래 주먹을 꼭 움켜쥐었다.

은화 반 닢 기사단의 보조요원들 사이에서 333호는 나름 영향력이 큰 요원이었다.

역대 은화 반 닢 기사단의 높으신 분들은 전투요원들만 중요하게 여기고 보조요원들은 부속품처럼 생각하는 경우가 많았다.

역설적이게도 이렇게 열악한 환경 덕분에 보조요원들끼리 서로를 챙기는 문화가 저절로 생겨났다.

이것은 일종의 동병상련과도 같은 심정이었다.

보조요원들 사이의 끈끈함이 대를 이어 내려오면서 점점 더 강화되었다. 오늘날 보조요원들 사이의 단결력은 모레툼 교단의 높으신 분들이 생각하는 수준을 훨씬 더 초월했다.

물론 은화 반 닢 기사단의 어르신들은 이런 점을 전혀 모르지만 말이다.

같은 시각, 이탄은 솔노크 시의 모레툼 지부 소파에 드러누워 하릴없이 빈둥거렸다. 그러다 이탄이 새끼손가락으로 귀를 후볐다.

"누가 내 이야기를 하나? 왜 갑자기 귀가 가렵지?"

이탄은 듀라한인지라 귀가 가려울 일이 없었다. 그런데도 갑자기 귀가 가려운 것을 보면 누군가가 이탄의 이야기를 하는 것이 틀림없었다.

"쳇. 대체 누구야?"

이탄이 입술을 삐쭉였다.

일주일이 훌쩍 지났다.

7월 14일.

드디어 은화 반 닢 기사단이 솔노크 시에서 철수했다.

미유 주교의 죽음은 자크르 무리가 저지른 짓으로 결론이 났다. 세본 추기경이 이러한 결론이 적힌 보고서에 직접 승인 도장을 찍었다.

모레툼 교단은 이 보고서를 바탕으로 흑 진영의 잔악무도한 행위를 규탄하는 성명서를 발표했다.

성명서에 따르면 미유 주교는 홀로 자크르 무리와 맞서 싸우다가 의로운 죽음을 당했다고 기술되었다.

또한 미유를 해친 자크르 무리는 모레툼 교단의 성기사들에 의해서 철저하게 토벌되었노라고 공표되었다.

이러한 성명서 발표와 달리, 세본은 아들의 죽음이 자크르의 짓이라고 믿지 않았다.

요즘 세본의 모든 신경은 실종된 56호에게 집중되었다. 동시에 세본은 소식을 끊고 은거한 비크 교황에게도 촉각을 곤두세웠다.

하지만 세본은 56호에 대한 추적을 은화 반 닢 기사단에게 맡기지 않았다. 비크 교황에 대한 소식도 은화 반 닢 기사단을 통해서 추적할 수 없었다.

"내가 은화 반 닢 기사단을 움직이면 결국엔 그 소식이 교황 성하의 귀에 들어갈 게야."

세본은 이렇게 판단했다. 그리곤 그는 당분간 개가 되기로 마음먹었다.

"큭큭큭큭. 교황 성하, 제가 개가 되겠습니다. 아들이 어떻게 죽었는지도 모르는 채 주인이 원하는 대로 살랑살랑 꼬리만 흔드는 멍청한 개 노릇을 하겠습니다. 큭큭큭큭큭. 하지만 두고 보십시오. 저는 끝까지 개새끼로 살지는 않으렵니다. 큭큭큭."

세본 추기경이 불 꺼진 집무실에 홀로 앉아 툴툴거리면서 웃었다. 세본의 입은 웃고 있는데, 눈에서는 붉은 피눈물이 흘렀다.

세본의 승인이 떨어지자 은화 반 닢 기사단의 어르신들은 이번 퀘스트의 성공과 실패를 판가름했다.

Chapter 2

얼마 후, 판정결과가 참여 요원들에게 공표되었다.

1. 전투요원 17호

— 자크르 무리와 전투를 지휘하였으며 승리
로 이끌었음.

— 퀘스트 판정: 성공.

2. 전투요원 49호

— 자크르 무리와 전투를 통해 10명의 적을
격살하고 포로 한 명을 생포했음.

— 퀘스트 판정: 성공.

3. 전투요원 28호, 56호, 61호

— 자크르 무리와 전투 중에 실종.

— 퀘스트 판정: 실패.

4. 까마귀 깃털 고르기에 투입된 보조요원 전원

— 미유 주교 죽음에 대한 정보를 완벽하게
수집하지 못했음.

— 다만 49호가 잡은 포로를 심문하여 자크
르에 대한 기밀을 빼냈음.

— 또한 자크르 무리가 우리 모레튬 교단을
노리고 솔노크 시에 진입했다는 사실을 밝혀내었
음.

— 퀘스트 판정: 중립.

이상이 원로기사들이 내걸은 판정결과였다.

17호와 이탄은 퀘스트 성공으로 판정받았다. 마땅한 조치였다.

이번에 실종된 전투요원들은 실패로 판정을 받았다. 이 또한 반론할 여지가 없었다.

한편 보조요원들은 성공도 아니고 실패도 아닌 중립으로 결론이 났다.

333호를 비롯한 보조요원들은 이 정도의 결과만으로도 만족했다. 그들은 일단 실패를 면했으니 벌을 받을 필요도 없었다.

판정표를 보는 순간 모든 보조요원들이 마음속으로 '49호 님, 감사합니다.'를 외쳤다. 이것은 원로기사들도 모르는 사이에 벌어진 일이었다.

어찌 되었거나 이탄은 자신에게 주어진 여덟 번째 퀘스트를 성공시켰다. 이탄이 자유를 얻기까지는 이제 열두 번의 퀘스트만 남았다.

게다가 이탄은 이번에 추심 기사단 별동대장의 역할도 톡톡히 해내었다.

이탄의 활약 덕분에 장막 속의 대모 나바리아가 세운 계획은 순탄하게 흘러갔다. 추심 기사단은 5년 전의 사건과 관련이 깊은 56호를 생포했을 뿐 아니라, 비크 교황과 세본 추기경 사이를 이간질 시키는 데에도 성공했다.

　이 정도면 나바리아의 의도보다 훨씬 더 크게 성공한 셈이었다.

　나바리아 대모로부터 보고를 받은 뒤, 레오니 추기경은 박수를 치며 기뻐했다. 레오니는 이번에 이탄이 저지른 활약에 대해서도 상세하게 들었다. 17호가 작성한 보고서에 따르면, 이탄은 상상을 초월하는 괴물이라고 표현되어 있었다.

　레오니는 문득 과거를 회상했다.

　"호호호. 맞아. 더 데이의 별동대장인 이탄은 분명 깊이를 가늠할 수 없는 괴물이지. 그때 그 괴물이 이런 표현을 썼었어. 비크 교황은 아무것도 모르는 어린아이에 불과하고, 자신은 그 어린아이의 곁에서 입맛을 다시는 흉포한 드래곤이라고. 남들이 보기에는 그 괴물이 목에 목줄이 채워진 채 어린아이에게 붙잡혀 있는 것처럼 보이겠지만, 사실 그것은 괴물이 어린아이와의 거리를 일정하게 유지하기 위하여 스스로 목을 내준 것일 뿐 그 괴물은 언제든지 마음만 먹으면 어린아이를 잡아먹을 수 있어. 호호호호."

　레오니는 한바탕 짜랑짜랑하게 웃은 뒤, 세상 어딘가에 있을 비크 교황을 위해 포도주 잔을 높이 들었다.

　"그런 괴물에게 잘못 걸리다니, 비크의 앞날도 참 기구하겠어. 호호호. 비크의 비참한 미래를 위하여, 건배!"

건배사를 마친 레오니 추기경이 투명한 잔 안에서 찰랑거리는 핏빛 포도주를 단숨에 들이켰다.

그 시각.

이탄은 쿠퍼 가문의 가주 집무실에 앉아서 밀린 결재들을 몇 개 챙겼다.

이탄은 허수아비에 불과하여 결재할 것도 별로 없어야 정상이었다. 한데 이상하게도 최근 들어서 가문의 일부 상단주들이 중요한 결정을 내릴 때 이탄의 의견을 물어보는 경우가 조금씩 생겼다.

그때마다 이탄은 결재서류에 자신의 의견을 첨삭하여 상단주들에게 내려 보냈다.

이런 일이 몇 차례 되풀이되자 조금씩 이탄에게 올라오는 결재서류의 양이 늘었다.

"이런 것쯤은 세실이 알아서 처리하면 좋을 텐데 말이야."

이탄은 나직하게 투덜거렸다.

오전 중으로 모든 결재를 마친 뒤, 이탄이 세실에게 명을 내렸다.

"집사장, 오후에는 편히 쉴 것이니 아무도 방해하지 말도록."

"네. 가주님. 그동안 고생하셨으니 푹 쉬십시오."

세실이 의미심장하게 대답했다.

333호와 마찬가지로 세실도 은화 반 닢 기사단의 보조요원이었다. 그리고 요새 보조요원들 사이에서 이탄은 은인으로 추앙을 받았다.

이런 이유 때문인지 이탄을 대하는 세실의 태도도 한결우호적으로 변했다.

세실이 자리를 비켜준 뒤, 이탄은 집무실의 푹신한 의자에 몸을 기댔다.

"한동안 간씨 세가에는 신경도 쓰지 못했네. 따지고 보면 그쪽도 나에게 빚을 진 곳이잖아? 간씨 세가의 구성원들이 열심히 이자를 갚을 수 있도록 채찍질을 한 번 해줘야지."

이탄은 간씨 세가 사람들이 들으면 펄쩍 뛸만한 이야기를 서슴지 않고 내뱉었다.

Chapter 3

사실 언노운 월드의 시간을 기준으로 이탄은 지난 3월 9

일까지만 분신인 간철호에게 신경을 썼다.

오늘이 7월 15일이니 이탄은 지난 4개월간 간씨 세가를 방치한 셈이었다.

"솔직히 말해서 간씨 세가를 방치한 지는 4개월도 훨씬 더 넘었지. 그동안 나는 동차원에도 몇 차례 다녀왔고, 피사노교에도 쳐들어 갔었고, 또 그릇된 차원에서도 꽤 오래 머물렀으니까 말이야."

이탄이 민망한 듯 자신의 코를 만졌다.

하지만 이탄이 읊은 사건들은 언노운 월드의 시간 흐름에서는 비껴나 있었다. 이탄이 동차원과 그릇된 차원을 방문하는 동안 언노운 월드의 시간은 거의 흐르지 않았다. 그러니까 간씨 세가 세상의 시간도 마찬가지일 것이다.

"자, 그럼 지난 4개월간 그곳에서 무슨 일이 벌어졌는지 살펴볼까?"

물론 간씨 세가의 세상에서 별다른 사건은 없었을 것이 뻔했다. 만약에 큰일이 터졌다면 이탄의 분신이 즉각 그 사실을 이탄에게 알렸을 테니까 말이다.

이탄의 의식은 빨려들 듯이 분신인 간철호에게 향했다.

파앗!

이탄의 의식이 간철호를 장악했다.

이탄의 분신은 이탄에게 지난 4개월간 벌어졌던 크고 작은 일들을 전해주었다.

올해 2월 말, 간철호(이탄)는 백호부대를 이끌고 시베리아의 이르쿠츠크 시를 공습했다. 이스트 대학에서 발생한 테러 사건에 대한 죗값을 묻는 듯한 행동이었다.

이탄의 무지막지한 마법에 의해 이르쿠츠크 시는 폐허로 변했다. 코로니 군벌도 크게 타격을 입은 것처럼 보였다.

하지만 이것은 겉모습일 뿐, 실제로 이르쿠츠크 시의 시민들은 인근 도시로 피신한 상태였다.

이탄은 이르쿠츠크의 부대들도 파괴하지 않고 그냥 내버려 두었다. 덕분에 코로니 군벌은 피해를 최소화할 수 있었다.

이르쿠츠크 시에 대한 공습이 끝날 즈음, 이탄은 코로니 군벌의 서열 5위이자 살육하는 사제라 불리는 예니세이, 그리고 코로니 서열 6위이자 블러디 해머(Bloody Hammar: 피투성이 해머)라는 별명을 가진 슈닌과 은밀한 대화를 주고받았다.

앞에서는 공격을 하고 뒤에서는 적의 수뇌부들과 야합을 하는 이탄의 행동은, 세상 사람들이 알면 깜짝 놀랄만한 일이었다.

어쨌거나 이탄의 간씨 세가가 코로니 군벌을 공격한 이

후로 유럽의 발렌시드, 아프리카의 카르발, 미주 지역의 에디아니가 차례로 코로니를 공격했다.

시베리아의 지배자인 코로니 군벌은 거의 모든 전선에서 철수하면서 세력이 바짝 위축되었다.

이제 세상 사람들은 간씨 세가를 비롯한 사대군벌이 손을 잡고 코로니를 공격하여 그 영토를 네 조각으로 찢어 가질 것이라고 예상했다.

그 예상이 보기 좋게 빗나갔다.

이탄이 이끄는 간씨 세가는 이르쿠츠크 공습 이후로 침묵했다.

발렌시드의 수장이자 뇌전의 여제라 불리는 빅토리아도 어느 순간 모스크바로 진격하던 기사단의 발걸음을 중지시켰다.

에디아니 군벌을 지배하는 3개의 가문, 즉 북미지역의 시즈너, 중미의 말레우스, 그리고 남미를 다스리는 가라폴로도 움직임을 멈췄다.

심지어 성격이 급하다고 정평이 난 아프리카의 군주 콜링바도 중동까지만 차지한 채 가만히 숨을 골랐다.

오대군벌 사이에 발발했던 4대 1의 전쟁은 그렇게 영문 모를 소강상태에 빠졌다. 그 상태에서 다시 4개월이 흘렀다.

오늘도 이탄은 산과 바다에서 캐낸 맛있는 음식들을 꼭꼭 씹어서 섭취했다. 이탄은 적게 먹는 편이었으되 산해진미를 한 점씩 골고루 맛보았다.

간씨 세가의 분신을 통해서 식도락을 즐기는 행위는 이탄이 포기할 수 없는 즐거움 가운데 하나였다.

이탄의 본체는 듀라한인지라 음식을 제대로 먹을 수가 없었다. 이탄은 그에 대한 보상이라도 받으려는 듯, 간철호에게 의식이 깃들 때마다 새로운 요리들을 꼭 찾았다.

다만 이탄은 간이 센 요리는 먹지 않았다. 이탄은 재료 본연의 담백한 맛을 음미하는 편이었다.

식사를 마친 후, 이탄은 욕실에 들어가 미녀들에게 안마를 받았다. 비키니 차림의 미녀 4명이 이탄의 등과 어깨, 팔다리를 열심히 주물렀다. 이탄, 아니 간철호는 근육이 탄탄하여 안마를 하는 여인들은 진땀을 뻘뻘 흘려야 했다.

이탄이 나체 차림으로 안마를 받는 동안, 비서3실의 실장인 주소연이 이탄의 옆에 서서 보고를 올렸다.

주소연은 하얀 브라우스에 까만색의 단정한 정장을 입고, 가슴에는 주홍색 브로치를 매치한 차림이었다.

"발렌시드, 에디아니, 카르발이 아직까지도 잠잠하다?"

이탄은 안마대에 엎드린 채 물었다.

주소연이 냉큼 대답했다.

"그렇습니다. 다들 병력을 전진하지 않고 침묵에 빠져 있습니다."

"4개월이면 꽤 긴 시간인데, 다들 참을성들도 좋아. 유럽의 빅토리아 할망구도 그렇고, 미주지역의 세 가주들도 마찬가지고. 그래도 아프리카의 그 약쟁이 콜링바는 좀 다를 줄 알았는데. 하하하."

이탄이 소리 내어 웃었다.

주소연이 이탄의 말에 맞장구를 쳤다.

"의장님 말씀대로 아프리카의 카르발이 가장 호전적입니다. 카르발의 전사들은 요새도 가끔가다 한 번씩 출격을 합니다."

"출격?"

이탄이 안마를 받다 말고 상체를 일으켰다.

이탄의 몸을 주무르던 4명의 미녀들은 대화에 방해가 되지 않도록 한쪽으로 공손히 비켜섰다.

"카르발의 전사들이 출격을 한다고?"

이탄이 거듭 물었다.

주소연은 감히 간철호(이탄)의 나체를 볼 수 없다는 듯 시선을 살짝 내리깐 상태에서 대답했다.

"네. 그들이 부대 단위로 움직이는 것은 아닙니다만, 전사 두세 명씩 조를 짜서 중동지역을 벗어나고 있습니다. 그런 다음 그들은 코로니 영토의 주변부를 푹푹 찔러보는 중입니다. 한데 코로니 측은 영토를 침공당하고도 오로지 방어만 할 뿐 반격을 자제하고 있습니다.”

“하하하. 그거 재미있군. 시베리아의 그 성질 더러운 불곰 녀석들이 참 무던히도 참고 있어. 하하하하.”

이탄이 활짝 웃었다.

Chapter 4

주소연이 보고를 마칠 즈음, 주작대주가 이탄을 찾았다. 주작대는 간씨 세가의 정보를 총괄하는 조직으로, 그곳의 대주는 001이라는 번호로 불렸다. 또한 주작대주는 남성이 아니라 여성이었다.

주소연에 이어서 주작대주에 이르기까지, 이탄은 2명의 여성을 나체로 대하면서도 전혀 거리낌이 없었다.

이탄이 주작대주에게 물었다.

주작대주가 들어오자 주소연은 자리를 비켜주었다.

“그래. 진전은 좀 있었나?”

주작대주는 공손히 머리를 조아렸다.

“의장님, 송구하오나 아직 특기할 만한 진전은 없었습니다. 다만 놈들의 꼬리를 살짝 잡은 듯합니다."

"에이. 꼬리야 그동안에도 몇 차례 잡았었지. 그때마다 귀신처럼 빠져나가니까 문제지."

이탄이 시큰둥하게 내뱉었다.

이탄의 뇌리에는 지난 4개월 동안 주작대주로부터 받은 보고 내용이 차곡차곡 쌓여 있었다. 물론 이것은 이탄의 분신이 받은 보고였다.

주작대는 올해 초 간철호(이탄)의 명을 받아서 유령과도 같은 은밀한 조직을 추적 중이었다.

실제로 이러한 유령조직이 세상에 존재하는지 여부는 아직까지 명확하지 않았다. 다만 이탄은 유령조직이 존재하여 오대군벌 사이에 싸움을 붙이고 있는 것 아닌가 의심했다. 그래서 그는 주작대에 명을 내려서 그 조직을 추적해왔다.

주작대의 정보력은 실로 뛰어났다. 주작대원들은 아시아뿐 아니라 전 세계를 샅샅이 뒤져서 유령조직의 꼬리를 몇 차례나 포착했었다.

그런데 그때마다 유령조직은 귀신같이 주작대의 접근 사실을 눈치챘다. 그리곤 최소한의 선에서 꼬리를 자르고 빠져나갔다.

이건 마치 그 유령조직이 주작대 내부에 첩자를 심어놓

은 뒤, 주작대의 행동을 손금 들여다보듯이 빤히 아는 듯한 행동이었다.

주작대주는 대원들 가운데 의심스러운 자들을 작전에서 배제했다. 그 다음 새로운 대원을 작전에 투입했다.

그래도 유령조직은 쏙쏙 빠져나갔다.

화가 난 주작대주가 거짓으로 함정을 파 보았다.

이번에도 유령조직은 기가 막히게 함정만 피해갔다.

주작대주는 부글부글 화가 치밀다 못해 미칠 지경이 되었다. 오늘 주작대주는 이러한 사연을 간철호에게 보고했다.

이탄이 안마대에서 불쑥 내려와 주작대주의 앞을 거닐었다. 이탄의 사타구니 사이에서 사내의 심볼이 덜렁거렸다.

주작대주는 그 모습을 보고서도 표정 하나 변하지 않았다.

이탄도 아무렇지 않게 주작대주를 대했다.

"그러니까 네 말은 뭐냐? 주작대원 전체가 유령조직의 첩자다, 이 뜻이냐?"

"그건 불가능합니다. 심지어 최근에 저는 주작대 전원을 작전에서 제외한 채 외부의 용병들만 투입하여 놈들의 꼬리를 쫓은 적도 있습니다."

"호오?"

이탄이 흥미를 보였다.

주작대주가 냉큼 말을 이었다.

"한데 그 경우도 놈들은 유령처럼 저의 추적을 피했습니다. 이건 제가 놈들의 첩자가 아니면 있을 수 없는 일입니다. 그런데 의장님, 저는 단연코 놈들의 첩자가 아닙니다."

주작대주는 무척 억울한 모양이었다. 주먹으로 자신의 가슴을 쾅쾅 치는 모습이 열도 잔뜩 받은 듯했다.

이탄이 빙그레 웃었다.

"하하. 네 말대로 네가 그 유령조직의 하수인일 리는 없지. 그런데도 놈들은 너의 행동과 생각을 귀신처럼 들여다본다 이 말이렷다?"

"그렇습니다, 의장님. 제 능력으로는 도저히 영문을 알수가 없습니다. 부디 저의 무능을 꾸짖어 주십시오."

주작대주가 물로 흥건한 욕실 바닥에 무릎을 꿇었다.

이탄은 손으로 턱을 조몰락거렸다. 그러다 스쳐 지나가는 듯한 말투로 뇌까렸다.

"흐으음. 그 유령조직에 미래를 읽는 자가 있기라도 한가? 근미래예지 능력자 같은 거 말이야."

"네에?"

주작대주의 눈이 휘둥그레졌다.

이탄은 고개를 가로저었다.

"아니다. 그건 아직 장담할 수 없지. 그나저나 주작대주."

"네, 의장님."

"그동안 너의 노력 덕분에 한 가지는 확실해졌구나. 세상의 음지에 아주 수상한 유령조직이 숨어 있다는 것. 그런 괴이쩍은 무리들이 존재한다는 점을 너와 주작대가 증명해낸 것이다. 수고 했어."

이탄은 주작대의 노력을 칭찬해주었다.

"흐읍! 의장님!"

주작대주가 감격하여 손으로 자신의 입을 틀어막고 머리를 조아렸다.

사실 주작대주는 오늘 간철호로부터 크게 꾸중을 들을 각오를 했다. 일에 진전이 없어서였다.

한데 의장은 그녀를 꾸중하는 대신 칭찬을 해주었다. 기계처럼 차갑던 주작대주가 울컥한 감정을 드러내었다.

그때 이미 이탄은 주작대주를 보고 있지 않았다. 그는 욕실 너머 안채에 머무르고 있을 어린 시녀 한 명을 머릿속에 떠올렸다.

'이서현이라고 했던가?'

이서현의 올해 나이는 14세.

그녀는 쥬신 황가의 방계 핏줄이라고 했다.

간철호는 쥬신 황실에 대한 집착이 강한 사람이었다. 그래서 이서현을 가까이 두고 시녀로 부리다가 적당한 시기가 오면 취해서 첩으로 삼을 생각이었다.

이탄은 간철호와는 생각이 달랐다. 이탄도 간철호와 마찬가지로 이서현을 눈여겨보고 있으나, 그것은 상대를 여자로 보는 눈빛이 아니었다.

'베일 속의 유령조직이 어쩌면 이서현과 연결이 되어 있을지도 모르지. 아직은 막연한 추측에 불과하지만 말이야.'

안채를 향한 이탄의 눈빛이 서늘해졌다.

제8화
스린 야시장

Chapter 1

타이베이 시의 스린 구.

밤이 되자 스린 구의 명물인 야시장으로 사람들이 모여들었다. 끝없이 몰리는 인파로 인해 시장 입구는 발 디딜 틈도 찾기 어려웠다.

야시장 초입부터 기름 튀기는 냄새가 진동을 했다. 온갖 종류의 식재료들이 꼬치에 끼워진 채 기름 솥으로 텀벙 텀벙 들어갔다. 꼬치구이집 옆에선 열대과일을 컵에 담아서 파는 장사가 성시를 이루었다. 조그만 낚싯대로 새우를 낚으면 선물을 주는 가게에도 손님들이 몰려들었다.

조금 더 안쪽으로 들어가자 가방 가게, 옷 가게, 신발 가게들이 속속 모습을 보였다. 발 마사지 전문점도 주르륵 나타났다.

"흥미롭네."

키 181 센티미터에 30대 초반으로 보이는 사내가 호기심 어린 눈으로 스린 야시장의 풍경을 둘러보았다.

사내는 타이베이로 관광을 온 듯 편한 옷차림이었다. 사내의 발걸음도 느긋하여 특별한 목적 없이 스린 야시장의 밤풍경을 구경나온 관광객처럼 보였다.

이윽고 사내는 야시장의 외진 구역에 위치한 낡아 보이는 발 마사지숍을 기웃거렸다.

사내가 접근하자 자그마한 체격의 여자가 벌떡 일어나 호객행위를 시작했다. 여인은 발 마사지 30분에 할인가격으로 얼마, 전신 마사지 1시간에 할인가격으로 얼마. 이런 식으로 흥정을 했다.

사내는 곰곰이 여인의 말을 듣다가 숍 안으로 들어갔다.

숍의 1층, 일렬로 배치된 푹신한 의자에는 손님 몇 명이 앉아 있었다. 그들은 찻물이 담긴 커다란 나무통에 발을 담그고 발 마사지를 받는 중이었다.

의자 옆 테이블에는 차가 한 잔씩 준비되었다. 의자 뒤쪽에선 향초가 조용히 타들어갔다. 숍은 조용했다.

여인은 사내를 2층으로 잡아끌었다.

"전신 마사지는 2층이에요."

"혹시 마사지사를 지정할 수 있나?"

사내가 물었다.

여인이 고개를 갸웃했다.

"지정하시게요? 저희 숍은 처음이 아니신가요? 못 보던 얼굴인데?"

"처음이기는 한데, 누가 마사지사를 추천을 해줘서 말이지."

"그래요? 누구를 추천받으셨는데요?"

"룬메이라고, 있으면 불러주지."

사내가 찾은 대상은 룬메이라는 여자 마사지사였다.

순간 여인의 근육이 경직되었다. 그녀의 근섬유 속에서 폭발적인 기운이 휘몰아쳤다가 다시 가라앉았다.

여인이 조금 전 내뿜은 기세는 자그마한 체구에 어울리지 않게 강력했다.

사내는 이런 점들을 다 파악했으나, 겉으로는 모르는 척했다.

어색한 순간은 짧게 지나갔다. 여인은 근육의 긴장을 다시 가라앉히고는 잇몸이 보일 정도로 활짝 웃었다.

"아하! 이제 보니 룬메이를 찾으시는군요. 저 안쪽 10번 방에 들어가 계세요. 룬메이의 스케줄이 비어 있는지 확인한 뒤, 10번 방으로 들여보내 드릴게요."

사내가 2층의 어둑한 복도를 눈으로 더듬어 10번 방의 위치를 확인했다. 10번은 가장 안쪽에 자리한 방이었다.

사내가 발걸음을 옮기려 할 때였다. 여인이 사내를 불러 세웠다.

"마사지비는 선불이에요. 그런데 마사지사를 지정하면 할인은 없어요."

사내는 지갑을 꺼내어 여인이 요구하는 대로 비용을 지불했다.

"방에 들어가서 탈의하시고 마시지 복으로 갈아입고 계세요. 룬메이를 보내드릴게요."

여인이 사내에게 찡긋 윙크를 했다.

사내가 등을 돌려 10번 방에 들어갔다.

방은 비좁았다. 오래된 숍이라 그런지 시설도 그리 좋지 않다. 방 전체에서 퀴퀴한 냄새가 나는 것 같았다.

사내는 불도 켜지 않은 채 안마대에 털썩 주저앉았다.

잠시 후, 사내의 예민한 청각에 사사사삭 소리가 들렸다. 소리는 복도와 벽, 그리고 건물 천장에서 동시에 울렸다.

"벌써 반응이 오네. 역시 룬메이라는 여자가 열쇠였나?"

사내가 히죽 웃었다. 어둠 속에서 사내의 건치가 하얗게 드러났다.

사내의 정체는 간철호, 아니 이탄이었다. 간씨 세가의 지배자인 그가 타이베이 번화가 한복판에서 모습을 보인 것이다.

이탄이 타이베이의 스린 야시장을 방문한 이유는 간단했다. 그가 직접 유령조직을 뒤쫓기 위함이었다.

최근 주작대가 입수한 정보에 따르면, 타이베이 스린 야시장의 룬메이라는 여자가 유령조직과 관련되었을 가능성이 높았다.

이 은밀한 정보를 포착하고도 주작대주는 쉽게 병력을 움직이지 못했다. 주작대가 움직이는 순간, 유령조직은 기가 막히게 꼬리를 자르고 모습을 감추기 때문이었다.

그렇게 주작대주가 망설이고 있을 때, 이탄이 팔을 걷어붙였다.

"주작대는 꼼짝도 하지 마라. 이번에는 내가 직접 나서 볼 생각이니까."

"의장님께서 손수 말씀이십니까? 그런 황망한 말씀은 거두어 주십시오."

주작대주가 당황했다.

이탄이 주작대주를 향해 손바닥을 내밀었다.

"주작대의 무능함을 탓하기 위해서 내가 직접 움직이겠

다는 게 아니다. 시험해 보고 싶은 바가 있어서 그래."

이탄이 시험해보고자 하는 것은 바로 '유령조직 안에 미래를 볼 수 있는 능력자가 있느냐?' 라는 점이었다.

또한 이탄은 다른 점들도 궁금하게 여겼다.

'언노운 월드에는 근미래예지 특성을 가진 능력자가 있지. 트루게이스 지부의 티케가 좋은 예잖아? 그러니까 이곳 세상에도 티케와 같은 능력자가 존재할 수도 있겠지. 한데 말이야, 만약 유령조직에 미래를 보는 자가 존재한다면, 그는 과연 어느 선까지 볼 수 있을까? 아주 먼 미래도 볼 수 있나? 혹은 아주 강력한 대상도 꿰뚫어 볼 수 있나?'

티케의 경우, 3, 4일 이내의 가까운 미래만 볼 수 있었다. 또한 무력이나 마법이 강한 강자들의 움직임은 티케의 근미래예지에 잡히지 않았다.

이탄은 유령조직의 예지자도 이와 비슷한 한계가 있지 않을까 생각했다.

'아주 먼 미래까지 척척 읽어내고, 대상자가 누구든 상관없이 훤히 들여다볼 수 있다면 그처럼 까다로운 상대도 없겠지. 하지만 세상의 모든 권능에는 반드시 한계가 존재하는 법. 베일에 싸인 예지자여, 과연 네가 나를 어디까지 읽을 수 있는지 보자꾸나.'

이탄은 이런 생각으로 신분을 숨긴 채 타이베이를 방문했다.

Chapter 2

이번 작전의 특성상 이탄은 백호대원들을 데려오지 않았다. 그는 조용히 홀로 이동하여 스린 야시장을 방문했다.

야시장 안에서 이탄이 찾은 곳은 허름한 발 마사지숍이었다.

주작대주가 이탄에게 미리 귀띔해준 장소가 바로 이곳이었다. 이탄은 마사지숍에서 룬메이라는 여성을 찾았다.

그 다음 결과는 이탄의 예상대로였다.

"하하하. 룬메이가 여러 명이었나 보네? 이렇게 우르르 나타나는 것을 보면 말이야."

콰앙!

이탄의 웃음이 끝나기도 전에 방문이 터져나가듯이 열렸다. 얼굴에 검은 복면을 쓴 자들이 불쑥 쳐들어왔다.

적들이 난입한 곳은 방문뿐이 아니었다. 좁은 창문이 뜯겨나가면서 그 속에서도 또 다른 복면괴한이 등장했다. 천장이 쩍 갈라지면서 새로운 적들이 속속 들어왔다. 괴한들의 손에는 서슬 퍼런 칼이 들려 있었다.

"어서 오너라."

이탄이 양손을 가슴께로 들고서 하얗게 미소를 지었다.

복면괴한들은 그런 이탄을 향해 한꺼번에 달려들었다.

토옹!

이탄이 발을 살짝 굴렀다.

순간적으로 이탄의 주변 중력이 여덟 배로 증폭되었다. 80 킬로그램의 성인 남자가 갑자기 640 킬로그램의 무게를 느끼게 된 셈이었다.

"크욱."

복면괴한들이 이탄에게 달려들다 말고 휘청거렸다.

이탄은 가장 가까이 달려든 적의 머리끄덩이를 붙잡았다. 그 상태로 이탄이 살짝 잡아당기자 복면괴한은 종이인형처럼 가볍게 딸려왔다.

이탄이 상대의 목을 겨드랑이에 끼고 우두둑 목뼈를 부러뜨렸다.

"죽어랏!"

두 번째 적이 이탄을 향해 칼을 휘둘렀다. 중력이 무려 여덟 배나 폭증을 했는데 이렇게 정확하게 칼을 휘두르는 것을 보면 훈련을 아주 잘 받은 무사였다.

"괜찮네. 백호대원에는 미치지 못하지만, 그 아래 등급은 되겠어."

이탄은 독백과 동시에 상대의 칼을 맨손으로 붙잡았다.

금강체를 이룬 이탄의 본체였다면 복면괴한의 칼은 이탄의 손바닥을 때린 즉시 100배의 반탄력으로 튕겨 나가 폭발해버렸을 것이다.

아쉽게도 간철호의 신체는 그 정도는 아니었다.

이탄은 복면괴한의 칼을 붙잡아 뚝 부러뜨렸다. 그런 다음 부러뜨린 칼날을 상대의 눈알에 쑤셔 박았다.

"끄아악."

상대가 손으로 자신의 얼굴을 붙잡고 비명을 질렀다.

세 번째 괴한이 동료의 머리 위를 타넘어 이탄을 공격했다. 그러다 여덟 배로 증폭된 중력 탓에 휘청거렸다.

이탄은 세 번째 적의 발목을 붙잡아 힘껏 스윙했다. 이탄에게 다리가 붙잡힌 채 벼락처럼 휘둘러진 복면괴한이 벽에 머리를 처박고 즉사했다. 괴한의 두개골이 박살 나면서 피가 사방으로 튀었다.

그 사이 이탄은 2명의 괴한을 또 붙잡았다.

이탄의 양손에 목이 붙잡힌 복면괴한들은 몇 초간 발을 버둥거리다가 혀를 길게 빼어 물고 축 늘어졌다.

이탄의 끔찍한 악력 탓에 두 복면괴한들은 목뼈가 으스러지고 목이 짓뭉개져 머리통이 몸에서 뚝 떨어져 나왔다.

창문을 통해 방으로 뛰어든 복면괴한이 단검으로 이탄의 등을 찔렀다.

이탄은 팔꿈치를 뒤로 휘둘러 상대의 머리통을 산산이 부쉈다.

천장을 가르고 뚝 떨어진 복면괴한 2명이 이탄을 향해 칼을 사선으로 휘둘렀다.

이탄은 손으로 적의 칼날을 튕겨낸 다음, 이들 2명을 가까이 끌어당겨 한 명씩 머리통을 뜯어주었다.

좁은 방 안으로 복면괴한들이 끝없이 밀려들었다. 이렇게 좁은 곳에서 1대 다수로 싸우면 당연히 이탄이 불리해야 정상이었다.

한데 결과는 정반대였다.

이탄은 우르르 쏟아지는 적들을 하나씩 붙잡아 팔다리를 뽑고 머리통을 몸에서 떼어냈다.

뼈가 뽑힐 때 근육이 기괴한 소리를 내면서 늘어났다. 뼈에 달라붙어 힘줄과 핏줄이 함께 딸려 나왔다. 무기도 사용하지 않고 맨손으로 인체를 해체하는 이탄의 모습은 기괴함과 공포로 점철되었다.

"으으으읏."

"괴물이다."

복면괴한들의 동공이 불안하게 흔들렸다.

그럼에도 불구하고 후방에서는 새로운 복면괴한들이 계속해서 증원되었다. 선두의 복면괴한들은 동료에게 등이 떠밀려서 이탄의 방으로 꾸역꾸역 들어갈 수밖에 없었다. 그렇게 10번 방으로 밀려온 자들은 여지없이 이탄에게 붙잡혀 내장이 뽑히거나 머리통을 잃었다. 방 안에는 훼손된 시체들로 꽉 찼다.

방에 더 이상 빈자리가 없자 이탄이 복도로 나왔다.

복도에도 복면괴한들이 빼곡했다. 괴한들은 머리 위로 칼을 치켜들고는 10번 방을 향해 밀려드는 중이었다.

토옹!

이탄이 발을 가볍게 굴렀다.

그 즉시 이탄 주변의 중력이 여덟 배로 늘어났다.

2층 복도를 지탱하는 나무 기둥이 견디지 못하고 삐이꺽 소리를 내며 기울었다. 천장과 벽에선 돌가루가 푸스스 낙하했다. 복도로 밀려들던 복면괴한들도 갑자기 증폭된 중력을 견디지 못하고 휘청거렸다.

이탄은 서두르지 않았다. 그는 중력에 짓눌려 허우적거리는 적들을 하나씩 붙잡아 머리통을 뜯어내거나, 팔다리를 비틀어 뽑으면서 느긋하게 전진했다.

"끄아악, 죽어라. 이 괴물아."

"으어어어. 안 돼. 다가오지 마."

겁에 질린 괴한들이 이탄을 향해 칼을 마구 쑤셔댔다.

이탄은 딱히 막지도 않았다. 칼에 찔려도 옷만 상할 뿐 이탄의 몸뚱어리는 솜털 하나 다치지 않았다.

이런 일이 반복되자 복면괴한들은 도저히 이탄과 싸울 마음이 들지 않았다.

"후퇴. 후퇴."

"안 되겠다. 모두 물러나."

복면괴한들이 고래고래 소리를 질렀다.

1층에서 2층으로 올라오던 동료들이 그 소리를 듣고 주춤거렸다.

"어딜 후퇴하려고? 그건 안 되지."

이탄의 눈이 깊이를 알 수 없는 무저갱처럼 변했다. 복면괴한들이 마구 밀려들 때는 이탄도 느긋하게 상대했다.

하지만 적들이 후퇴할 기미가 보이자 이탄도 돌변했다. 그는 한 놈도 놔주지 않겠다는 생각으로 손을 휘저었다.

부욱—, 북, 북, 북.

시뻘겋게 물든 이탄의 손아귀 아래서 복면괴한들이 종잇장처럼 쉽게 찢겨나갔다.

〈다음 권에 계속〉

『제왕록』, 『무림에 가다』 시리즈의 작가 박정수
그가 거침없는 현대 판타지로 돌아왔다!
『신화의 전장』
주먹을 믿지 마라.
우리가 살아가는 이 땅에 인간을 벗어난 자들이 존재한다.
dream books
드림북스

환 생 왕

요 도 / 김남재 · 신무협 장편소설

ORIENTAL FANTASY STORY & ADVENTURE

정체를 알 수 없는 세력들에 의해
비참한 최후를 맞이한
천룡성(天龍城)의 후계자 천무진.
그런 그에게 찾아온 또 한 번의 삶.
그리고 그를 돕기 위해 나타난 여인 백아린.

"이번엔…… 당하지 않는다."

이젠 되돌려 줄 차례다.
새로운 용이 강호를 뒤흔든다!

dream books
드림북스

『마법군주』 발렌 작가의 신작!

『정령의 펜던트』

"정령사는 말이지, 되고 싶다고 해서 되는 게 아니야.
그냥 그렇게 태어나는 거지.
날 때부터 정해진 운명 같은 거라고."

dream
books
드림북스

정령왕 엘퀴네스

개정판

이환 판타지 장편소설

『숲의 종족 클로네』, 『은빛마계왕』의 작가,
이환 대표작 『정령왕 엘퀴네스』 완전 개정판!

어설픈 정령왕의 좌충우돌 모험기를 다시 만난다.

컬러 일러스트 · 네 칸 만화 · 캐릭터 프로필 & QnA
매권 미공개 외전 수록!

dream
books
드림북스